随宇而安 著

第十章 杀机

镜花谷偌大的议事厅只有谢雪臣与素凝真当面对质。

短短半月未见，素凝真仿佛老了许多，眼角的皱纹深了几分，眼神之中也少了几分锐气。此刻她冷冷瞪着谢雪臣，用有些嘶哑的声音说道："谢宗主不请自来，深入我镜花谷藏灵之地，恐怕于礼不合。"

谢雪臣负手而立，神色淡漠。

"魔族夜袭镜花谷，我得知此事，与玄信大师前来助阵。本以为桑岐会亲临，不想他只派了手下前来刺探。"

素凝真自以为防守严密，没想到还是让魔族之人成功潜入，脸色顿时更加难看。玄信亲自出手，从镜花谷中找到了所有魔族，押送至镜花谷水月宫外，由谢雪臣与素凝真说清事情原委。

素凝真似乎并不领情，她面有愠色。

"谢宗主从何得知魔族入侵之事？"她质问道。

"素谷主虽不愿说，但我也能推测一二。"谢雪臣道，"与桑岐相恋的女子，便是素凝曦。"

素凝真脸色一变，抓着桌角的手青筋浮起，指节发白，她死死盯着谢雪臣，

咬牙不语。

"不是……"她声音嘶哑而虚弱。

"二十几年前,桑岐与镜花谷女修相恋,被断一臂,身受重伤,其后闭关多年,出关后第一件事,便是血洗明月山庄,而明月山庄庄主高凤栩的前一任夫人,便是镜花谷大弟子素凝曦。"谢雪臣将往事娓娓道来,"七年前之事,我虽不记得,但也知道不少。明月山庄沦为火海,化成废墟,而山庄后的坟地更是被尽皆翻出,一片狼藉,像是在寻找什么。他是在寻找素凝曦的尸骸吧,但显然墓穴之中一无所获,否则便不会把所有坟墓都挖开了。"

素凝真摇摇欲坠,脸色越来越白。

"你自称镜花谷砍断他右臂,他对镜花谷有深仇大恨,但那日他却对你手下留情,令暮悬铃活捉你,便是为了问出素凝曦所在。素凝曦最有可能的埋骨之地,便只有镜花谷。"

谢雪臣一丝不差地推测出了前因后果,素凝真知道再隐瞒也无济于事,只有灰败着脸长叹一口气,低下沉重的头颅,哑声道:"谢宗主猜得不错……"

"当年,桑岐对我姐姐素凝曦有非分之想,但凝曦天生元阴之体,资质超凡,深受师父喜爱,又早已与明月山庄的高庄主定下婚约。桑岐不死心,想掳走她,所幸被师父阻拦。后来桑岐被打伤逃走,凝曦也……嫁入明月山庄。只是她红颜薄命,生下秋旻之日便香消玉殒。事情过去那么多年,我以为桑岐早已放下,但明月山庄遭劫,我才知道,他一直想要报复。"素凝真咬牙切齿,声音微微颤抖,"她已经死了,他还不放过她!他血洗明月山庄,杀了高凤栩,还去挖开凝曦的坟墓!"

谢雪臣问道:"素凝曦真正的坟墓在哪里?"

素凝真垂下眸子,道:"我不能说。"

谢雪臣也无意追问:"桑岐定会穷追不舍,他对素凝曦的执念太强,这是镜花谷种下的恶因,素谷主可有把握承担恶果?"

素凝真颤抖的手出卖了她的心思,她颤声道:"谢宗主,桑岐与凝曦之事,乃镜花谷丑闻,不可公之于众,也请宗主为之保密。秋旻是凝曦唯一的孩子,将来也会是镜花谷的谷主,不能让世人知道,她的母亲曾与半妖有过瓜葛。"

"我明白。"谢雪臣点了点头,他对旁人的私事不感兴趣,更非多话之人,若非素凝曦与桑岐的纠葛关系到仙魔之战，他也不可能刨根问底。

但是……

谢雪臣感觉到，素凝真说的并非全是真话，她恐怕隐瞒了非常重要的事情。

暮悬铃猛地从梦中惊醒，心口处仍然隐隐作痛，脑中一片混沌，让她恍惚了许久，一时之间不知今夕何夕、身处何处。

半晌之后，她才想起来，自己夜袭镜花谷，被欲魔那个蠢货拉入了贪欲牢笼之中，她在贪欲牢笼中看到了漫天风雪，雪花眯了眼，她揉着眼睛，似乎看到了一个孤独寂寥的背影……

后来呢？

她抚上左心口，只觉得那里好像狠狠地痛过一次，却无论如何都想不起为何而痛。眼中也有酸涩肿胀之感，像是哭过了一般。她肯定自己失去了一段记忆。

一定是欲魔的贪欲牢笼出了什么问题！

暮悬铃回过神来，立刻便翻身下床，想要摸清楚自己当前的处境。但是刚一开门，便被结界拦住脚步。

暮悬铃心中一沉——她被谢雪臣困住了。

这么说来，欲魔也被擒住了。

暮悬铃伸手想要碰触结界，忽然听到不远处传来争执声。

"玄信大师，这个妖女是桑岐的弟子，伤我仙盟修士无数，如今更企图夜袭镜花谷，你为何要护着她？"熟悉的女声咄咄逼问道。

另一个柔亮清朗的声音道："高修士，在下无意阻拦，只是此人乃谢宗主所要之人，你我皆无权干涉。"

高秋旻冷哼一声："还请玄信大师让开，此处是镜花谷，不是悬天寺！"

暮悬铃刚刚弄明白跟着谢雪臣的行者是何身份，便看到高秋旻领着四五个女修来到门外。

镜花谷的治疗术天下闻名，半月过去，高秋旻的伤已经好了许多，只是颈间还隐约可见一道淡粉色。看到暮悬铃的瞬间，她的眼中顿现暴戾之色，执剑

的手青筋浮起。

"暮悬铃。"高秋旻咬着牙，一字字喊出她的名字，"你好大胆子，竟敢来镜花谷送死！"

暮悬铃冷冷看着她，勾了勾唇角，似笑非笑道："谁给你的勇气在我面前大放厥词？就凭你们几个，也想要我的命？"

"大师姐，不要和她废话。"一旁的女修低声道，"趁谢宗主此刻正和师父议事……"

高秋旻醒过神来。不错，谢雪臣摆明了对暮悬铃有私心，她必须趁这个机会杀了暮悬铃！高秋旻也发现了，暮悬铃所在的厢房外被谢雪臣布下了结界，防止她逃走，暮悬铃此刻出不来，正是对付她的好时机！

"结阵！"高秋旻低喝一声，顿时身后四名女修呈扇形排开，手中握着一面铜镜。

暮悬铃皱起眉头，警惕地看着前面几人动作。只见五人右手执镜，口中吟诵法诀，霎时间铜镜亮起刺眼的金光，五束光线凝成一道，气势陡然攀升，空气为之一凝。那光束如有实质，凝成一支金色箭矢，猛地射向暮悬铃。

——逐日箭！

暮悬铃心下猛地一跳，逐日箭有追踪之能，一旦被金光镜锁定，便避无可避，执镜者力量越强，金光镜越多，逐日箭威力便越强。传闻上古之时天生十日，人族便是以此阵法结成万人之阵连落九日。如今镜花谷所得的虽是残缺阵法，但实力亦不容小觑。

暮悬铃屏息全力以对，却见那支逐日箭猛地射在结界之上，结界爆发出夺目的光芒，异光流转，挡住了锐利的箭镞，双方僵持不下。

高秋旻一怔，随即更加愤怒。

那道结界不只是困，更是守，谢雪臣留下结界，是为了保护暮悬铃！

这个认知让她更加怒不可遏。她可以忍受谢雪臣对她没有情意，却不能忍受谢雪臣对这个伤过她的卑贱半妖百般纵容呵护！难怪玄信不拦着她，原来玄信早就知道，谢雪臣的结界足以保护暮悬铃！

可是她凭什么！

除了那张脸，暮悬铃有哪一点比得过她？

第十章 杀机

"大师姐，这是谢宗主的结界，我们打不过。"一旁的女修小声道。

"未必！"高秋旻冷冷说了一句，随即反手一剑割破左手掌心，将鲜血淋漓的掌心贴在铜镜之上，轻轻一抹，顿时，镜面反射出的光芒变成了浓烈的猩红色，气息更加骇人。

身后女修大惊失色，喊道："大师姐，这样你修为会受损的！"

高秋旻置若罔闻，她狠狠地瞪着结界之后的暮悬铃，心中一个声音反复地喊着：杀了她，杀了她，杀了她……

从第一次见到暮悬铃，她就有莫名的恐慌，不仅仅是因为谢雪臣，而像是来自血液之中、灵魂深处的忌惮与恐惧，她害怕暮悬铃的存在会抹杀她的一切。

所以她必须杀了暮悬铃！

这是她赌上修为的一击，集合了法阵之力，便是对付法相也能让对方受点伤。逐日箭由金色转为赤红，威力更上一层，谢雪臣留下的结界顿时出现裂纹。暮悬铃心知不妙，浑身灵力汹涌而出，于身前凝成护甲。

一声若有若无的碎裂声响起，红光打碎了结界，朝着暮悬铃面门射去。暮悬铃用尽全力向前打出一掌，这一掌却没有迎上红光，而是打在了一袭白衣之上。

雪白广袖轻轻一挥，看似势不可挡的射日之箭骤然间烟消云散。

高秋旻惊愕地看着忽然出现的谢雪臣，他背对着屋外众人，轻描淡写地化解了她们的攻击，此刻正低头看着自己身前那人。他毫无防备地受了暮悬铃全力一掌，虽有灵力护体，亦是气血翻腾，隐隐作痛。

暮悬铃没想到谢雪臣会突然出现，一时之间竟愣在原地，右手贴着谢雪臣的胸口，隔着单薄的衣衫感受到坚实的胸膛与有力的搏动。

谢雪臣轻轻吐了口浊气，忍着抽痛，低哑着声音问道："你没事吧？"

暮悬铃这才猛地收回手，抿着唇不语，忌惮地盯着谢雪臣。

谢雪臣见她如此防备，虽知道是悟心水所致，也不禁生出几分黯然。

方才结界受到攻击，他立刻便有察觉，没有与素凝真多说一句便赶到此处，正好看到结界碎裂，千钧一发之际挡下了这一箭，否则暮悬铃便要身受重伤了。

他有丝庆幸，更有些后怕，自己到底还是思虑不周。暮悬铃在仙盟处处受

敌，只一道结界并不足以保障她的安全，或许必须时时将她带在身边，留在视线可及的范围内。

谢雪臣缓缓转过身，看向神色激动愤怒的高秋旻，冷淡道："我曾有言，暮悬铃是拥雪城的人，任何人不得动她。"

高秋旻握紧了拳头，鲜血自指缝间滴落，她不敢置信地看着谢雪臣："谢宗主还要自欺欺人到什么时候？她是半妖，是魔族的人，她对你根本不是真心的！"

高秋旻的话，也是暮悬铃心中的疑问。

谢雪臣到底想干什么？

若说之前谢雪臣是被她的虚情假意骗了，可是他如今已经知道自己上当了，为何还要护着她？

暮悬铃难免以己度人，她猜测谢雪臣是要以彼之道还施彼身，欺骗她的感情，利用她对付桑岐。可她早有防备，不会轻易被谢雪臣欺骗的。

谢雪臣冷漠地扫了高秋旻一眼，并不愿意回答她任何问题，他微微转头，看向迟来一步的素凝真。

"素谷主，"谢雪臣朝素凝真颔首，道，"请约束好你的弟子。"

高秋旻脸色发白，跑到素凝真身旁道："师尊，无论如何不能让这个妖女跑了啊！"

素凝真皱眉看着暮悬铃，又看向谢雪臣，片刻后哑声道："谢宗主，我明白了。"

高秋旻愕然看着素凝真，失声道："师父，您这是怎么了……"

暮悬铃也有些讶异，这个素凝真一向对自己喊打喊杀，怎么忽然这么好说话了？

玄信大师徐徐出现，微笑道："此间事了，我也该回悬天寺了。谢宗主，欲魔我便带走了。"

谢雪臣点了点头："有劳玄信大师了。"

玄信意味深长地看着谢雪臣，道："谢宗主，一路小心。"

玄信与众人辞别，便离开了镜花谷。

谢雪臣也不欲多留，握着暮悬铃的手腕往怀里一带，揽住她的腰肢，便御风而起。

高秋旻气急地看着谢雪臣带走暮悬铃，含着泪问素凝真："师父，你这是为什么啊？谢宗主对这个妖女一再纵容，总有一日会酿成不可挽回的损失的！"

素凝真失神地看着脚下，心中仍在想着谢雪臣先前说的那番话。

——桑岐今日之恶，其因不在我，而在镜花谷。

——是镜花谷对桑岐的所作所为，酿成了今日苦果。

——有在我，暮悬铃不会成为明日的桑岐。

素凝真比任何人都清楚，谢雪臣说的，是事实。

她想起，凝曦回谷后，曾欣喜地告诉她，她爱上了一个半妖，他强大却孤独、冷酷却温柔，她喜欢他柔亮顺滑的银发、清冷如月的眼眸，还有毛茸茸的耳朵，每次碰到，那张苍白的俊颜便会泛起可爱的淡粉色，让她忍不住想要抱抱他。

"姐姐，他是魔族祭司，半妖桑岐，他憎恨人族，与我们有仇。"她听到自己满怀厌憎地说。

"阿真，不是的。"素凝曦温柔地说，"他从未厌憎过这个人世，他厌憎的……只是他自己。"

她拒绝镜花谷谷主之位，反抗师父安排的婚约，甚至舍弃自小相依为命的妹妹，只为和那个半妖长相厮守。

素凝真恨那个半妖拐走了她唯一的亲人，她拼尽全力想要留下姐姐，但最终什么也没有留下。

她担心暮悬铃会成为明日的桑岐，但是今日的桑岐，何尝不是当年镜花谷种下的苦果？

害死凝曦的，究竟是桑岐，还是她……

镜花谷发生的事瞒不住天下人，南胥月第二天便也知道了此事。

暮悬铃夜袭镜花谷，被谢雪臣带走了。

他恍惚了一会儿，才被傅澜生唤回了神。

彼时他正在碧霄宫做客。是傅澜生发了符纸鹤传信于他，符纸鹤上没说清楚何事，只说是十万火急、人命关天，傅澜生放心不下这个吊儿郎当的朋友，

便从两界山赶到了碧霄宫。

南胥月刚到碧霄宫，尚未见过傅澜停，便被傅澜生连哄带骗拖进了后院。

"这于礼不合。"南胥月颇有些无奈地摇着扇子，"我好歹也是一庄之主，论身份与你父亲平起平坐，岂有登门不见主人的道理。"

"这不重要。"傅澜生将南胥月推进房中，关上了房门，嬉皮笑脸道，"左右我父亲、母亲都正闭关，此刻没空见你。我身为少宫主，代掌宫中事务，我来见你，也是一样的。"

南胥月有些诧异地挑了下眉梢，顺着傅澜生的推搡坐在了椅子上，转头便看到一旁偌大的架子。那架子用上好的松木制成，分上下五层，有滑梯有滚筒，有秋千有跳板，此刻架子上正有一只毛茸茸的嗅宝鼠高兴地蹦来蹦去。

"阿宝。"南胥月温声叫道。

阿宝在跳板上用力一蹬，跳到了南胥月身前的桌面上，两只爪子乖巧地交叠于身前，欣然喊了一声："南庄主，你来啦！姐姐来了吗？"

阿宝在傅澜生这里显然过得十分不错，不过一个多月，身形明显大了一圈，毛色更加柔软亮泽，气息也凝实许多。半妖虽然修行不易，但多亲近宝气，身体康健，便能活得更久。

"姐姐有事不能来，让我来看看你过得如何。"南胥月收起扇子，伸手轻轻揉了揉阿宝的脑袋，微笑道，"有没有跟澜生哥哥学到不好的东西？"

傅澜生不满地皱起眉头，抬手敲了敲桌子，故作威胁地瞟了阿宝一眼，道："我身上净是长处，阿宝怎么可能学到什么不好的东西。"

阿宝睁着一双乌黑濡湿的眼，懵懂问道："什么是不好的东西呀？龙阳算吗？"

傅澜生猛烈地咳嗽起来，一把把阿宝抓起来在掌心揉捏，凶神恶煞道："你乱说什么！"

阿宝委屈地抱着自己的脑袋，哼唧道："哥哥凶我！"

南胥月忍俊不禁，折扇轻敲傅澜生的手腕，从傅澜生的魔爪中解救出阿宝。阿宝立刻跳到南胥月掌心，别过脸不理傅澜生。

"傅兄，碧霄宫仅你一位少宫主，你可不要走上歧路，碧霄宫开枝散叶的重责大任可落在你一人肩上。"南胥月故意打趣道。

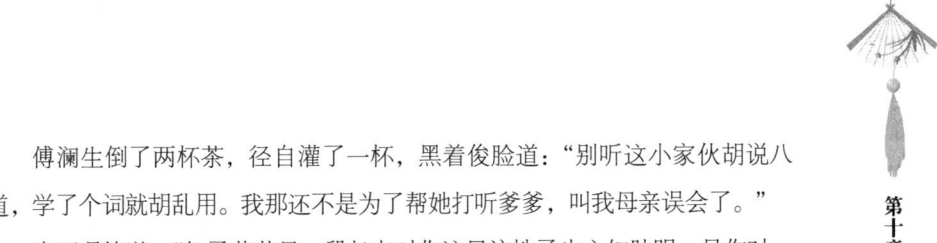

傅澜生倒了两杯茶，径自灌了一杯，黑着俊脸道："别听这小家伙胡说八道，学了个词就胡乱用。我那还不是为了帮她打听爹爹，叫我母亲误会了。"

南胥月笑道："知子莫若母，段长老对你这风流性子也心知肚明，见你对一个男子如此上心，难免要生出一些绮丽的猜测。"

"别人不知道就算了，你难道不了解我吗？"傅澜生叹了口气，"倒不是我风流成性，实在是美人多情，我最是舍不得美人落泪，只好舍身饲虎，普度众生。"

南胥月道："呵呵，倒真委屈你了。"

阿宝跟着傅澜生这段时间，也见了不少硬要往上贴的女修。傅澜生应付这些美丽多情的女修最是得心应手，他生得俊美，出身高贵，又是碧霄宫唯一的传人，无须多言，便有女修狂蜂浪蝶似的追求他。更何况他这人素来嘴甜又大方，姐姐妹妹地叫着，人缘比温柔俊雅的南胥月还要好上许多。也就是近来身边跟着一只小嗅宝鼠让他不好意思暴露本性，推了不少"人约黄昏后"，生怕阿宝学了坏，又到处去说。

阿宝听两人这么说，也不禁嘟囔道："哥哥看起来一点也不委屈，可高兴了。"

傅澜生咬了咬牙，道："白疼你了。"

阿宝两只圆耳朵颤了颤，抓起南胥月修长的五指当盾牌保护自己。

南胥月含着笑点了点它的脑袋，又看向傅澜生，道："你急着喊我来，究竟是为何事？"

傅澜生瞥了阿宝一眼，眉宇间闪过一丝凝重，却又故作哈哈道："阿宝，你一边玩去，哥哥们有正经的事要说。"

阿宝将信将疑地看了他一眼——它觉得这个不正经的哥哥不太可能有正经事说，但还是乖乖地跑到一边的松木架上玩去了。

傅澜生右手画了个圆，张开结界阻绝了阿宝的视听，这才对南胥月道："我日前得到一样法器。"说着从芥子袋中取出一面巴掌大的镜子，"这镜子名为'血鉴'。"

南胥月从傅澜生手中接过镜子。这镜子材质奇特，似银非银，椭圆形的镜面一片漆黑，四周镌刻着法阵符文。

"这是从一个邪修手中得到的,那个邪修练的是血祭之术。他以自己的血为引,诱使他人喝下,之后再用这面血鉴,便能得到与他血脉相关之人的感官,能见其所见。"傅澜生说,"我好奇滴了一下自己的血,结果却在镜子上看到我母亲正在练功。"

南胥月心念一动:"你看到的,是傅宫主看到的景象。"

傅澜生点了点头:"画面只持续了五息,便变幻了景象,变成我父亲在练功。"

那一日,正好是傅渊停与段霄蓉在修行。

"只看到他们两人吗?"南胥月思索道,"虽然傅宫主与段长老只有你一个儿子,但还有其他血亲,看来这血鉴只能看到直系血亲的感知,太远了,血脉联系便淡了。"

"我猜也是如此。"傅澜生道,"不过如果我有其他兄弟姐妹的话,兴许也能看到。"

南胥月轻抚冰冷的镜面:"所以,你让阿宝试过了?看到了什么?"

傅澜生脸色越发凝重,呼吸也沉缓了几分:"我先是看到了蕴秀山庄……"

"那应该是阿宝的母亲,秀秀所见。"南胥月道。

"接着,我看到了……一轮红月。"傅澜生语气沉重,"那是魔界。"

南胥月一怔,抓着镜子的手一紧:"阿宝的父亲在魔界?阿宝的父亲应该是人族没有错,为何会在魔界?"

"所以我才着急找你过来,我觉得这事太不寻常。"傅澜生心情有些烦躁和不安,"正常人族,怎么会出现在魔界?所以我对阿宝父亲的身份存疑。"

"你之后又再看过吗?"南胥月问道。

"第一次看到魔界绯月,不到五息镜面便突然变得漆黑,我怀疑,他感知到被人窥伺了。"傅澜生道,"之后我又试了一次,便看不到了。"

"不无可能,但那人若能感知到窥伺,又能遮掩天机,那身份与实力便不可小觑。"南胥月神色凝重地摩挲着镜子边缘,"其实,秀秀最初找过我帮忙,我也曾为傅沧璃卜过卦。但秀秀对傅沧璃知道得不多,只有一个姓名,极难得到清晰的结果。我算了几次,一无所获,因此我推断,傅沧璃并不是那人的本名。一个人一生中也许会有很多名字,但只有第一个名字与这人有本命联系,

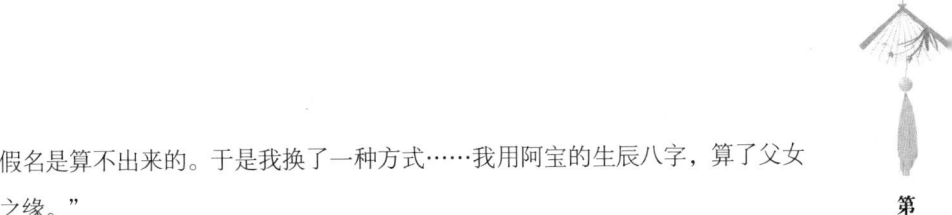

假名是算不出来的。于是我换了一种方式……我用阿宝的生辰八字，算了父女之缘。"

傅澜生紧张问道："结果如何？"

南胥月沉默了片刻，才道："父女缘浅，只有四个字———一面之缘。"

"一面之缘……"傅澜生喃喃念道，"这如何解释？"

"意思就是，阿宝这一生，与她的父亲只能见一次。"南胥月面色凝重道，"卜卦结果向来模棱两可，这一次见面之后究竟会发生什么事，我也无从得知。可能不利于阿宝，也可能不利于她的父亲，但从卦象来看，并非吉兆。所以我一直没有尽力帮阿宝找傅沧璃，这一面，也许晚一些见，甚至不见更好。"

傅澜生心下一沉，目光不由自主地落到旁边无忧无虑的阿宝身上。她只是一个三岁大的嗅宝鼠，若论心智，也许不过人族六七岁的小姑娘，她从未见过父亲，一心想要寻找，然而结局很可能是一次生离死别。

阿宝天真懵懂，却也乖巧可爱，总是一口一个哥哥地叫着，和外面那些喊他"哥哥"的女修却是不一样的感觉。傅澜生自小没有兄弟姐妹，听得多了，便也将阿宝放在了心上，仿佛真的有了这么一个妹妹，总想着疼她宠她，有时候也会想捉弄她，但她若真的伤心难过，他也会心疼。

"南胥月……"傅澜生狠心道，"那便不见吧，这件事，你帮我瞒着阿宝。"

南胥月叹了口气，道："她若不问，我便不说。但是傅兄，命中若是有一面之缘，那这一面，迟早是会见到的。"

傅澜生烦恼地揉了揉眉心："反正先拖着，以后的事以后再说。不过那人若是真的在魔界，也许能叫暮悬铃帮忙打听一下，虽然仙魔势不两立，但好歹阿宝也叫她一声姐姐，她不至于对阿宝无情吧。"

"她……"南胥月眼神暗了暗，"方才听说，她落入了谢宗主手中。"

傅澜生眼神顿时有些古怪，既是同情又是好笑："南胥月，你的心上人别有怀抱，在谢宗主身边，倒是十分安全，只是你心里便真的不介意吗？"

南胥月自嘲一笑："傅兄，我喜欢她，是我的事；她喜欢旁人，于我并无影响。"

傅澜生啧啧称奇："南胥月，这话有几分无耻，不像是你会说的，倒像是我说的。强扭的瓜甜不甜，尝一口就知道了。"

南胥月玉白修长的食指摩挲着温热的茶杯,垂眸望着浅色清茶,微笑道:"纵是苦的,倒也无妨。"

有些苦,便像这杯中茶,是会回甘的。

他早算过,她与谢雪臣这一生,有缘无分。

那他等等,又何妨。

暮悬铃身不由己,被谢雪臣半是挟持着离开了镜花谷。谢雪臣动用了南胥月留下的传送法阵,暮悬铃以为谢雪臣是要将自己带回两界山,作为人质威胁桑岐,但一阵微微眩晕之后,她便发现自己的所在绝非两界山。

略显湿润的空气中浮动着泥土与香草的芬芳,放眼所及皆是鲜绿之色,生机盎然,令人精神一振。

"这是什么地方?"暮悬铃皱眉问道。

"灵睢岛。"谢雪臣答道。

"你把我带来灵睢岛做什么?"暮悬铃戒备地看向谢雪臣。

东海之上群岛众多,如星河散落,而灵睢岛乃东海群岛中灵力最充沛的洞天福地,千年前灵睢岛的祖师爷在此开宗立派,不断壮大,如今已经是东海之上势力最强的仙家宗门。其他岛屿六成为妖王占据,其余为强大散修的洞府,妖族势力在东海占了绝对优势。妖族与仙盟五派关系时好时坏,灵睢岛是仙盟五派之中和妖族关系最为友好的宗门,东海妖王皆买灵睢岛几分面子。

谢雪臣道:"我们的目的地不是灵睢岛,而是相邻的琼琚岛。"

若是御风而行,须得一日才能到达,也容易泄露行踪,不如使用法阵,须臾便至灵睢岛,再从此处前往琼琚岛,便只需片刻工夫。

"谁和你'我们'了。"暮悬铃不悦地嘟囔了一声,又问,"你又去琼琚岛做什么?"

"我要去琼琚岛上的落乌山寻一朵花,名为长生莲。"谢雪臣道。

他要找一朵花,听起来似乎和她无关。暮悬铃学过炼丹炼器,对长生莲也有所耳闻。传说上古之时天生十日,射落九日,而落乌山便是九日葬身之所。落乌山位于琼琚岛东部,占地千里,常年被瘴气笼罩,就连妖王也不敢踏足其中,生怕有去无回。长生莲便生在落乌山中的无水之地,色如白雪,百年一开

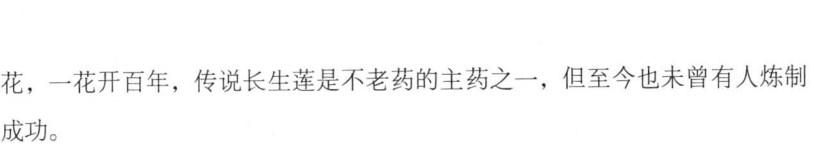

第十章 杀机

花,一花开百年,传说长生莲是不老药的主药之一,但至今也未曾有人炼制成功。

暮悬铃讥讽道:"谢宗主年纪轻轻,也想长生不老了?"

谢雪臣没有否认,他想起玄信所说——

"悟心水的主药为悟心草,悟心草生于落乌山,与长生莲相伴而生。悟心草能麻痹人心对七情六欲的感知,而长生莲的莲子却是天下至清至苦之物,二者相生相克。莲子之苦,可破悟心草之药性,削弱悟心水对心脏的压迫。

"但此法只是猜测,从未有人证实过是否可行,不过长生莲有益无害,纵然不能解除药性,至少不会造成损伤。

"此事暂且不要让她知晓,她此时对你只有敌意,说得多了会令她立起心防,则治疗更难。"

谢雪臣对玄信的帮助表示感激,玄信却幽幽一叹:"谢宗主,桑岐故意将她送到你身边,便是为了支开你、消磨你、勾起你的心魔,而他自己趁机提升修为。"

谢雪臣心如明镜,眼神明澈,却不见一丝不甘和怨恨。他收紧了抱着暮悬铃的手臂,不自觉放软了声音:"至少,她回来了……"

桑岐的阴谋亦是阳谋,他看穿了谢雪臣的欲求,让他明知是陷阱也不得不入。

夜袭拥雪城时,桑岐知道谢雪臣心中更看重天下苍生,便引魔蛟调走谢雪臣,趁机掳走暮悬铃。

而后来,桑岐再次从两界山救走暮悬铃,却发现谢雪臣在知晓一切之后,依然为她调理内息,助她修炼。

于是他知道,对付谢雪臣最好的武器是什么了……

而谢雪臣,根本无法拒绝。

贪嗔痴,悔忧怖,他一尘不染的道心,终究还是被心魔侵占。

暮悬铃见谢雪臣默然不语、眼神晦暗,与之前相比似乎有了一丝微妙的变化,却说不清是哪里不同,让她心中的不安更增几分,想要逃跑的冲动更急切了。

但是在谢雪臣眼皮底下,她很难做小动作。谢雪臣感知敏锐远胜他人,出

手又快如闪电，恐怕她刚起心思，就要被他察觉。

暮悬铃不甘不愿地跟着谢雪臣，被他揽住了腰身御风而起，往琼琚岛方向飞去。

正是日落时分，海面被风吹皱，泛起粼粼金光，俯瞰东海，远远近近坐落着或大或小的岛屿，郁郁葱葱，犹如碧玉缀于金沙之上，一派明艳富丽景象，美不胜收。

暮悬铃自小在明月山庄长大，后来在魔界待了七年，生平第一次看到大海，一时之间竟被眼前美景恍了神，微微张口，情不自禁感慨道："真美啊……"

谢雪臣低头看她，只见莹白的小脸被余晖勾出了柔美的轮廓，灵动漂亮的桃花眼倒映着水天一色，漆黑中洒落点点碎金，波光潋滟。微启的朱唇泛着胭脂色，丰润而诱人，只是下唇处还有丝不易察觉的齿痕。

是他留下的痕迹。

谢雪臣的眸色暗了暗，唇角微翘，低沉的声音道："是，很美。"

她沉醉于眼前景色，并未察觉身边男人口中的"美"与她心中所想的，并非同一物。

他的速度有意地慢了下来，也许是为了让她多看片刻美景，也许是贪恋她忘了逃离与防备的温存片刻，他收紧了搭在她腰侧的手臂，撤去了结界，任由轻柔湿润的海风拂过脸颊，稍一低头，便能闻到她发间的幽香。

只可惜，太阳终究会落下。

到达琼琚岛时，天色刚刚擦黑，而琼琚岛上却人声鼎沸，灯火辉煌，喧嚣不输白日。

谢雪臣拨开暮悬铃被海风吹乱的碎发，微凉而粗粝的指腹擦过柔嫩的脸颊，带来一丝细微的麻痒，让她愣了一下。谢雪臣却若无其事道："琼琚岛属于妖族的势力范围，东海妖族向来不服约束，风气彪悍，尽量不要招惹他们，我们采了长生莲便回去。"

暮悬铃冷笑着心道：我偏要招惹。

"若是故意招惹是非，后果自负。"谢雪臣淡淡警告了一句，"我虽然会护着你，但也不是没有底线。"

第十章 杀机

暮悬铃撇了撇嘴，冷哼一声，道："我要是在这里喊你一声谢宗主，你猜那些妖王会不会倾巢而出来杀你？"

谢雪臣轻轻一哂，道："他们不会，不敢，不能。"

这是自信到近乎自负。

暮悬铃一室，却也不得不承认谢雪臣说的是事实。东海妖族与神州仙盟虽然关系算不上好，但也不是你死我活的关系。若非有利可图，妖王不会冒着生命危险来杀仙盟宗主。

谢雪臣又道："我收敛气息，隐藏实力，并非怕了他们，只是不想惊扰当地，你不要给东海妖族添麻烦。"

暮悬铃心中憋闷，恼怒地咬着后槽牙。谢雪臣确实太强了，暴露身份对他来说不是麻烦，对东海妖族来说才是。她想驱虎吞狼，利用妖族对付谢雪臣的想法还未付诸行动便被谢雪臣扼杀了。

谢雪臣不由分说握住了她的手，广袖盖住两人交握的十指，暮悬铃想要挣脱，却被对方捏了捏掌心。

"此地龙蛇混杂，你最好跟紧一些。"谢雪臣沉声道，"我还有其他方法可以拘着你，但你不会想试的。"

这就是技不如人的悲哀，只能任人宰割，欲哭无泪。

暮悬铃忽然体会到当初谢雪臣神窍被封的痛苦了，这世上报应怎来得如此之快……

她认命地跟在谢雪臣身侧，顺着人潮向前走去。琼琚岛的主城看起来和人族的城镇差别不大，妖族向来仰慕人族的文明，衣食住行皆有借鉴之处，只是兽性难改，学不来道德廉耻那一套。路上妖气浓郁，放眼望去十有八九是化成人形的妖族，少数则是海外散修。

这里大部分妖族都选择幻化成人形，是因为有些妖族的兽形本体太过庞大，出行并不方便。但化为人形的妖族还是对自己的本体十分自傲，因此在装扮上便多少可以看出他们本来的兽形。比如有的蛇妖将自己的头发变成了一条条青色小蛇，有的兔子精头上戴了两只白色假耳，有的狐狸精坐在凳子上，却撅着臀部晃荡毛茸茸的尾巴。半妖生活在人族之中，会小心翼翼地遮掩自己一半妖族血脉的痕迹，而这些妖族反而无所顾忌地招摇过市，正因为他们不是半

妖，反而可以随意地假扮半妖。

妖族修为越高的，容貌便越是昳丽妖媚，这路上形形色色的妖精，一个个风情万种、俊美不凡，穿得也十分大胆，女妖袒胸露乳，光着大腿，多数男妖都赤裸上身，露出结实性感的胸肌与腹肌，让暮悬铃瞠目结舌，目不转睛。

谢雪臣皱了皱眉，将暮悬铃拉到自己身前，挡住了她在那些男妖身上流连的目光，沉声道："不要多看。"

暮悬铃瞥了谢雪臣一眼，笑了一声，轻嘲道："谢宗主，你看这些妖族多坦荡，就你一个包得最严实，看你的人才多呢。"

谢雪臣一身白衣清清冷冷，一丝不苟，在此处便显得格格不入，他模样生得清俊庄重，遗世独立，不似凡人，惹得不少多情女妖频频抛媚眼，风情万种地勾引他。她们只当这俊美的修士是海外散修，无论如何也想不到仙盟宗主身上去。

谢雪臣对旁人的目光向来漠不在乎，却不能容忍那些妖物对暮悬铃的窥伺，他有意将暮悬铃拦在内侧，以身形挡住旁人的目光，却挡不住暮悬铃贼溜溜的眼睛四处看。他不禁有些怀疑玄信的话——悟心水不是能断了七情六欲吗，可暮悬铃似乎只是对他断念而已。

然而众生泪的存在却又是不争的事实……

谢雪臣按捺下心中躁意，淡淡道："妖族只学人形，没有人性，更不懂人族的礼义廉耻。"

暮悬铃反唇相讥："人性是多高洁的东西呢，不过是以虚伪的表象来掩藏卑劣的人心，否则哪来这么多心魔？我看妖性比人性强，起码不虚伪做作，人家坦坦荡荡地露，我便大大方方地看，好过某些伪君子想看还藏着掖着。"

谢雪臣呼吸一窒，暮悬铃说得没错，他是虚伪，连想看她，都要克制自己。

暮悬铃见他神色有异，似乎是被说中了心事，便越发得意了："你果然是想看的吧，想看哪个？是那个我见犹怜的兔妖，还是妩媚妖娆的狐妖？我看人家也对你有意思呢，你一个剑修又不是行者，不用守着元阳之身吧，想风流一下也无可厚非……"

暮悬铃话说到一半，嘴巴一张一合，却发不出声了——她被封住口窍了！

谢雪臣的指尖点在她的唇珠上，发出淡淡白光，忍不住轻轻拂过她唇上细小的伤口，沉声道："不会说话，便别说了。"

暮悬铃瞠目结舌，气得眼睛发红，下意识便张口去咬谢雪臣的指尖，谢雪臣抽手不及，被她咬中了食指，湿热的气息卷上了指尖，他微微一怔，心口猛地跳了一下。

法相之躯坚不可摧，又岂是她能咬伤的，只是谢雪臣怕护体灵力崩坏了她的牙齿，卸了劲，这才让她在指节上留下了浅浅的齿痕。

暮悬铃牙酸地松了口气，眼睛红红地瞪着谢雪臣，腮帮子鼓鼓的，却说不出话来。

谢雪臣将手背在身后，摩挲着指节酥麻之处，忍不住薄唇微翘，哑声道："你眼睛发红的样子，倒有几分像兔妖。"

暮悬铃一怔，嘴巴一张一合，谢雪臣看懂了。

——你果然在偷看兔妖！

谢雪臣俊脸微沉，他没有。

天底下的兔子，不都一个样？

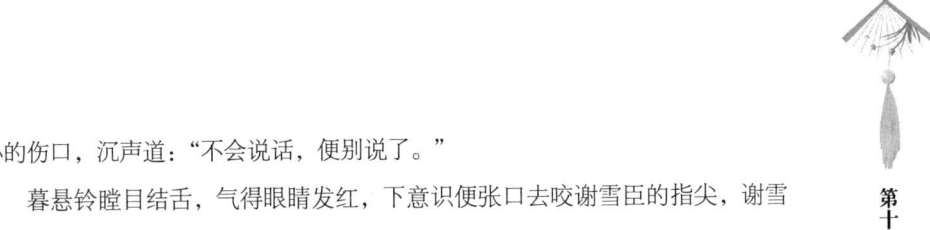

谢雪臣领着暮悬铃进了进城后看到的第一间客栈，低声道："落乌山入夜后更加凶险，我们休息一夜，明日一早再出发。"

暮悬铃生着闷气，什么话也说不出来。

客栈中声音嘈杂，妖族不修礼仪，说话举止甚是粗鲁，大堂之上十几个妖怪愣是吵出了几百人的气势。

一个妖媚妖娆的女妖见两人进门，眼睛一亮，扭着胯走上前来。那女妖长发微卷，发尾却是赤红色，酥胸半露，水蛇腰盈盈一握，肚脐上还缀着一颗红宝石，分外惹眼。女妖眼神暧昧地在两人身上转了一圈，朝谢雪臣吹了口香气，嗲声道："这位修士哥哥，可是灵睢岛的人？"

灵睢岛门下修士所穿道袍会在胸口文上一只灵凤图腾，那女妖没在谢雪臣胸前看到图腾，但见他跟一个半妖拉拉扯扯，心中猜测也只有灵睢岛的男修才不会嫌弃半妖了。

谢雪臣漠然道："不是。"

女妖闻言笑了，眼神更加勾人，她柔若无骨地靠着柜台，胸前丰满呼之欲

出,一抹嫩白的腰身犹如柳枝一般柔软纤细,浑身上下都让人移不开眼。

"修士哥哥原是散修啊……两位可是要住店?"女妖笑着道,"可是今日客栈没有空房间呢。"

谢雪臣眉头微微一皱。

女妖风情万种地撩起微微卷曲的长发,发梢在唇瓣轻撩,蛊惑着哑声说道:"不过,我的房间却很大,床也很软呢,修士哥哥可愿与我共枕席?不收钱哦……"

旁边的妖怪发出起哄的声音,有个略显尖锐的声音嚷嚷道:"佘老板又看上人修了,是我们狐妖哪里不好吗?"

被称为佘老板的女妖朝那人斜了一眼,吐出蛇芯子回应对方的挑衅,笑眯眯道:"我就喜欢人修庄重,不像你们这些狐狸精,随时随地发骚。"

那狐妖也不生气,大声道:"不正和你相配嘛!"

佘老板懒得搭理那狐妖,又回过头来含情脉脉地望着谢雪臣。谢雪臣眉眼冷漠,不多看佘老板一眼,对暮悬铃道:"既然如此,我们换家客栈。"

谢雪臣揽着暮悬铃转身欲走,便听到佘老板懒懒道:"此刻琼琚岛可一间空房也没有了,两日后便召开妖族演武大会,琼琚岛上聚集了不少大妖,可别怪我没提醒你们,若是惹到不该惹的妖王,会死的哦。"

妖族演武大会?

暮悬铃顿住了脚步,疑惑地回过头看佘老板,便听身旁的谢雪臣问道:"妖族演武,应当还有半年才到时间。"

佘老板诧异道:"你们不是为演武大会来的吗?本来这大会还有半年才开始,不知道为何提前举办,岛上准备不足,这才有些乱了阵脚。"

东海群岛的妖族每三十年便会举办一次妖族演武,成年妖族均可参加,许多妖族都盼望借此扬名,投入妖王麾下,或自立为王,霸占一岛。妖族演武一般成名大妖不会参加,但每回妖族演武,都会有寂寂无名之妖崭露头角,技惊天下,成为震慑一方的妖王。神州大陆本就藏着不少低调修行的大妖,东海群岛洞天福地不少,百年苦修一朝成名的大妖也不在少数。这般盛会,自然能吸引不少妖族与人修来凑热闹,人一多,纠纷便也多了。灵雎岛在东海之上颇有些面子,无论妖族还是人修都会礼让三分,因此灵雎岛的弟子也会出面维持秩序，主持公道。

先前佘老板以为谢雪臣是灵雎岛的修士，还想以礼相待，知道他是散修，便可肆意撩拨了。谢雪臣白衣胜雪，清俊出尘，宛如地上神仙，他有意收敛了气息，旁人察觉不出他的真实修为，只当是个金丹境的散修，便对他没有敬畏之心。他想低调行事，却不想自己的容貌气质，本来就很难低调，对好色重欲的妖族来说，他便是一道可口的菜。只是佘老板摸不清暮悬铃的身份，虽然能感觉到对方身上的妖气，却看不出是个什么妖。

第十章 杀机

"莫怪我没有提醒你们，这些日子岛上可乱着呢，外面危险得很，我这客栈倒是安全。"佘老板笑眯眯说道，言语中颇有几分自信。

谢雪臣和暮悬铃都看出来佘老板修为不低，恐怕是五百年以上的蛇妖，否则也不能在这龙蛇混杂的琼琚岛开一家客栈。客栈中对这美艳蛇妖虎视眈眈的妖族不少，却无一个敢对她无礼。

"妹妹和这位修士哥哥可是伴侣？"佘老板未问是不是道侣，因为道侣必须是同道之人方可双修，人和半妖是不可能双修的，但是也有人族恋慕半妖美色，结成伴侣的。

暮悬铃冷笑了一下，双手抱胸，却不说话。

但谢雪臣能说，他说："是。"

暮悬铃一怔，猛地看向谢雪臣，无声道：不是！

佘老板诧异地挑了下眉，目光在两人之间逡巡，有些摸不清两人的关系了，看着好像半妖是被绑架了……

不过这个倒也无所谓，她不关心半妖的死活。

佘老板重新端起笑脸，柔媚道："是也无妨，妹妹可以一起来，左右我的床大，人多热闹点。"说着眨了眨眼，酥胸半露，活色生香，看得旁边一众妖怪两眼发热。

暮悬铃脸色一僵，目露狐疑。

是她想的那个意思吗？

她耳根微微发烫，心中既羞又恼，是她见识浅了，不懂东海妖族的风土人情，竟叫一个蛇妖给调戏了。

桑岐也在东海待过不短的时间，虽然知道东海妖族都是些什么德行，但以

287

他的性格,自然不会过多教暮悬铃这些没用的知识。妖族向来纵欲随性,尤其是蛇族狐族,更是性喜淫乐、荤素不忌。对妖族来说,交配繁衍是天经地义的大事,有何不能提?看对了眼便一夜欢愉,有没有道侣配偶并不是需要考虑的因素,甚至人多热闹一点更有趣。

眼前这个蛇妖便是如此。

暮悬铃感觉自己堂堂魔族圣女委实过分端庄了,原来正经的妖怪是这么不正经的!

谢雪臣亦是沉了脸色,他握紧了暮悬铃的手,一言不发转身便走。

佘老板对谢雪臣十分垂涎,难得地百般殷勤讨好,却不料对方如此目中无"妖",顿时怒上心头,瞳孔一缩,化为红色竖瞳,浓烈的妖气溢散而出,与此同时,一个高大的身影挡住了谢雪臣的去路。

那是一头黑熊精,身形魁梧,足有八尺之高,单是拳头便有常人脑袋大,身上肌肉虬结,气势骇人。

"我佘老板的店,可不是想来就来、想走就能走的。"佘老板嗞嗞吐着蛇芯子,眼中凶光毕露,卷发无风自动,宛如一条条蠕动的小蛇,"熊高,把他们打个半死就好,芥子袋和男人给我,半妖给你。"

被叫作熊高的黑熊精狞笑着点头:"这个半妖,看起来也很好吃……"

店内的妖怪们笑呵呵地看着眼前一幕,似乎见怪不怪了,先前那个狐妖还酸溜溜道:"佘老板真是心肠软,还舍不得打死了。"

"熊高一拳下去,金丹都得爆体,打个半死可不容易,留个全尸也难。"另一个妖怪笑道。

谢雪臣神色淡漠,对眼前的威胁无动于衷。只见他后退三步,把暮悬铃推到了熊高面前,淡淡道:"你来解决他。"

暮悬铃一怔,扭头看向谢雪臣。

谢雪臣拂手解开她的口窍,便听到暮悬铃嚷嚷道:"为什么你不出手?"

谢雪臣道:"我若出手,会惊动妖王。这个熊妖不强,你对付他,绰绰有余。"

暮悬铃胸膛起伏,忍着怒气道:"我凭什么要听你的话!你挟持我,我还要给你当打手?"

第十章 杀机

谢雪臣略一沉吟："既然你不愿意，那我不勉强。"

说着又向暮悬铃双唇伸出手去，暮悬铃见他又要封自己的口窍，急忙捂着嘴后退半步，连声道："我愿意！"

谢雪臣微微一笑，点了点头："我会看着你。"

暮悬铃一肚子火地看向熊高，熊高也是一肚子火。这两人旁若无人地说话，竟是丝毫没将他放在眼里！他发出粗重的呼吸声，眼中露出凌厉杀意，缓缓抬起右手，紧握成拳，妖力凝聚于拳上，呈现出黑色火焰状，一股骇人的压迫力笼罩了整座客栈，其他妖怪脸色微变，纷纷躲到一旁，摆出防御姿态。

"熊高不知得了什么机缘，比去年见到强了太多，这次演武大会怕是要一鸣惊人了。"

"他的功法至刚至猛，同境界的妖族很难打过他。"

窃窃私语从角落里传来，熊高咧嘴一笑，硕大的拳头猛地砸向暮悬铃。妖力波动拂起暮悬铃鬓边青丝，暮悬铃神色一正，抬起双手交叠于胸前，灵力于掌心汹涌而出，凝成护盾，那排山倒海般气势惊人的一拳落在护盾之上，竟再不得寸进。暮悬铃感受到压力，眉头微皱，心念一动，断念便骤然浮现于空中，凌厉一鞭照着熊高面门挥出，挟雷霆万钧之势，竟比熊高那一拳还要骇人！

熊高撤了拳势抬手挡住断念，两道颜色迥异的灵力发生剧烈碰撞，一瞬的凝滞之后，黑色妖焰便被紫色长鞭劈为两半，"啪"的一声打在熊高脸上，留下深可见骨的鞭痕，鲜血喷溅而出！

熊高跪地痛呼，一只眼睛被打瞎，发出撕心裂肺的嚎叫。

原本笑吟吟的佘老板顿时脸色一变，呼吸粗重起来，她眯了眯竖瞳，身上妖气越发浓烈，一双长腿化为蛇尾，红鳞金纹，粗壮有力。她的原形是一条金丝赤练蛇，剧毒无比，性淫嗜杀，有着七八百年的修为，实力还在熊高之上，已然接近妖王境，否则也不能在这混乱之地开一家黑店。

谢雪臣第一次到琼琚岛，不知底细，而佘老板也以为谢雪臣只是个普通的金丹散修，被他漠视之后起了歹意，这才让手下熊高出手，打算劫色劫财。但没想到，他还没有出手，被他挟持的半妖就显露出了惊人的实力。

不对！

佘老板一怔，猛地想起方才暮悬铃使用的分明是灵力，半妖怎么会有灵

力？难道也是个人修？

她的实力在熊高之上，那挟持了她的那个修士，岂非更加强大？

她死死盯着谢雪臣，这个白衣修士外露之气看起来只是个稍强一些的金丹，若是他隐藏了真实修为，而她却看不穿对方的底细，那只有一个可能，就是对方的实力在她之上……

佘老板冷汗流了下来，在她之上，难道是人族法相……

散修之中法相虽然也有，但都是成名已久，她竟想不起来有哪个散修法相能与眼前清俊的男子对上号来。她心中仍存着一丝侥幸，此人若不是法相，她煽动在场其他妖族，还是能把他拦下来的。

佘老板眼睛一动，看向暮悬铃——此人她倒是能对付。佘老板想着，粗壮的蛇尾便向暮悬铃扫去，然而谢雪臣一早就察觉到她的意图，右手轻轻一拂袖，一股凛冽罡风如无数利刃一般劈向蛇尾。金丝赤练蛇的鳞片最是坚硬，但这一阵罡风打在蛇尾之上，竟硬生生掀起几片红鳞，血丝飞溅而出，佘老板吃痛惨叫，不敢置信地看着眼前男子。

这人绝对是法相境的修士，她大意了，竟然招惹了这等人物！

佘老板心中后悔，但法相修士向来高傲，她将人得罪死了，此时求饶也没用，唯有想尽一切办法杀了他！

"妖族的地盘，还轮不到人修撒野！"佘老板扬声道，"你们一起上，杀了这个人修，我便给你们赤练精血！"

她的赤练精血蕴含强大妖力，对妖族修行大有裨益，众妖一听顿时眼热。他们只看得出谢雪臣是金丹气息，而半妖更是躲躲闪闪不足为虑，受了佘老板的蛊惑，顿时便激动地扑向谢雪臣。

谢雪臣正欲唤出钧天剑，却在这时，客栈大门被一道强风用力推开，一个高大修长的男子缓缓走了进来。那人一身黑色长衫，面容冷峻，左脸颊上有一道狰狞的疤痕，自太阳穴划到下颌，让人望而生畏。众妖一眼便看到了那人胸口处的红色灵凤图腾，不禁脸色一变。

"是灵雎岛的人，赤凤修士，脸上有疤……他是江离。"一个妖怪低声道。

灵雎岛门下修士胸口皆文有灵凤图腾，但颜色不同，代表着实力与门内权力的差别，自上而下分别是赤、紫、蓝、黑。赤凤修士就算不是法相也是半步

第十章 杀机

法相,在宗门之内仅次于何羡我,不是长老,便是客卿。

"此地有打斗的气息。"黑衣赤凤修士冷冷地环视四周,看向谢雪臣,"岛主有令,演武大会期间,以和为贵,妖族不得私自戕害人修。"

灵雎岛在东海之上威望颇高,连众妖王都待何羡我客气有礼。演武大会乃妖族盛事,但以妖族的性情,想要维持大会召开期间的秩序实属不易,更何况还要保障一些散修的人身安全。灵雎岛和众妖王有协议,灵雎岛会协助演武大会的举办,但严禁妖族戕害人修。灵雎岛修士既有仙盟五派作为靠山,又得众妖王首肯维持秩序,因此人族与妖族都不敢得罪他们。

更何况,亲临此处的还是一位赤凤修士。

佘老板忍着痛收起了蛇尾,双腿渗血,脸上却挤出笑容来:"江道长,误会误会,这位修士想要投宿,我欢迎还来不及呢。"

江离没有理她,只是看着谢雪臣。

谢雪臣淡淡点了点头:"不错。"

佘老板听他这么说,顿时松了口气,知道对方没有追究的意思了,无论是和这个高深莫测的散修战斗,还是被江离问罪,都是生死攸关的大事。

"我这就安排房间。"佘老板赔着笑说。

现在别说空一间房了,就是把客栈都送人她也乐意。

江离看了一眼歪在一旁脸上鲜血直流的熊高,对眼前人修的实力便有了一定的猜测——或许并不需要他插手。

江离对谢雪臣道:"在下是灵雎岛修士江离,若在岛上遇到困难,可到珊瑚居找我。"

谢雪臣微微颔首:"多谢了。"

他并没有自报家门,江离知道他有意隐瞒身份,便没有多问,一言不发离开了客栈。

暮悬铃的目光从那人背影上收回,调侃道:"谢道长,你倒是怜香惜玉,不杀那蛇妖,还想在这客栈住下?"

被点了名的佘老板肩膀一僵,忙不迭道:"是我眼拙冲撞了两位,马上就为两位安排一间上房!"

暮悬铃扭头对佘老板道:"两间!"

佘老板一怔，看向谢雪臣。

谢雪臣道："一间。"

暮悬铃知道谢雪臣是提防着她搞小动作，但想到与谢雪臣同一间房，她就浑身不自在。

"两个人太挤了！"暮悬铃道。

佘老板忙道："不会不会，我这上房很大，两个人也不挤，人多热闹点。"

暮悬铃：去他的人多热闹点！

谢雪臣："你心跳忽然快了。"

暮悬铃满腹牢骚，这回却不敢发作了，她知道自己要是说了不中听的话，那个冷酷无情的仙盟宗主就会封她口窍。

进了上房，她环视一眼。房间确实很大，可能是考虑到有些妖怪睡觉的时候喜欢露出原形，这里的床比人族的床要大上几倍，别说睡两个人了，睡上四五个都不怕掉下来。

但再大，她也不愿意和谢雪臣躺一张床上。

她冷着脸找了张凳子坐下，一言不发。

谢雪臣知她心里别扭，便道："你睡床吧，我打坐便可。"

暮悬铃阴阳怪气道："我只是一个阶下囚，哪配睡床，能有张凳子便心存感激了。"

谢雪臣点点头，正色道："既然知道自己是阶下囚，便该言听计从。"

暮悬铃恶狠狠地瞪着他，眼睛又开始发红了，后槽牙来回磨着，咯咯作响。

"你是故意报复我吧。"暮悬铃冷笑一声，"因为之前神窍被封的时候，我戏弄你，你便变本加厉地报复我。想不到仙盟宗主是如此睚眦必报之人。"

谢雪臣缓缓走到她面前，恍然道："原来你是这么想我……"

暮悬铃冷哼一声，面带不屑与嘲讽："不然呢？我说错了吗？"

谢雪臣忽地微微倾身，伸手轻轻扣住她的下颌，声线清冷，宛如沁着薄冰，却有一丝低哑："那你可还记得，自己之前做过什么？"

暮悬铃被迫抬起头与他四目相对，撞入他幽深的凤眸之中。

她做了什么……

她不过就是强吻了他，扒了他的衣服，和他在一张床上滚床单罢了。

暮悬铃说不出话，但是脸色很难看。

谢雪臣低笑了一声："看样子，你都想起来了，要我'变本加厉''睚眦必报'吗？"指腹的薄茧轻轻摩挲着她脸畔柔嫩的肌肤，按在她的唇角。"你不是说……反正我是剑修，不必守着元阳之身？"

暮悬铃心跳加速，不知是因为害怕还是因为其他，她僵硬着不敢动弹，浑身紧绷。

谢雪臣眸色一沉，两人的距离有些过分近了，近到他能数清她根根分明的浓密睫毛，看清她眼中的惊惶。

呵……

他垂眸苦笑，忍住了心中欲念。她受悟心水控制，对他无法动情，他的亲近，对她来说只有惊恐不安。

谢雪臣不舍地松开手，转身离去，感觉到身后之人悄悄松了口气，他黯然闭了闭眼。

"你是要听话，还是要我报复？"

下一刻，暮悬铃已经闪到床上，蹬掉了鞋子，裹着被子躺到了大床的最内侧。

心仍然怦怦跳着，刚才的谢雪臣让她觉得很陌生……谢雪臣这人向来清冷自持、冷漠无情，现在虽然还是冷漠无情，但好像没有原来那种清冷出尘之感了，多了一丝说不清道不明的气息。

这样的变化，似乎是从贪欲牢笼之后才有的，到底在贪欲牢笼之中发生过什么，为什么她全然不记得了呢？

可是她却不能问，问出口了，谢雪臣便知道她失了记忆，他也未必会说实话，自己若不能相信对方的回答，就没有问的必要，否则会让自己多一个烦恼。

暮悬铃整个人缩在被子里，又偷偷地拉下被子，偷看谢雪臣。

他已是法相之尊，大可以打坐代替睡眠，此时便已盘坐于软榻之上，双目合起，清俊的面容平静而庄严，运转神功之时，身上便有光华流转，宛如神明一般神圣不可侵犯。

——仿佛刚才的一幕只是她的错觉。

　　暮悬铃狐疑地垂下眼眸，她本就是心眼多的人，越想越复杂，本以为自己与谢雪臣同屋而眠会睡不着，不料竟也不知不觉入了梦乡。

　　梦里她不知自己身在何方，耳边似乎有风声呼啸，她想睁开眼，眼皮却有千斤之重。忽然，风声缓了下来，她听到男人隐忍的喘息、低哑的呼唤——

　　"铃儿……"

　　她猛地睁开眼，看到一双浸染了欲色的漆黑凤眸。

　　于是她从梦中惊醒。

　　窗外天刚刚亮，谢雪臣仍是昨夜的姿势，在远处打坐，听到床上的动静，微微睁开眼，向她看来。

　　"做噩梦了吗？"谢雪臣正色问道。

　　暮悬铃胸膛剧烈地起伏，一脸惊魂未定，任谁看到也会这么想。

　　那是噩梦吗？

　　对，是噩梦，和谢雪臣亲热对她来说就是噩梦！

　　暮悬铃抿了抿唇，那温热的触感太过强烈，挥之不去，甚至还隐隐有一丝刺痛。她虽强吻过谢雪臣几次，但他一直是冰冷而抗拒的，然而昨夜梦中的谢雪臣，却大不一样……

　　雪花，也会滚烫吗？

　　暮悬铃用力地揉了揉自己的脸——都怪昨天那个佘老板说什么"人多热闹"！都怪谢雪臣说什么"睚眦必报"！害她竟做了这样离谱的梦！

第十一章 情　动

　　琼琚岛是东海之上最大的岛屿之一，地势东高西低，落乌山虽是一座山，实际上却占据了琼琚岛东面一半的范围。从西面看去，落乌山山腰以下郁郁葱葱，樱粉桃红相间，而山顶却白雪皑皑，高耸入云间。落乌山下是一大片茂密森林，若从空中望去，这片密林都被笼罩在厚厚的迷雾之下，让人看不清地形地势。迷雾也并非纯粹的水雾，而是各种剧毒瘴气，有的致死，有的致幻，凶险无比。这片密林被称为栖凤林，寻常修士不敢踏足其中，便是妖王也退避三舍，林中却生活着不少怪异的妖兽，乃至神兽。据说曾有人见过凤凰于林中翱翔，但不知是真是假。

　　谢雪臣御风而行，但到栖凤林上之时，便感觉到一股不寻常的吸引力在干扰自己的方向和灵力，法相直觉敏锐，他立刻下落于林中。

　　"这些瘴气干扰灵力波动，和魔气有几分相似。"谢雪臣面色凝重，"此地无法御空。"

　　暮悬铃环视四周，只见这密林之中的花草树木都生得分外粗壮，色泽也更加浓艳，空气中有股甜腻的芳香，却不知从何而来。而仰头望天，又只看到厚厚的雾气，连太阳都不太清晰，一切事物都像蒙了一层薄纱，人的五感也模糊

起来,可视距离不足十丈。

暮悬铃感觉到潜藏于四周的危机,忍不住屏息,无奈道:"谢宗主,你找长生莲为什么非得带上我?这不是法相之下的修士该来的地方。"

谢雪臣温声道:"放心,有我在。"

"有你在我才更不放心。"暮悬铃翻了个白眼。

谢雪臣:"呵。"

谢雪臣低笑一声,牵住了暮悬铃的手,道:"走吧,天黑之前必须离开这片林子。"

暮悬铃似乎放弃了反抗,任由他牵着自己的手朝落乌山的方向前进。

迷雾深处隐隐有诡异的声音传来,有时候像是猛兽呜咽之声,有时候像是咀嚼声,有时候又是粗重的呼吸声。因为看不见,只听着声音反而更多了想象的画面。

暮悬铃脸色渐渐凝重起来,便在这时,谢雪臣猛地停住了脚步,暮悬铃反应慢了一瞬,停不下前进的脚步,被谢雪臣拉住了手腕,往怀里一带。暮悬铃不由自主撞上谢雪臣的胸膛,刚想开口,便听到前面传来脚步声。

谢雪臣虽然五感受瘴气影响而降低了敏锐度,但一听到这个脚步声,他的脸色便沉了下来,握着暮悬铃肩膀的手不自觉地收紧了。

"谢雪臣……"迷雾中一个窈窕的身影越来越清晰,传来的声音让暮悬铃浑身一僵。

那是她的声音!

一模一样,完全是一模一样的声音,但是语气却不同,那个声音饱含情意唤着谢雪臣的名字,却又清晰地流露出一丝委屈和难过。

暮悬铃僵硬地看着那个逐渐清晰的身影,她从迷雾中走出,从容貌到衣着,和她别无二致。

谢雪臣不是第一次看到化形成暮悬铃的异类,比如欲魔,但他看人从不用双眼,而是用心眼,他能分辨每个人的心跳与呼吸,能看到每个人身上的气,因此没有障眼法能够瞒过他。

但是眼前这个人……不只是外貌,连脚步声、呼吸与心跳,甚至是气,都和暮悬铃一模一样!

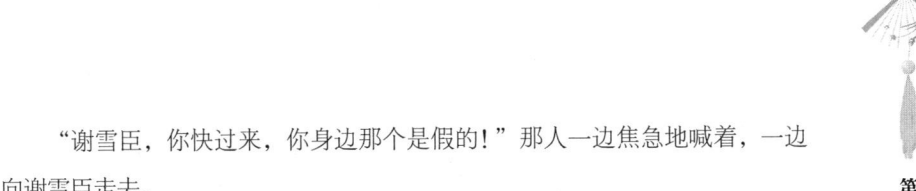

"谢雪臣,你快过来,你身边那个是假的!"那人一边焦急地喊着,一边向谢雪臣走去。

暮悬铃攥紧了拳头,心中涌起一阵恐慌:"你到底是什么东西?!"

"这话该我问你!"对面而来的暮悬铃冷冷地瞪着谢雪臣怀中的自己,"刚才我一入林子,便被一股莫名的力量拉走了,是你做的吧?你是这林中精魅,化成我的模样欺骗谢雪臣!"

暮悬铃冷笑一声:"好个倒打一耙。"她说着便右手一张,将断念握在了手中,"你学我倒是学得像,但谁真谁假,打一架就知道了!"

对面那人也是同样的冷笑,伸出右手,一模一样的断念在掌心浮现:"是啊,打一架就知道了,你这个妖孽!"

暮悬铃怔愕地看着那人手中的断念——这怎么可能!

断念是桑岐亲手炼制的,这世上不可能会有第二件!

她还未想明白是怎么回事,对面的断念已经劈向她的面门。暮悬铃被谢雪臣轻轻推到了身后,抬手接住了凌厉的一鞭。

对面那人气急又委屈道:"谢雪臣,你也被她迷住了吗?我才是真的暮悬铃!"

谢雪臣深深凝视着眼前之人,确实,和暮悬铃一模一样,包括眼神。让他想起那一日在骁城外的林中,他为救人而对她出手,她却对他手下留情,只是满腹委屈与愤怒。

——你不过是仗着我喜欢你!

似乎是从那一刻起,他才开始正视她的真心——虽不知从何而起,却是一片真挚。

"谢雪臣,你欺负我……"对面那双漂亮的桃花眼漫上了雾气,让他微微失神,忍不住心疼。

然而身后一鞭打断了他的思绪。

另一条断念毫不留情地打在了他后背之上,衣衫碎裂,露出结实宽阔的背肌,在玉石一般莹白的肌肤上留下了淡淡的鞭痕。

谢雪臣偏过头看向暮悬铃,后者眼中一片冷漠,见断念无法破开谢雪臣的防御,她眉头一皱,立刻就放弃了,接着向迷雾深处逃去。

谢雪臣勾了勾唇角，苦笑了一下，忽地左手微动，一条红色细绳自袖底飞出，缠上了暮悬铃的手腕。暮悬铃跑出不到十丈，便感觉到手腕一紧，一股力量拉扯着她的手腕让她无法前进半步。她一怔，低头看了看自己的右手，又看向谢雪臣左手，只见两人手腕上都缠上了一模一样的红色线圈，他们被一条红线连在了一起，几息之后，相连的红线消失不见，但手腕上的线圈却依然存在。

"我就说了她是假的！"眼前之人气急道，向谢雪臣缓缓靠近，放柔了声音，"谢雪臣，你没事吧？"

那样发自内心的关切，与之前的暮悬铃一样，然而真正的暮悬铃此刻应是对他无情无义、弃如敝屣。温柔体贴，不过是他的幻想。

幻想终究是假的。

谢雪臣脸色一沉，忽地周身灵力激荡，眉间朱砂莹莹发光，眼前的"暮悬铃"发出一声惨叫，顿时化成一阵白烟。

只听"咚"的一声，一颗绿色的果子掉在地上，摔碎之后露出了红色果肉，发出甜腻的香气，让人忍不住垂涎三尺。

"是林中精魅，捕灵花的果实。它散发的气息有强烈的致幻之效，连法相的神识都能迷惑。方才我们所见的，都只是自己的幻想。"谢雪臣沉声道。

需要迷惑他人神识来达成目的，那么这种精魅自身的实力便不会很强，一旦被人识破，便是死期。但若是不能识破，中计之人就会死于自己的幻想之中。

谢雪臣转过头，看向离自己远远的暮悬铃，后者正脸色阴沉地看着自己的手腕。

谢雪臣徐徐走到她面前，暮悬铃抬起手冷声道："谢宗主这是什么意思？"

谢雪臣道："此物名为一线牵，牵连的两人距离不能超过十丈。"

"我知道什么是一线牵，我问你是什么意思？"暮悬铃咬牙道。

"我担心你不小心与我走散。"谢雪臣顿了顿，又道，"也防止你故意和我走散。"

暮悬铃莹白的小脸染上羞怒的薄红："妖可杀不可辱，你这是拿我当狗拴着吗？"

"自然不是。"谢雪臣当即否认，正色道，"狗都是拴在脖子上的。"

"你……"暮悬铃脸上更红了，清亮灵动的眸子透着浓浓杀意。她满肚子

第十一章　情　动

的憋屈，这一线牵杀伤性不大，侮辱性极强，她打不过，逃不走，连说也说不过谢雪臣，若真说狠了，他还能封她口窍！

暮悬铃气得狠狠地跺了一下脚，别过身去不看谢雪臣，两只眼睛沾染了雾气，盈盈有光。

"走吧。"谢雪臣倒也无意逗她生气，他说的可都是真心话，偏偏真心话最气人。

暮悬铃没有吭声，谢雪臣叹息着低笑了一声，自己转身走了。过了片刻，暮悬铃手上一紧，见谢雪臣已在十丈之处，她被一线牵扯着，也只好不甘不愿地跟了上去。

"尽量不要离我太远。"前方传来谢雪臣的声音。

她自然是不会听的，能离十丈远，绝不近一寸。

暮悬铃的目光不由自主地落在谢雪臣肩胛的伤口处，她那一鞭用尽了全力，虽是震碎了衣料，却也只是在他肩胛处留下浅浅的伤痕，一寸宽二指长的淡红色鞭痕，落在他冰雪似的肌肤上，便似雪中梅影，分外醒目。谢雪臣也无暇理会这伤口，法相之躯自愈能力极强，这样细微的伤口不多时自会痊愈。

林中迷雾不知不觉越来越浓，能见范围从十丈缩减到五丈，担心撞上陷阱，两人不得不放慢了脚步行进。谢雪臣也缩短了一线牵的长度，将暮悬铃拉到自己身后五丈处。

然而瘴气对身体的侵蚀不容小觑，暮悬铃走到半途便发现自己的身体越来越虚弱，一开始她以为只是疲劳所致，但随着四肢越来越麻，她便察觉到不对劲了。

谢雪臣时刻关注着身后的脚步声，因为离得远，他听不太清楚对方的心跳与呼吸，但脚步声却十分清晰，他原以为暮悬铃放慢脚步是因为不愿意与他并排而行，但当那脚步声出现踉跄之时，他便知道出事了。

暮悬铃身子一软，将要跌倒之际却被谢雪臣扶住了手臂。

"怎么了？"谢雪臣一边问着，一边扣住了她的脉搏，感觉到脉象虚浮，气息凝滞，他眉头一皱，"这瘴气会让人四肢麻痹，气息阻滞。"

暮悬铃声音有些虚弱："我屏息许久，还是无法阻止瘴气入侵。"

谢雪臣抚上暮悬铃的额头,感觉到她体温微高,额上沁着冷汗。瘴气有毒,他早有预料,因此一早就嘱咐暮悬铃屏息。以她如今的修为,足以屏息数个时辰,运转灵力,以身上气孔代替呼吸。

"这些瘴气是由身上气孔而入,屏息只能稍微减少摄入,并不能完全阻绝。"谢雪臣沉声道,他从芥子袋中取出一粒瑰色丹药,"瘴气毒性不强,所以先前并未警觉,但不断渗透在身体中累积,到此刻才发作出来。这丹药能解瘴气,你先服下。"

"你不早拿出来。"暮悬铃埋怨地嘟囔了一声,从谢雪臣手中接过丹药投入口中。

谢雪臣道:"有副作用。"

暮悬铃:那还能吐出来吗?

谢雪臣:"不用吐出来,副作用不大,只是会让人暂时失明。"

暮悬铃气笑了:"这叫不大,在这危险的密林之中双目失明,不是找死吗?"

谢雪臣拍了拍她的肩膀,道:"有我在。"

暮悬铃感觉到一股热气在腹中烧着,驱散了麻痒酸软之意,让她身上慢慢又恢复了力气,但眼前也渐渐模糊起来。所谓的失明,倒不是真的眼前一片漆黑,而是极其模糊,但能感觉到明暗。

谢雪臣见暮悬铃蹙起秀眉,双目失了焦距,知道她已经看不清东西,便将暮悬铃打横抱起。暮悬铃下意识地挣扎了一下,手上碰到了谢雪臣左肩处的伤口,听到谢雪臣闷哼一声。

她立刻僵住不敢动。

"你的伤好像变严重了。"暮悬铃鼻尖敏锐地闻到了血味,但这血味却又不似寻常,没有一丝腥臭,反而带着几分淡香。

"瘴气所致,离开这里便好,不必在意。"谢雪臣道,"倒是你,别乱动,我们便可早些离开密林。"

暮悬铃浑身不自在,但此时也不敢逞能和谢雪臣作对了,只能乖乖被他抱着,双手却有些拘束不知道该放哪里。谢雪臣垂下眼看她一脸郁闷、双手无措的样子,便低声道:"抓着我的衣襟就好。"

暮悬铃迟疑了一下,将手靠在谢雪臣胸前。她双目不能视物,其他知觉便

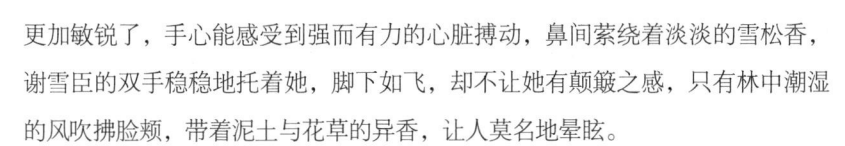

更加敏锐了，手心能感受到强而有力的心脏搏动，鼻间萦绕着淡淡的雪松香，谢雪臣的双手稳稳地托着她，脚下如飞，却不让她有颠簸之感，只有林中潮湿的风吹拂脸颊，带着泥土与花草的异香，让人莫名地晕眩。

暮悬铃忽道："你不用屏息闭气，不会受瘴气影响吗？"

"略微，但我的修为足以抵御。"谢雪臣淡淡道，"若是屏息，会降低对危机的敏锐度。"

所以他必须时刻清醒着面对一切危险，只要保护好她就可以了。

暮悬铃虽不喜欢谢雪臣，但也不得不承认，他的实力让人安心。如果不是对手，而是队友，那便是让人极其信赖的存在。

可是没有如果。

因为暮悬铃先前拖慢了速度，这密林也比预想中的更大，路上又遇到了不少陷阱幻象拖延了脚程，眼看着日头降落，光线昏暗下来，谢雪臣只能放弃夜间赶路的想法。这个地方的雾气和树木本就遮天蔽日，白天已经十分阴沉了，到了晚上更是星月不见，一片漆黑。黑暗中潜藏的危机更多，勉强赶路只会更危险。

谢雪臣在天黑之前找到了一个干燥的山洞，将暮悬铃放下，又捡了一些柴火生起火堆。

暮悬铃隐隐约约感觉到了微弱的火光，便朝那边看去。

"谢宗主，你肩上的伤是不是更严重了？"过去大半天了，她闻到血味越来越重。

谢雪臣虽然看不到自己肩胛处的伤，但也感觉到伤口处的痛痒之意在加重。显然瘴气对血肉的影响更大，会加剧侵蚀与腐烂。

"喂……"暮悬铃犹豫了一下，"要不要我帮你擦药？这林中还不知道有什么危险，万一你出了什么事，我也要陪着葬身这里了。"

这理由十分正当，谢雪臣也无法推辞。

而且他也没想客气。

谢雪臣走到她身旁，拉起她的手，将一个打开的瓷瓶放在她掌心。

"那就有劳了。"他说。

暮悬铃眼前暗了暗，应该是谢雪臣坐在自己身前，挡住了一些火光。她犹

豫了一下，缓缓伸出手去，碰到了谢雪臣的后背，小心地往上摸索，碰到了衣衫破碎的边沿，然后是他结实紧致的背肌。

她眼睛看不见，只好往前又凑近了一点，低着头用鼻子嗅了嗅，想靠着嗅觉寻找伤口。

雪松的香气中夹杂着血味，她凭着感觉缓缓碰到了谢雪臣的背，却听到他的呼吸略微一沉，忙顿住了动作。

"我眼睛看不见可是你喂的药，要是擦药下手重了，你可不能说我。"暮悬铃道。

谢雪臣似是笑了一声，道："你那一鞭子下手也重，我可曾说你？"

低沉的声音流露出了一丝若有若无的宠溺。

暮悬铃脸上烫了一下，有些尴尬，无言以对。

她是打了他好几次，他确实也没说什么，倒像是她以小人之心度君子之腹了。

她从瓷瓶中挖出清凉的药膏，慢慢地敷在伤口处。伤处本来只是一道浅痕，但因为瘴气的侵蚀，此刻竟有皮肉翻卷的触感，她只是上药便觉得疼了，她感觉到谢雪臣紧绷的身体，想来他也是疼得说不出话了。

然而谢雪臣的紧绷，却不是因为疼，而是因为她的靠近。

一股香甜的气息自背后飘散而来，仿佛一双温柔的手臂从后面拥住了他。她柔软的小手在背上摸索着寻找伤口，低头时湿热的鼻息洒在裸露的肌肤上，拂过又痛又辣的伤口，又带来一阵酥麻的痒意。

他的心跳难以自抑地快了几分，强忍着克制莫名的冲动，既想她快点上完药，又恨不得将伤口撕得更大一些，让她的指尖在身上多停留一刻。

谢雪臣心中苦笑——他果真是着了魔了。

"好了吧。"身后传来暮悬铃的声音，她松了口气，他叹了口气。

伤口处的灼痛被凉意覆盖，谢雪臣敛起双眸，缓缓起了身，暮悬铃感觉到眼前的明暗变化，举起了手，将药还给谢雪臣。

谢雪臣正要伸手接过药，却愣了一下，忽地握住了暮悬铃的手腕往上撩起袖子，露出一截纤细白嫩的手臂。

谢雪臣顿时脸色一沉——那手臂上出现了艳丽的斑纹，像桃花一样散落，而且散发着香浓甜美的气息，让人忍不住舌底生津。

他一直将她抱在怀中，而这香味是慢慢出现、逐渐变浓的，以至于他竟没有察觉。

暮悬铃也是一样，嗅觉适应了自己身上的气味，因此并没有察觉到自己此时有多香甜，但谢雪臣的沉默让她意识到不对。

"我的手臂怎么了？"暮悬铃心头一沉。

谢雪臣沉声道："手臂上有桃花斑纹，散发出香甜的气息，恐怕是不祥之兆，会引来危险的东西。刚才那颗药可以解瘴气的毒性，但这香味可能不是毒素所致。"

暮悬铃一惊，又有些不解："那为何只有我变成这样，你却不会？"

"或许对雌雄男女会有差异。"谢雪臣放下袖子，盖住她的手臂。

"林中必有凶物依靠瘴气捕食，瘴气麻痹猎物的四肢，然后散发出浓郁香气吸引捕食者……"暮悬铃心头沉重，一瞬间想过了许多种依靠气味捕食的凶兽，"或者可以试试用其他气味盖过这股异香？"

"这是个方法。我在结界上增加了阻隔气息的禁制，那凶物未必能找来，至少能拖延时间。"谢雪臣看了一眼外头，此时太阳落山了，外面一片漆黑，伸手不见五指，"那凶物应该不能视物，才会利用嗅觉捕食。"

暮悬铃将手伸进芥子袋中，摸出了七八个药瓶，说道："这里面红色罐子的是剧毒，不能闻的，有一个白色罐子，上面刻着一朵花的，是积雪膏，试试看可不可以盖住异香。"

谢雪臣依言从中找到了积雪膏，托着暮悬铃的手臂，将积雪膏轻轻擦在花瓣处。积雪膏发出一股凛冽的淡香，沁人心脾，一瞬间似乎盖过了香甜之气。

"好像有用？"暮悬铃眼睛一亮。

谢雪臣却没有这么乐观："我们的嗅觉已经适应了这股异香，积雪膏的香味刚刚出现，对嗅觉刺激更强，却未必真的盖过了异香。"

暮悬铃知道谢雪臣言之有理，心下一沉："我身上花瓣多吗？"

谢雪臣拉起袖子，看着莹润如凝脂的肌肤，细数淡粉色的花瓣，眸色暗了暗，道："左边手臂上有七朵，右边六朵。"

这桃花小小一朵，色泽淡粉，气味香甜，甚是勾人，即便他修为高深，也难免受到蛊惑，不过是自制力够强才抵御住了诱惑。

单是两只手臂就有十三朵，太多了……

暮悬铃心中一颤，捂着脸道："我脸上有吗？会不会很丑？"

"脸上若是有，我一早就发现了。"谢雪臣见她此时还有心情关心自己的容貌，忍不住弯了弯唇角。

暮悬铃听说脸上没有桃花，稍稍松了口气，但随即又苦恼起来，也不知道身上有多少，她总不能身上也叫谢雪臣帮忙上药吧？

"罢了……"暮悬铃叹息着摆了摆手，"还是不擦药了，那凶物也不知是个什么东西，来就来吧，想必以谢宗主的功力，要拦住它也是轻而易举。"

谢雪臣心里也是这般想法，他盖上了积雪膏的罐子放到暮悬铃掌心，低笑一声道："不用担心，这花瓣没有毒性，对身体无害，应该一两天内就会消退。你好好休息，我在外面守着，不会有事的。"

暮悬铃轻轻点头，感觉到一件披风落在自己肩上，想来是谢雪臣从芥子袋中取出的，披风上还带着他身上独有的雪松香。

她不怕冷，但有件披风盖着，便莫名多了几分安全感。

谢雪臣的脚步声走远了一些，在火堆旁坐了下来，正面对着洞口方向，警惕着随时可能到来的危险。暮悬铃背靠着石壁，拉着披风裹住了肩头，双眼什么也看不清，索性就闭上了眼。

不知过了多久，山洞外响起了诡异的声音，窸窸窣窣的，像是有无数只虫蚁在蠕动。谢雪臣脸色凝重起来，剑眉微蹙，手中握住了钧天。

只见黑暗之中，缓缓浮现出一个巨大的轮廓，乍一看像一个巨人一样，足有一丈高，那个身影仿佛喝醉了酒，摇摇晃晃地朝着洞穴逼近，待到火光照耀之处，才让人看清了原貌。

那是一只肥大的蠕虫，恐怕有三丈长，两人合抱之粗，通体呈菜绿色，看似一丈高，只是它支起三分之一身子的高度。那蠕虫身上有一圈一圈的褶皱，褶皱间似乎有数不清的小虫在蠕动。头部三个洞，上面两个不知是眼睛还是鼻孔，下面一个显然是口器，它张大了嘴，发出"咝咝"的声音，露出密密麻麻的尖牙，流下青色的涎液，滴在地上升起腐蚀性的青烟。蠕虫腹部是数不清的

对足，猛地拍在结界之上，发出巨大的声响，结界为之震颤。

谢雪臣神色凝重。这只怪虫的一拍之力，便远胜于寻常法相，恐怕与傅渊停旗鼓相当。

这只是密林中的一只虫子，只能在黑夜出没的虫子。

暮悬铃听到的撞击声，虽然看不见，但也猜出了来者实力强悍，她眯着眼看向火光，问道："谢宗主，来的是个什么东西？"

谢雪臣淡淡道："一只小虫子。"

幸亏暮悬铃此刻看不见，否则恐怕要恶心吐了。

谢雪臣深呼吸，手中钧天越来越亮，他凤眸一沉，杀气陡现，左手向前挥出一掌，磅礴的灵力化为强风，将那只巨虫逼退数丈。谢雪臣跃出结界外，决意将怪虫击杀在远处，免得吓到暮悬铃。

怪虫目不能视，是依靠极其敏锐的嗅觉寻来此处，结果遇到了阻碍和重击，顿时大怒，仰天发出尖锐的嘶鸣，让人骨髓生疼，紧接着脖子用力一甩，一口青色细丝向谢雪臣喷去。

凌厉的剑气劈开虫丝，虫丝向两边飞去，落到草地之上，青草尽被腐蚀。

钧天剑挟雷霆之势刺向巨虫身体，那看似柔软的蠕虫表皮竟十分坚韧，钧天剑剑尖陷入表皮，遇到了阻碍，没有如谢雪臣预想的一般洞穿巨虫。他眉心朱砂微微发亮，神窍激荡，钧天剑仿佛得到了指示，剑身爆发出夺目金光，一举刺破怪虫表皮。青灰色的表皮被刺破一道剑痕，顿时有绿色的血液喷溅出来。那些在怪虫褶皱间蠕动的小虫子似乎是寄生虫，忙不迭地从伤口处钻入了怪虫体内。

怪虫发出痛苦的嘶鸣，然而身体却在膨胀……

结界阻绝了声音与气息，暮悬铃茫然地坐在洞穴之中，抱着膝盖不安地等待谢雪臣。

刚才结界传递来的震动，绝对不是一只小虫子可以发出来的，谢雪臣虽然非常自信，但这密林十分古怪，他也不知道能不能应付得来……

暮悬铃在心中默默计数，感觉过了有一刻钟多些，终于听到了谢雪臣的脚步声，她心下一宽，开口问道："谢宗主，把那只虫子解决了吗？"

谢雪臣不知为何顿了一下脚步，呼吸忽然粗重起来。

暮悬铃一惊，忙道："你受伤了？"

那只虫子居然真的能伤到谢雪臣？

谢雪臣的脚步声缓慢地来到了火堆旁，坐下的时候似乎有些不稳。暮悬铃想着两个人如今是一条绳子上的蚂蚱，也不想谢雪臣出事。那只虫子连谢雪臣都能打伤，自己若是对上恐怕难以幸免。

她得不到谢雪臣的回应，便摸索着站了起来，披风滑落在地，她眯着眼朝着火光的方向走去，低着头在地上寻找身影。

山洞不大，走了三四步，脚下踢到了一个人，她踉跄了一下，扶在了谢雪臣肩上，闻到熟悉的雪松香，心中稍定，缓缓蹲下身去，半跪在谢雪臣身旁，鼻子嗅了嗅，好像没有闻到什么血味。

"谢宗主，你应该没受外伤吧，是受了内伤吗？"暮悬铃问道，"我这里有不少丹药，你看看有没有用得上的。"

谢雪臣的身体很是僵硬，似乎在运功抵御什么，她听到一声压抑的呻吟溢出喉咙，暗哑低沉，似乎十分难受。谢雪臣在熔渊受刑七日，恐怕也未曾这般呻吟过。暮悬铃心知不妙，她的手摸索着抚上谢雪臣的脸颊，感觉到他的体温有些高。"喂……"见他一声不吭，她有些气急道，"你到底受了多重的伤，要不要我渡给你一些灵力帮你疗伤？你非要把我带到这个危险的地方，可别自己死了，万一等下再来一只虫子，我看不见可对付不了！"

她的手被谢雪臣猛地握住了，他掌心的温度比平时高了一些，粗粝的指腹摩挲着她细嫩的手心，忽地用力一拉，暮悬铃便向前扑去，跌坐在他怀中。

"我没受伤。"暗哑的声音在头上响起。

暮悬铃松了口气，嘟囔道："可是你有点不对劲。"

她挣扎着想坐起来，却被谢雪臣摁在怀里，他撩起她的袖子，缓缓道："你身上的花瓣更多了，颜色更艳，香味也更浓了。"

方才他在结界上下了阻绝气息的禁制，这香气散不出去，便盈满了小小的山洞。他刚一踏入，冷不防便吸入了满满一口馥郁甜香，才知道这香味有多诱人，就连他也无法抵御。

暮悬铃却不知道自己身上的气味如何，她紧张地摸了摸自己的脸："我的脸上也有花瓣了吗？"

"没有。"谢雪臣的指腹落在她脸上，或轻或重地揉捏了两下，用低哑的声音说道，"可是脖子上有。"

温热的指尖轻抚在她颈侧，肌肤柔嫩细腻，如同早春枝头含苞待放的花蕊，让他舍不得移开手。右颈侧生出了两瓣淡粉色的桃花，一瓣在耳下，另一瓣深入衣领之中。

谢雪臣的指腹便自耳下滑落，按在了衣领边上的那一瓣桃花上，指尖轻轻往下一拉，衣领微松，露出精致的锁骨和一瓣香艳的花蕊。他一只手抱着暮悬铃，另一只手拈花一般在她颈间游移，灼热的呼吸拂在她颈间。暮悬铃看不见，便更加敏感了，她感受到颈间的酥麻，战栗了一下，伸手推揉谢雪臣："你先放开我。"

谢雪臣的动作忽地顿住了，似乎是发现了什么，指尖往旁边一拨，露出了一截红线，修长的指节钩住了那段红线，轻轻一扯，那被贴身戴着的玉坠便露了出来。

华光流转，触手温润，是一件极好的法器，还带着她的体温与体香。

翻过背面，上面刻了一个古体字——月。

这件法器出自谁之手，不言而喻。

暮悬铃感觉到贴身的玉佩被抢走了，羞恼地伸手要抢回来，却只抓到谢雪臣骨节分明的手，那只手紧紧抓着那枚玉坠，让她费尽了力气，满脸通红也抢不回来。暮悬铃咬牙道："谢宗主有些失礼了吧。"

谢雪臣并不意外南胥月会如此用心地送给暮悬铃一件护身法器，但他没想到，暮悬铃会收下。

"你和南庄主感情倒好。"他"呵"了一声，喑哑的声音暗藏了一丝酸意。

暮悬铃想也不想说道："他是我的朋友。"

"朋友……"谢雪臣轻嘲一笑，"他并不这么想，而你也不可能不知道。你收下这个玉坠……只是将他当作朋友？"

暮悬铃一怔，秀眉微蹙，嘟囔道："他对我很好……"

谢雪臣想起南胥月说过，暮悬铃对他有一丝情意……

看着玉坠的凤眸微冷，拇指按在了玉坠背面之上，稍一用力，便抹平了那

个"月"字。

　　这玉坠是极好的法器，遇到强敌可以保护她周全，因此他不会夺走，却也不能忍受这个"月"字藏在她心口。他将玉坠还给她，却又将她抱得更紧，薄唇贴着她的耳郭，哑声问道："为何你只记得他的好？那我呢……"

　　服下悟心水，不是会泯灭七情六欲吗，为何她对南胥月旧情不忘？难道……南胥月于她而言是特别的？

　　这样的认知让他心口一阵酸疼，苦笑了一声。她泯灭的七情六欲，都转移到他身上，成了他的心魔。如今他的心魔已炽，既要克制亲近她的欲望，又要克制酸楚与悔恨，道心崩塌便只在一瞬之间。

　　暮悬铃抗拒地说："你对我又不好。"

　　他眼神一暗，张口咬住了她的耳尖，酥麻与刺痛引得她发出一声战栗的轻呼。

　　暮悬铃目不能视，但此刻谢雪臣传来的气息太过陌生，她猛地一震，抬手打中谢雪臣胸口。谢雪臣眉头一皱，发出一声低低的闷哼，便猛地钳制住她的双手。

　　"你是假的谢雪臣！"暮悬铃怀疑又是林中精魅幻化成了谢雪臣，她神窍激荡，灵力汹涌，想要驱散幻象。

　　灵力在身周激起气旋，吹乱了两人的鬓发。谢雪臣深深凝视暮悬铃，看着她空洞失焦的双眼，看着她昳丽娇艳的容貌，低声说："我是真的。"

　　他彻底放弃了克制与隐忍，俯身吻住她眼尾的众生泪。

　　温热的薄唇轻怜地细吻她眼尾，极尽温柔小心，让暮悬铃一时愣住，忘了反抗，下一刻，他的吻便落在了唇上。

　　暮悬铃呼吸一窒，想要挣扎，却挣不脱他的桎梏。模糊的视线里只有一片阴影，她虽然闻到了独属于谢雪臣的雪松香，却看不到那人是谁。分明是谢雪臣，又分明不是他……那样清冷克制的一个人，对她向来是嫌弃抗拒的，怎么会抱着她肆意轻薄？

　　他轻吻着她唇瓣上细微的伤口，层层叠叠的欲望在心头堆聚，上一次他受贪欲牢笼影响，迷失了自我沉溺于欲望丧失了理智，而这一次，他却是清醒地知道自己在做什么。她身上的异香或许勾动了他的绮念，但他的自制力不该如此轻易崩溃，只是他不愿再克制了……

"你……"

暮悬铃刚一张口，便被他堵住了，带着三分不甘七分渴望侵入她口中加深了这个吻，勾着她和自己共沉沦。她的推拒无济于事，反而让交缠更加难分难舍。

暮悬铃双臂攀着他宽阔的肩膀，推拒间无意中抓破了他肩上的伤，摸到了一手鲜血淋漓，她顿时僵住了动作，忘了反抗。谢雪臣好似忘了痛一样，丝毫没有在意背上涌出的鲜血，任由白衣染上猩红，更加艳丽动人。他将她抵在石壁之上，圈在双臂之间，贪恋地夺走她口中细碎的呜咽和喘息，一只温热的手摩挲着粉鬓香腮，拭去额角的香汗，又轻捻着眼角的众生泪。

何止是众生泪，她失焦而茫然的双眼也漫上了薄薄的水雾，眼眶红红的，无助又可怜，却也分外柔媚诱人，让他移不开眼。

她被吻得浑身发软，提不起一丝反抗的力气了，心口跳得厉害，脑中一片混乱，身上却像有火在烧似的，明明她对谢雪臣没有丝毫的情意，却也禁不住他如此撩拨，身体自然而然有了反应，让她又羞又气，眼睛濡湿乌黑，想挤出一丝杀气也难。

喘息声在耳畔响起，伴着一声喑哑的低笑，他勾着她的发丝道："铃儿的心肠硬，嘴唇却是很软。"

暮悬铃心跳漏了一拍，羞恼地颤声道："你……果然是在报复。"

她做过的事、说过的话，如今他尽数还了回来，还加上了利息。

谢雪臣呼吸着她身上的香气，手掌贴着她玲珑的腰线，食指穿入腰带之间，摩挲着她腰间敏感的软肉，感受到她的轻颤，他低沉的嗓音徐徐道："我说不是，你信吗？"

暮悬铃心跳如雷，颤声道："我……我信，那你放开我吧……我之前是做错了，不该对你动手动脚，您仙盟宗主，清贵高洁，何必用这种方式报复我，那多委屈您啊！"

她不要脸了，清白要紧。

"呵。"谢雪臣笑了笑，"第一，你没做错，是我错了。"

暮悬铃一怔。

"第二，我并非清贵高洁之人，也只是个会动心、会动情的普通男人。"

"第三，不是报复。"

"第四，不委屈。"

他的吻落在她颈间，含住了锁骨处那瓣香艳软嫩的桃花，用行动告诉她——第五，他不放开。

她在模糊的视线里，仿佛看到了梦中那双眼，那双浸染了欲色与深情的凤眸。

灵巧的十指在身上游走，一件件的衣裳悄然滑落，裸露的肌肤感受到夜风的凉意，又很快被温热的手掌抚慰，掌心的薄茧摩挲过娇嫩的肌肤，带起阵阵战栗，让她情不自禁发出娇媚的低吟。或者指尖，或者舌尖，在她身上一处一处地勾勒轮廓，最后一个声音贴着她的耳垂低声说："一共四十六瓣。"

"嘤……"她含着泪呜咽了一声。

谢雪臣："有两瓣是我种下的。"

清冷的声音淡淡地说着让人羞耻的事，让她呼吸乱了又乱。细软的鬓发汗湿，贴在额角，她莹白温润的身体像一块上等的美玉，被他握在掌心细细把玩，泛出漂亮的桃粉色，又如一朵含苞待放的早春花骨朵，被覆着薄茧的十指轻拢慢捻，捻出带着甜香的汁液。

她心里本是抗拒的，但不知从何时开始沦陷，略显粗粝却沉稳有力的十指，湿热柔软的唇舌，一点一点地软化她的抗拒，她咬着唇也阻止不了溢出口的轻喘低吟，她的身体爱极了他的抚慰，甚至不自觉地拱起身子贴进他怀里，像是迎合一般将自己送到他手中。

谢雪臣也未曾想过一个吻会一发不可收，她双目迷离失神，乌黑的眼睛濡湿潮红，微肿的红唇发出支离破碎的呻吟，或许是妖性的一面占据了上风，让她本能地追逐快乐的源泉，发出奶猫似的轻哼，无意识地拱起细软的腰肢，想要更多的欢愉。

谢雪臣深吸了一口气，眸色深沉，沙哑着声音问道："我是谁？"

她微微扇动了羽睫，失焦的双眼找不到他的眼，脑中一片混乱，让她答不上来。

"嗯……"她轻蹙秀眉，难耐地扭着身子，不小心蹭到了一处，便听到一声喑哑的抽气声。

"别乱动了。"谢雪臣哑声叹息，"否则我会忍不住。"

忍不住什么……

她脑子蒙蒙的，紧接着便感觉到衣服披到了自己身上，被谢雪臣脱下的衣服，他又一件件帮她穿上。

"我不该乘人之危。"

"哼……"暮悬铃的意识渐渐清醒，身上的热度在缓缓消退，脸上却越来越红，她回味过来自己先前被谢雪臣做了什么，而她非但没拼死抵抗，还没骨气地婉转求欢。

她也不知道自己该气谢雪臣凌辱了自己，还是气自己欲求不满地想要更多。

现在还假惺惺地道歉……

她喘息着嘲讽他，声音又软又媚，又有几分沙哑："现在道歉，知道错了？"

"嗯。"谢雪臣说，"我该在你看得见的时候抱你。"

——他原以为她接受了他，然而她目不能视，亲吻她拥抱她占有她的是谁，她真的清楚吗？

他不愿意在她身心都没有准备好的时候与她契合，但他也不后悔方才所为，因为两人都从中得到了极致的欢愉。

暮悬铃不知自己是如何睡着的，兴许是舒服过后带来的疲惫，她懒懒地睡了一觉，醒来时，天刚亮不久。视线由模糊转为清晰，朦胧的晨曦笼罩着谢雪臣的背影，他背对着她坐在洞口处，身上已换了一套干净的白衣，看起来一丝不苟、一尘不染，运功之时光华流转，衬得他越发庄严清俊，宛如神明一般凛然尊贵。暮悬铃想象不出来，昨夜他是以什么面貌，在她身上数了一夜的花瓣……

他后来是如何纾解的？

难道神仙也会自渎？

想到此处，脸上不禁又开始发烫，又羞又恼。

正想着，谢雪臣已经起身了，他背着光朝她走来，居高临下地伸出了一只

修长的手臂。

"醒了这么久为何不出声，没有力气起身吗？"谢雪臣低沉着声音问道。

暮悬铃身子一颤，忽视了他伸来的手，自己从地上爬了起来，低声嘟囔道："我自己可以。"

谢雪臣打量着她，问道："眼睛看得见了吗？"

暮悬铃警惕地向后退开，背靠上洞穴石壁，摆出防御的姿态道："你想干什么？"

"若是看不见，我抱着你走。"谢雪臣道。

经历了昨夜之事，暮悬铃自问没办法再心安理得待在谢雪臣怀中了。

"若是看得见……"谢雪臣顿了顿。

暮悬铃心上一紧，害怕谢雪臣把昨夜的事继续做完，紧张道："那……那要怎样？"

"你以为呢？"谢雪臣唇角微翘，"自然是要赶路了，你自己走。"

暮悬铃松了口气，赶紧说："我看得见！"说着用力眨了眨清亮灵动的桃花眼。

谢雪臣似乎是笑了一下，他背过身去，说："你自己理一下衣冠，我在外面等你。"

说着便走了出去。

暮悬铃见他离开，这才放松下来，赶紧撩起袖子拉开衣襟查探自身情况。身上还是有瓣瓣桃花，但看起来颜色淡了很多，暮悬铃自己不可能数出来全部的花瓣有多少，但是她大概可以猜出来，锁骨下沿那两朵看起来更红的极有可能是谢雪臣种的。

她深呼吸平复胸腔中的激荡，满面绯红地整理好衣冠，恨恨地在腰带上打了个死结，看到手腕上的红线圈，心里就更气了。

"仙道败类，衣冠禽兽，人族之耻……"她咬着牙骂了几句，跺着脚走出洞穴。

谢雪臣负手而立，背对着她站在山洞前的平地上，前方不远一片狼藉，似乎是被剑气夷为平地，草木东倒西歪，散发出奇异的香气。

暮悬铃下意识地掩住了口鼻，害怕又闻到瘴气。

谢雪臣微微侧过身，偏过头来看她，扯了扯两人之间的红线，认真道："十丈之内的距离，我还是能听到你说什么的。"

暮悬铃一僵——所以刚才她骂的那些话，他全听到了。

"那……那又怎么样……"她硬着头皮冷笑，声音却渐渐弱了下去，"我又没有说错……"

谢雪臣淡淡一笑："你说得没错，是我近魔者黑了。"

谢雪臣说着拉了拉红线，有意缩短了红线的距离，暮悬铃身不由己便被扯到了他身旁，只留下两丈的间距。暮悬铃这才看到前方不远处的虫尸，方才远远看着，还以为是草皮。

那虫尸已经干瘪了许多，青色的表皮之下有无数细小的东西在蠕动，看起来十分恶心。

"这就是昨天晚上……的虫子？"暮悬铃小脸煞白地问道。

谢雪臣看了她一眼，干咳了一声："是，快走吧，别看了。"

怪虫被杀死之后，就被寄生虫钻入体内分吃了内脏，但这虫子太大了一些，现在还有无数小虫在体内钻食。

暮悬铃哆嗦了一下，道："要被这东西吃了，我宁愿先自行了断。"

"今天快点赶路，中午之前应该能离开密林。"谢雪臣说着往前微微倾身，在她颈间轻嗅，"你身上的气味未散，不赶快离开，晚上不知道还会不会引来怪虫。"

暮悬铃躲了一下，冷哼道："躲得了初一，躲不了十五。"

谢雪臣被她的意有所指逗得低笑一声，暮悬铃瞪了他一眼，转身向东边跑去。

铃儿的身体比嘴上诚实可爱得多——谢雪臣心想。

路上虽又遇到了不少危险，但都有惊无险化解了，日头当空的时候终于离开了密林，让暮悬铃松了口气。

"长生莲在落乌山南面的山谷之中，希望我们运气好一点，今天可以找到。"

谢雪臣身影如风，在紫色竹林中向南而行，他有意控制着速度，与暮悬铃并肩而行，互相照应。

这片竹林的颜色与其他地方不大一样，竹身呈淡紫色，散发着怡人的香气，是一种珍贵的制作法器的材料，坚韧无比，又有驱魔之功效。紫竹林应该是落乌山的屏障，把密林中诡异邪恶的巨虫阻隔在外。但落乌山中据说另有凶险，从落乌山安然而归的人比密林少得多。

谢雪臣不得不提高警惕。

在紫竹林稍微休息了片刻，两人便又继续赶路。

落乌山范围极大，但两人运气不错，没有走岔路，一路御风疾行，一个多时辰便进入山谷腹地。

山谷之中云雾缭绕，宛如仙境一般，与密林不同的是，这些云雾并非瘴气，而是灵力过于浓郁，以至于凝成了云雾状。在此处修炼一日，堪比在外界修炼十天。

暮悬铃欣喜地吞吐着云雾状的灵力，趁机提升修为。谢雪臣知道她悟心水未解，若是破境法相会有性命之危，便拦下了她，说道："现在不急着修炼。"

"你找长生莲就是了，管我做什么……"暮悬铃嘟囔道，"我又不知道长生莲长什么样。"

她也只是听说过而已。

谢雪臣道："你看这里。"

他指了指一旁半人高的草丛，暮悬铃定睛看去，脸色微变，道："这些草有被踩踏过的痕迹。"

"这里灵气浓郁，修炼事半功倍，若是有异兽在此……"谢雪臣道。

暮悬铃脸色凝重："那必会强大到令人绝望……"

"所以我们得尽快找到长生莲离开。"

"那你放开一线牵，我们一人一边。"暮悬铃道。

谢雪臣稍稍松开了一线牵，却也只是留出二十丈的距离。

"这里危险，还是不要分头寻找，二十丈之内，遇到危险我也能及时赶到。"

暮悬铃郁闷地"哦"了一声，也没有再多提要求。

两人隔着二十丈并排前行，靠着敏锐的视觉扫视方圆五十丈。最先发现异常的，是谢雪臣。他忽然停下了脚步，暮悬铃没有留意，直到腕上扯了一下，她才掉头回到谢雪臣身旁。

"有什么发现吗?"暮悬铃问道。

谢雪臣面容严肃地环视四周,说道:"虽然不太明显,但我能感觉到,这里的灵气,都在朝一个方向流动。"

暮悬铃闻言一怔,立刻沉下心去感受,她的感知比不上法相敏锐,捕捉不到这丝波动。

"会不会是风?"暮悬铃问。

谢雪臣摇头道:"风不会影响灵力的波动,我想应该是有聚灵的法阵,或者是有极为强横之人在修炼吞噬灵力,才有可能产生这种波动。"

"你想去看一看?"以暮悬铃对谢雪臣的了解,他很有可能会去一探究竟。

谢雪臣确有此意,但他担心若是遇上危险会累及暮悬铃,便将一线牵拉长到极致。

"一线牵至长可至千里。"谢雪臣道,"你在这里等我,若是遇上了危险,你可以循着一线牵来找我。"

暮悬铃愣了一下:"那你要是遇上危险呢?"

"一线牵会消失。"谢雪臣笑着,将自己的芥子袋取下,抹去自己的灵识,放到暮悬铃手中,"里面有足够多的法器,足以让你离开密林。"

暮悬铃怔怔看着手中的芥子袋,忽然感觉到千钧之重,然而谢雪臣似乎并不在意,他敛起双眸,感知到灵力的波动后,便向着北边飞去。

"听说拥雪城很穷……"暮悬铃掂量了一下芥子袋,想到谢雪臣身上永远不带银子,不禁弯了弯嘴角。

她按捺不住好奇心,将灵识探入芥子袋中查探了一番,忍不住吞了吞口水,喃喃道:"拥雪城一点也不穷……"

谢雪臣要是有个不测,她就能继承他的全部身家了……

暮悬铃心脏猛地跳了跳,既兴奋又觉得有点古怪,感觉自己好像还没成亲,就成了一个很富有的寡妇……

谢雪臣并不知道暮悬铃复杂的心理,他循着灵力波动往前,越往北边,那波动就越明显,仿佛正在接近旋涡中心。

他的感觉没有错。

谢雪臣唤出了钧天剑，准备应对即将到来的危险。

周围的灵雾越来越浓，因此旋涡也更加明显，而视线被灵雾阻隔，只能看到眼前一丈之处。谢雪臣慢下了脚步，忽然闻到了一阵清冽的异香，自鼻腔钻入胸肺之中，仿佛能驱散一切浊气，让人自内而外地焕发生机。

只是香气便如此，那本体该有多么神奇？

谢雪臣缓缓靠近，香气越来越浓郁，终于，他看到了灵雾中央那朵洁白的雪莲。那朵莲花只比碗大上一些，花瓣娇嫩莹白，散发着幽香与光晕，花心处隐隐有红光闪烁。长生莲的根茎很长，一缕缕淡青色的根茎垂下，悬浮于空中，丝丝灵雾便被这根茎不断吸入。

这就是无水之地……

长生莲将灵雾化成了水，但又不是水。这朵莲花的生长之力也强得惊人，竟能调动整个山谷的灵雾化成旋涡，如此百年方能开花。

此时的长生莲花瓣微拢，正是将开未开的迹象。

谢雪臣小心翼翼地靠近——他想要的，唯有莲心那粒莲子。

然而就在他靠近之时，空中忽然传来一阵尖锐的啸鸣之声。那啸鸣之声有刺穿神窍和灵识的功效，谢雪臣眉头微皱，猛地向后退出十丈，躲开了从空中斩落的风刃。那记风刃入地一丈，激起无数飞沙走石，破坏力极其惊人。

谢雪臣握紧了钧天剑，谨慎地看着落在自己面前的女人，还有她背后的法相——那是一只扬起长颈、高傲而优雅的火凤。

先前经过的那片密林被称为栖凤林，有人说曾在那里见过凤凰，谢雪臣此刻见到眼前火凤法相，不禁猜测先前被人撞见的，或许便是这只宛如实质的火凤。这只火凤通体呈金红之色，尾翼如火焰一般熊熊燃烧，一双狭长的金色凤眼傲慢地打量眼前的凡人。法相的主人是同样一身红霓羽衣的冷艳女子，她肤色欺霜赛雪，眉眼与那火凤如出一辙，高傲而锐利，双眉之间有着如火似翼的红色花钿，衬得她威严凛然，让人不敢逼视。

"你是何人，竟敢窥伺长生莲？"女子冷冷注视着谢雪臣。

"在下谢雪臣，寻觅至此并非为了长生莲，而是为了莲心子。不知前辈尊姓大名，可是灵睢岛之人？"谢雪臣一时之间看不透对方修为，但隐隐觉得对

方的气势还在自己之上，然而人族从未听说过有此强者。修炼灵雎岛独门功法，可凝炼出火凤法相，眼前这火凤与何羡我的法相有几分相似，但远在何羡我之上。

女子轻哼一声，上下审视谢雪臣，勾起嘴角冷嘲道："倒是有几分眼力，吾乃灵雎岛凤襄。你叫谢雪臣？没听说过，无名小辈，也敢来落乌山找死。"

谢雪臣并不在意对方的嘲讽，他如今不过二十五岁，以法相千年之寿来讲，二十五不过须臾一瞬，料想眼前这位前辈在落乌山待了许久等长生莲开放，没听过他的姓名也不足为奇。

"尊者可是一直在此等候花开？长生莲的珍贵之处在于花瓣和根茎，在下无意夺爱，只想求取莲心子一用。"谢雪臣诚恳道。

"莲心子？"凤襄眉头一皱，"长生莲才是至宝，莲心子是天下至苦之物，你要来何用？"

谢雪臣道："我有一友人，服下悟心草所制之毒，泯灭情爱，须以莲心子破解毒性。"

凤襄问道："友人……是你的心上人？"

谢雪臣点了点头。

凤襄漠然道："世间情爱最不可靠，断情绝爱方为正道，离于爱者，无忧无怖，她既然已经悟了，你又何必要拖她沉沦？"

谢雪臣道："若是真的悟了，便不需要外力左右内心，强迫自己遗忘。她……爱我至深，只是被迫忘情，损身伤心，若不能解除毒性，恐有性命之危。"

凤襄冷哼一声，轻嘲道："你倒真有自信，她如何爱你至深了？"

谢雪臣眉头一皱，正要开口，却见凤襄身上亮起红光。

"我不听你说，我要自己看。"

一道红光迸射而出，钻入谢雪臣神窍之中，他悚然一惊，却无法阻止，脑海中浮现出一个红衣女子的身影，还有她冷酷的声音。

"原来如此……"她冷笑道，"果然是个痴情女子，可惜所爱非人。"

凤襄侵入他的灵识，一眼看穿了他心中珍藏的点点滴滴，又抽身而出。

谢雪臣这下明白了，对方的修为远高于他……

灵雎岛何时有了这么一位修为高深的长老？他脑中掠过一个个名字，都与

眼前之人对不上号。

"长生莲不是后悔药。"凤襄微微扬起下巴，高傲而冰冷地注视谢雪臣，"你后悔之前辜负了她，焉知她不是后悔爱过你，才自己选择服下悟心草？现在你想让她忆起旧情，可曾问过她愿不愿意？"

"或许是我罔顾她的意愿，但悟心草的毒性危及性命，我不能坐视不管。待解除毒性，她若仍然爱我，我便一生相伴；她若恨我，要取我性命，我也会双手奉上。"谢雪臣道。

他言辞平淡，却温和而坚定，由心而发，勾动心之誓约，隐隐有余音回荡。

凤襄听到这话语中的力量，不由得微微一震，良久方道："巧言令色，这世间男人皆不可信！"

她说着，缓缓抬起了双手，广袖激荡，雄浑的气息震开了周身灵雾，若有若无的杀意让谢雪臣绷紧了神经，祭出钧天剑，玉阙天破列阵环伺，散发出不相上下的气势。

凤襄皱了下眉头："修为倒是不俗，可以在我手下多撑几招。"

"在下无意得罪前辈。"谢雪臣面色凝重，眼前这个女子实力之强他生平仅见，若不出全力，他必死无疑……

他深吸了一口气，灵雾疯狂地涌入神窍之中，眉心朱砂猛然绽放出红光。

凤襄惊讶地看着他眉心的红光，喃喃道："这气息……"

就在她失神之际，玉阙天破从天而落，打了她一个措手不及。凤襄回过神来，勃然大怒，无数风刃向谢雪臣劈去，谢雪臣正要抵挡，忽然一面金光罩在眼前展开，挡下了半数风刃。

谢雪臣一怔，扭头便看到了小脸煞白的暮悬铃。

"你怎么来了？"他不知该怒该喜。

暮悬铃也不知道自己为何来了，她的身体总是自作主张，让她欲哭无泪。

"浑蛋，早知道这么强，我就不来了！"

说完扭头要跑，但一道红衣身影倏然出现在她面前，高傲而冷漠的双眼盯住了她，让她动弹不得。

"原来是你。"凤襄微有些诧异地挑了下眉梢，向暮悬铃伸出了手，但一道凌厉的剑气逼退了她的手，暮悬铃僵硬的身子向后飞去，被谢雪臣揽住了腰

身护在身后。

"我们无意冒犯，前辈何必咄咄逼人。"谢雪臣持剑而立，冷然道。

凤襄凤眸微眯，看着谢雪臣手中金光流转的钧天，又看向他眉心朱砂，沉声道："你究竟是什么人，竟能得到钧天认主？"

钧天本是盘古开天之时碎混沌、分阴阳的一道无双霸气，无坚不摧、无物不克，它有灵识，只有得到它的认可，它才会为你所用。谢雪臣本是剑修，得到钧天认主之后，这道气便化为剑气，而钧天也有了剑的形态。

得到钧天认主，就连谢雪臣也不知为何，在他晋升法相那一日，一道金光自东边而来，落入他的掌心，沟通他的灵识，对他流露出臣服之意。自此天下千千万万修士梦寐以求的钧天，就成了他的本命法剑。

谢雪臣握紧了钧天剑，肃然道："仙盟宗主，谢雪臣。"

先前他不愿倚势凌人，因此没有道出自己仙盟宗主的身份，此刻凤襄再问，他才据实以告。不料凤襄的反应出人意料，她眼中掠过一丝诧异，随即冷笑道："胡说八道，仙盟宗主分明是潜光君！"

谢雪臣一怔。暮悬铃攥着谢雪臣的袖子，自他身侧探出头来，惊疑不定地打量眼前这个风华绝代又威严凛然的女子，疑惑道："潜光君……不是初代宗主吗？"

仙魔二界，无人不知无人不晓，六千年前，正是潜光君联合所有仙道宗门，结成仙盟，布下万仙阵，将魔族封印于绯月之界。

凤襄听到暮悬铃开口，将目光投向她，厉色道："什么初代宗主，难道我才离开了一年，仙盟就换了宗主？"

暮悬铃和谢雪臣相视一眼，一丝凉意掠过二人心头。

谢雪臣正色看向凤襄："尊者……潜光君，是六千年前的仙盟宗主。"

"六千年前……"凤襄瞳孔一缩，猛地攥紧了拳头，脸色骤然变冷，"我进落乌山不到三日，怎的就成了六千年前了？"

暮悬铃攥着谢雪臣的袖子，喃喃道："她这是什么意思……难道她是六千年前的人？可人族不可能活到六千岁的……"

暮悬铃的低语被凤襄听在耳中，她厉声问道："你们是谁派来的，说这些话诳我是何居心？"

谢雪臣心中一沉，他忽然想起来凤襄是谁了……

凤襄，是六千年前，与潜光君一个时代的大能，法相巅峰尊者，灵雎岛的祖师之一。她亦曾参与过万仙阵的布阵，但灵雎岛创派不久她便不知所终。

他初听这个名字，只觉得耳熟，或有同名同姓之人，无论如何也想不到会是六千年前的人。而且听凤襄之言，她并不是在此处生活了六千年，对她来说，她只是进入了落乌山三日，世间就已过了六千年……

谢雪臣心中所想，亦是暮悬铃所想，她脸色微微发白，低声道："这里难道有古怪？是我们回到了六千年前，还是她来到了六千年后？"

凤襄心中亦涌起强烈的不安，因为她明白，眼前两人并没有故意说谎骗她。她想起方才侵入谢雪臣的灵识看到的画面……那些人都喊他宗主，还有，这世间的一切似乎与她认知的有许多不同之处。

脑中仿佛炸开了无数惊雷，她猛地一颤，脸色唰地变得惨白："怎会如此……"

谢雪臣拱手，恭敬道："前辈想必是灵雎岛创派祖师，凤襄尊者。"

凤襄眉头紧皱，她扶着额头，呼吸急促紊乱，口中喃喃念道："到底发生了什么事？不对，这一切都不对……"

暮悬铃心上一紧，颤声道："她好像要发狂了。"

话音刚落，便见凤襄周身发出夺目的金红光芒，身后法相发出凤鸣清音，似乎神窍受到了极大的震荡。谢雪臣神色一凛，立刻揽住了暮悬铃的腰身，向后疾退，飞速离开了此地。

——那是法相崩毁之兆……

第十二章 凤襄

二人似疾风穿林,不敢停歇地离开山谷,回到紫竹林中。

就在他们离开不久,山谷中便爆发出了恐怖的气息,大地顿时震颤起来。

谢雪臣神色凝重地望着山谷方向:"是法相崩毁引起的爆炸。"

暮悬铃惊魂未定,心中惴惴不安:"谢雪臣,那人究竟是谁?"

"听她所言,她是凤襄,是灵睢岛的创派祖师之一。"谢雪臣心中亦是沉重不安,"她的实力在我之上,绝对不是寻常人可以冒充的,而且火凤法相,也是灵睢岛独有功法才能修炼出来的法相。"

暮悬铃道:"人族最长也只有千年之寿,她再强也是个人,怎么可能活了六千年?难道山谷中的时间与外界不一样?几日便是六千年……"这个猜测让她不寒而栗,"所以那些进入落乌山的人,没有人能看到他们离开,因为他们哪怕在山中待一日,世上也已千年……那我们……"

"未必如此。"谢雪臣沉稳有力的手按住她微颤的肩膀,"落乌山确有古怪之处,但仅听凤襄几句话,还不足以做出这个推断。听方才的动静,凤襄或许已经陨灭,此时天色已晚,我们在紫竹林中暂歇一晚,明日再去查探一下。"

暮悬铃皱了皱眉:"落乌山太诡异了,你有非得到长生莲不可的理由吗?若

是我们也葬身此处怎么办？你看那个凤襄比你更强，竟落得陨灭的下场……"

"我必须得到莲心子。"谢雪臣语气坚定，"性命攸关。"

"你自己要的，还是给别人的？"暮悬铃问道。

谢雪臣沉默了片刻才道："给别人的。"

暮悬铃冷笑道："多重要的人啊，值得你舍命去拼。不过这关我什么事，你把我拉进这浑水里，左右你是要死了，干脆现在放了我吧。"

谢雪臣心中始终抱着一线希望，若是侥幸得到了长生莲，便能尽快让暮悬铃服下，是以始终留着一线牵没有解开。他不能告诉暮悬铃长生莲是为她而取，是担心她生出警惕和逆反之心，反而误事。

"你刚才……为何去找我？"谢雪臣问道，"是不是遇上了什么危险？"

暮悬铃抿了抿嘴，眉头皱了起来，却不吭声。

她哪里是遇到了什么危险，她也不知道自己哪里出了错，两条腿不听使唤了，好像有一股莫名的力量牵引着她奔向谢雪臣。刚一靠近便感觉到那骇人的气息，她看到风刃卷向谢雪臣，没有多想便从芥子袋里取出一件天阶法器帮他挡了一下。等回过神来，立刻掉头便跑……

这种奇怪的话自然是不能告诉谢雪臣，她对自己也有些生气，幸好逃脱了，万一陪葬在那里，她真是做鬼都意难平。

谢雪臣见她脸上带着愠色却不说话，也猜不出她心中所想，唯有轻叹一声，揉了揉她的脑袋，沉声道："明日一早我再去那里看看，长生莲不知道会不会受到波及被摧毁。"

暮悬铃别过脸，躲开他的手，冷声道："你爱去就去，关我什么事。"

她扭头朝另一边走去，找了根竹子靠着坐下，一脸的不快。

谢雪臣怔怔地看着她，眉眼又渐渐柔和了下来，他徐徐走到她身旁挨着坐下，后者一脸嫌弃地挪了挪地，拍了拍被他碰到的肩膀，恶声恶气道："滚开！"

谢雪臣低笑一声，没有滚开，反而跟着靠了过去。

"铃儿，你是不是担心我？"

暮悬铃噎了一下，冷冷扫了他一眼："你倒是会自作多情，你我势不两立，我巴不得赶快摆脱你。"

谢雪臣心里本也是这么想，她喝下悟心水，应是对他斩断了情思，她嘴上也是不饶人，从未说过一句好听的话，身体却不然，似乎眷恋着他的亲近而不自知。

他心口忽地酸软了下来，执起她的手握在掌心，温声道："放心，我没有那么容易死。"

暮悬铃挣了一下，没挣脱，别过脸嘟囔道："那就更不放心了。"

她心中憋得慌，却不知道是为何。她皱着眉头看着地上依靠在一起的影子，忽见谢雪臣抬起手抚上她的云鬓，将一根发簪轻轻插入发间。

暮悬铃微微一怔，抬起手便摸到了一根尚带着体温的玉簪，她抽了出来，见是自己当日抵在面馆的那一根，在镜花谷的时候被她打碎成了两段，此时却又被镶嵌连接起来了。

"昨天晚上我接上了。"谢雪臣道。

暮悬铃立刻意识到，是在她睡着之后，谢雪臣偷偷接上了断簪。她缓缓握紧了断簪，不明白谢雪臣什么意思。

"那天晚上你离开之后，我又去面馆赎回了这根发簪。"谢雪臣的手覆上了她的，温度一点点地渗入她的血液之中，"当时我就明白了自己真实的心意，我想让你留下来，不只是以妖奴的身份。蕴秀山庄能给你的，南胥月能给你的，我也可以。"

暮悬铃心口一震，又酸又疼。

"但是魔蛟攻袭拥雪城，我只能以拥雪城为先，害你落入桑岐手中……"他低低叹了一声，含着悔恨与自责。

暮悬铃攥着发簪，木然道："我只是个卑贱的半妖，配不上谢宗主厚爱。"

谢雪臣苦涩道："是我配不上你的一片真心。"

"我没有真心。"暮悬铃断然否认。

"你还记得贪欲牢笼中发生的事吗？"谢雪臣忽地提起旧事，暮悬铃微微一怔，轻轻摇头。

谢雪臣说："你我同处其中，那是因为，我们是彼此的贪欲。铃儿，我本没有贪欲，直到遇见你。你也一样，只是你心里忘了。"

暮悬铃讶然睁大了眼，脑海中掠过一个清晰的画面，那是风雪中拥吻的两人……

难道那不是梦?

谢雪臣在她唇畔轻轻印下一吻:"但你的身体没有忘。"

暮悬铃抿了抿唇角,感受那转瞬即逝的温软,一抬眼,便看到凤眸中清浅而宠溺的笑意,这样罕见的浅笑让他向来清冷的俊颜更显温柔,让暮悬铃看得失了神。

"等明天,我若回来……"谢雪臣抵着她的额头,温声道。

"你要是回不来呢?"暮悬铃皱眉问道。

谢雪臣道:"那你忘了我,也好……"

她就不必再为他难过伤心了。

暮悬铃垂下眼,心里莫名不舒服,她推开谢雪臣,将发簪扔进芥子袋中,冷声道:"那你干吗和我说这么多,我又不想听!"

她用力地跺着脚,走到另一边坐下,抱着自己的手臂蜷缩成一团生闷气。

谢雪臣没有再追过去,他静静地坐在不远处,凝视她许久许久……

第二日一早,谢雪臣要动身前往山谷,暮悬铃一脸别扭地跟在身后。

"凤裏都已经陨灭了,想必山谷中也没有什么危险了。"暮悬铃说着顿了一下,"就算有,反正昨天我也已经进过了,不差这一回了。"

谢雪臣闻言失笑,心中酸软了一片,一把拉过她的手,在掌心轻轻捏了捏:"好,那遇到危险的话,你不必管我。"

暮悬铃烦躁道:"这还用你说。"

好气啊,她为什么非要跟着去呢?她也不明白,这一切都鬼使神差,不由自主,这落乌山果然处处透着诡异……

两人小心翼翼地重回山谷,山谷中经历了一场爆炸,四周草木多少受损,但因为谷中灵气充裕,这些损毁的草木很快便又会恢复生机。越靠近长生莲,现场的破坏便越严重,这一切都显示昨日那场爆炸有多惨烈。

谢雪臣屏息凝神,终于来到了长生莲生长之地。长生莲周围一片狼藉,地上被炸出了一个深坑,但长生莲却丝毫无损,依然疯狂地吸收着灵雾。

"看这情形,凤裏尊者是陨灭了……"暮悬铃叹道。

谢雪臣有些沉重地点了点头,将目光投向长生莲。便在这时,他听到身后传来脚步声，他立刻将暮悬铃护在身后，目光如炬地看向身后之处。

那个脚步声轻浅，显然是个女子的步伐。沐浴在晨曦之中，于灵雾深处缓缓而来。

一袭红衣逐渐清晰，暮悬铃震惊地看着眼前女子昳丽冷艳的容貌，失声道："凤襄尊者，你没事？"

暮悬铃瞪大了眼睛看着出现在面前的女人，那样风华绝代的容貌、无可比拟的气息，是凤襄不会有错。可是这里发生过的爆炸也不似作伪，确实是法相崩毁才会有的现象。

凤襄看向二人，冷淡的眉眼掠过一丝疑惑和警惕："你们是谁？"

暮悬铃愕然道："你不记得我们？"

凤襄上下打量她一眼，冷然道："你是谁，我为何要记得你？"

暮悬铃道："我们昨天见过。"

凤襄道："我还不至于连昨日发生之事都不记得，我从未见过你们。你们是谁派来的，有何目的？"

谢雪臣抿唇不语，眼前发生的一切太过诡异。为何六千年前的人能活到现在，为何昨日死去的人重新出现，为何她忘记了昨天的会面……

见二人不答，凤襄也不在意，她移开眼，目光灼热地看向二人身后的长生莲，神思恍惚地向前走去，喃喃道："长生莲，世上果然有长生莲……"

长生？

两个字掠过脑海，仿佛惊雷一响，让人豁然开朗。

难道凤襄不死，与长生有关？

可她为何会失忆？

谢雪臣道："凤前辈，冒昧问一句，您可知长生术？"

"你们也是为长生莲而来？"凤襄微眯凤眸，对谢雪臣流露出敌意。

谢雪臣道："不，我们只是误入此地，并不知这是何物，只是听凤前辈提到长生莲，才有此问。"

暮悬铃听谢雪臣这么说，心中顿时了然——他担心昨日之事重现，想减轻凤襄的戒备与敌意，从而套出有用信息。

果然，凤襄听说二人不是为了抢夺长生莲，她面色稍霁，虽然她觉得眼前

两个年轻人的实力不足为惧，但也不愿意花费精力去与人相争，生怕伤到长生莲。

凤襄道："听说长生莲藏有长生的奥秘，吃下长生莲，便能得长生。可惜这长生莲还未到开花之时，但应该也不用等多久了。"

暮悬铃望着凤襄，不解问道："长生又有什么好处？尊者已是法相之身，有千年之寿，何必追求长生？"

凤襄扫了暮悬铃一眼，淡淡笑道："长生久视，乃修道者毕生所求，只要有足够的时间，便有可能突破法相巅峰，达到另一重境界。更何况……"她神色一黯，"我已不剩多少时间了。"

虽说法相之躯可青春永驻，外貌看不出年龄，但一个二十几岁的人与千岁之人，阅历不同，眼神自然也不一样。暮悬铃看着凤襄的眼神，不觉得她是年岁近千之人。

或许是她出过什么意外，导致寿元大损，这才自觉剩余时间不多，只能寄希望于长生莲来延长寿数。

谢雪臣对仙盟历史的了解远胜于暮悬铃，他回忆六千年前发生之事，以及关于凤襄尊者的那些传言，大胆推测道："尊者如今岁数不过两百，应还有八百寿元，可是在万仙阵中受了伤，导致寿元大损？"

仙盟记载，当年魔族侵掠人界，虚空海魔气四溢，魔界的边境不断向人界推移。人族第一修士潜光君集结仙道万宗之力，结成仙盟，付出了巨大代价才结成万仙阵，隔绝了魔气入侵，也将无数魔神封印在魔界之内。这些代价，便包括了无数修士的性命。

凤襄有些惊异地看向谢雪臣，没料到这个容色清俊冷漠的男子，竟有如此敏锐的直觉。她意识到对方年纪不大，修为却深不可测，如此惊人的资质，竟然默默无闻。她心中觉得古怪，却也懒得对其他男子上心，淡淡道："你猜得不错，不过这与你们无关。我不知道你们为何误入落乌山，但这里不是你们该来的地方，还是尽早离去吧。"

谢雪臣与暮悬铃相视一眼，见凤襄不愿多言，他们也没有再多纠缠，当即离开了山谷，向紫竹林而去。

"谢宗主，你是不是心里也在怀疑……"暮悬铃问道。

谢雪臣点了点头："明日再求证一下。"

两人一夜无眠，守在紫竹林边缘，天刚亮的时候，忽然听到了一阵熟悉的脚步声。

谢雪臣和暮悬铃双双一震，屏息看向来人。

那人红衣夺目，眉眼锐利，徐徐而来，正是凤襄。

凤襄眉头微皱，警惕地看着两人："你们是谁？"

谢雪臣心下一沉——她又失忆了……

不，她不是失忆，她是又重启了一天，日复一日，被困在这山谷之中，重复了六千年……

一阵寒意涌上心头，暮悬铃不自觉打了个寒战。

难道……这就是长生的奥秘？

"谢雪臣，你还想要长生莲吗？"暮悬铃看着凤襄的身影消失在灵雾之中，才轻轻问道，"这样的长生，生不如死。"

谢雪臣没有告诉暮悬铃，他寻找长生莲的目的本就不是为了长生。要解除悟心草的毒性，便须服下长生莲的莲子。虽然玄信曾说，长生莲的莲子有益无害，但眼看凤襄现状如此诡异，他却不得不追根究底，免得害了暮悬铃。

"长生莲开放应该还要一段时间，我们不急于一时，当务之急，是查清凤襄长生的秘密。"谢雪臣道。

暮悬铃也十分好奇，这个秘密关乎长生，就足以令天下修道之人奋不顾身。

"我们先找到凤襄一日重生的起始点。"暮悬铃思忖道，"应该是在紫竹林中。"

紫竹林范围极大，这一夜，两人没有休息，彻夜在林中搜寻。林中雾气浓重，又是浓云蔽月之夜，一片漆黑之中，只能依靠对气息的感知来搜寻。

终于在黎明之前，谢雪臣找到了凤襄的所在。

她双目紧闭，气息平缓，似乎陷入了深眠之中，竟未察觉到身旁有人靠近。

"谢宗主，她似乎是活着，又像是死了。"暮悬铃惊疑不定地看着凤襄，"若

是活着，不可能察觉不到我们。"

非但如此，凤襄的气息也非常微弱，以谢雪臣的敏锐，也是走到近前才感知到她的存在。

"她可能是天亮之后才会清醒。"谢雪臣猜测道。

"那这个时候的她岂不是毫无防备，十分危险？"暮悬铃道。

谢雪臣道："但即便她死了，也会在天亮之时复苏……"

暮悬铃小心翼翼地靠近凤襄，轻轻向她伸出手去，就在即将碰到她之时，忽地被谢雪臣一把抓住手臂从凤襄身前拉开。下一刻，便见凤襄身旁的草地上，一道浓稠如墨汁一般的阴影轻颤着勾勒出一个人形轮廓。那轮廓一开始是个女子曼妙的身姿，看似凤襄，但又仿佛被一双无形的手揉搓着，拉长了身形，变成了个男人的模样。浓黑的影子缓缓从地上立了起来，薄薄的一片如浸染了墨汁的宣纸，被夜风一吹，轻轻颤动，将凤襄与谢雪臣二人隔开。

暮悬铃惊异地看着眼前一幕，这个从地上站起来的阴影与谢雪臣一般身量，隐约看得出是个男子的身形，却是从凤襄的影子里钻出来的。

他的出现无声无息，哪怕此刻他就站在面前，也让人几乎感觉不到他的存在。谢雪臣之所以拉开暮悬铃，不是察觉到了他的存在，纯粹只是出于对危险的预感。

暮悬铃未曾见过鬼魂，但眼前这道影子，便与鬼魂无异。

然而这诡异的变化还未停止，那人形黑影如水波一般缓缓荡开圈圈涟漪，一层层的浓黑自头面处褪去，深刻的五官轮廓逐渐清晰。

那是一张清俊的男子脸庞，眉峰平和，眼波清澈，浓黑的阴影之下藏着修长挺拔的躯干，天蓝色的长衫衬得他越发儒雅温和，即便是对上谢雪臣，他也未弱上半分气势。

"你……是人是鬼？"暮悬铃惊疑不定地打量对方。

男子目光明澈地望着面前二人，不带丝毫敌意，反而有一种长者的温厚与宽和，让人忍不住心生亲近与信赖。

一个名字忽地跳上心头，谢雪臣脱口而出喊出对方的名字："潜光君。"

暮悬铃讶然瞪大了眼睛。

潜光君，六千年前的仙盟初代宗主？

"你就是如今的仙盟宗主。"男子没有否认，他微笑着朝谢雪臣轻轻颔首，"你很好，胜过我当年。"

"仙盟记载，六千年前，潜光君在布下万仙阵后不久便辞去宗主之位，从此下落不明，从时间上看，与凤襄尊者相差无几，两位当时的巅峰法相先后失踪，音信全无，绝非寻常之事。曾有人传说，潜光君与凤襄尊者互相爱慕，结成道侣，归隐山林，但从未有人再见过两位尊者。"谢雪臣轻叹一声，"今日见到凤襄尊者之后，我心中便有此猜测，却也没料到，竟成现实。"

"已经过去六千年了啊……"潜光君怅然一笑，他在凤襄身旁半跪了下来，看了一眼沉睡的凤襄，轻轻摘去落在她鬓角的一片紫色竹叶，指尖流连于她的眉梢眼角，眼中流露出缱绻与哀伤。他知道这么做不会吵醒她，却又不自觉地放轻了动作："若非你们出现，我都忘了今夕何夕了。"

"前辈能否告诉我们，为何您与凤襄尊者会被困在落乌山六千年？"谢雪臣面色凝重地问道，"凤襄尊者似乎落入了一个循环之中。"

"你的直觉很强，猜测的已接近事实。"潜光君娓娓道来，"凤襄每一日都会在这里醒来，日落之时又会失去所有的意识与记忆，从日落开始，重复前一日。"

"所以她能活六千年，而这六千年，对她来说只有一天……"暮悬铃呼吸一窒，这样的生活太可怕了，而凤襄本人却不知道，她一直以为，这是她进入落乌山的第三日，"怎么会有这么诡异的事？是落乌山的奇异力量，还是那朵长生莲……"

潜光君轻轻摇头："长生莲藏有长生的奥秘，但吃下长生莲之后，并不能得长生，而是会看到通向长生的天梯，天梯尽头，便是神界。"

"神界？"谢雪臣瞳孔一缩。

"自人族开化以来，便有一个传说。神族庇佑苍生，受苍生供奉膜拜。然而堕神却勾动人族心魔，带领人族反攻神界，遭到神族镇压。堕神被封印于熔渊之下，人界诞生了魔之一族。而神族厌弃了人族，自此，天下再无神明庇佑。"

潜光君口中所言的，是人族尽人皆知的传说。在人族的意识里，这个世界本有神族、人族、妖族，在神族庇佑之下，人族风调雨顺、安居乐业，但是后来因为人心生魔，神族厌弃世人，这世间便沦为神弃之地，而魔族越来越猖獗，

人族受魔族侵扰，正是背弃了神明的报应。

然而，从未有人到过神界、见过神族，传说似乎只是传说。

暮悬铃亦被潜光君的话震住了，她喃喃道："原来竟真有神界存在……"

她没有怀疑潜光君是否会说谎，或者被蒙蔽，六千年前的第一修士，封印了魔界的人中之神，岂是如此轻易被人蒙蔽的？

他的声音低缓而悲凉，将往事徐徐说起。

这是六千年来，他第一次与人说话，说着这个世间最大的秘密。

"落乌山的雪线之上，藏着通往神界的天梯。吃下长生莲者，得羽化之身，才能站上天梯。

"你看到那些飘荡在山腰的白云了吗？天宫就藏在云雾雪峰之间，那里是法禁之地，修道者神窍被封，只能以肉体之力硬抗罡风朔雪。法相之下若是沾染一丝，便会化为灰烬，纵然是法相，也要身受凌迟之痛，忍着走过三万八千步天梯，方能到达天宫。

"那是神族所在，亦是世人口中的神界。

"在云海深处，有一座神庙，神庙中有一神官，号轮镜上神，乃神界司辰之神。他说他已在那里守了一万年，在等一个人。也许是人，也许不是。他是个善良的神，无论是谁，只要走到他面前，都可以许下一个愿望，只是司命上神会收取一些代价。

"六千年前，凤裳吃下了长生莲，忍着千刀万剐之痛，向轮镜上神许下长生之愿。

"而日复一日地重生，便是司命上神索要的代价。"

潜光君轻描淡写的叙述，在谢雪臣和暮悬铃心中掀起惊涛骇浪。落乌山顶，天宫神庙，长生不老，无尽轮回……这一切都是神迹，是神族曾经存在的证据。

不，神族依然存在！

谢雪臣看着潜光君，沉声道："你也向轮镜上神许愿了。"

潜光君微微颔首："我是在凤裳离开的第二年，走遍了天下，终于在这里找到她。"

那时候他以为，自己找到了凤裳，一切还能重新开始，但已然迟了。他一次次地挽回她，一次次地失去她，日复一日，与她重复着同样的轮回。他也曾

经试图带她离开这里，但金乌一落，她便会消失，回到紫竹林中，直到天亮，再次醒来，忘记了一切，重新开始。

他就在这山谷之中与她相伴了百年，就像她曾经陪过他的几万个日夜。三万六千多日，他等到了长生莲再次开放。这一次，他吃下了长生莲，看到了虚空之中出现的白色天梯，走上了那条凤裹曾经走过的路。

他遍体鳞伤，来到神庙，神庙之中那个高洁尊贵的神官面含微笑，为他解开凤裹身上的谜团。

"百年前，她和你一样来到这里，她许愿长生不老，我给她了。"轮镜上神笑容慈悲，"本君是个善良的神，总是愿意实现他人的心愿。只是司命爱从中作梗，有时候会收取一些代价，越是超出本分的愿望，代价便会越大，你可能理解？"

潜光君面露悲色："所以，凤裹的生命永远停留在了那一日。"

"难道这不是一种长生不老吗？"轮镜上神微笑道，"她如愿以偿了。那么，你的愿望是什么？"

"能否让她摆脱这样的'长生'？"潜光君问道。

"被实现的愿望，无法改变。"轮镜上神敛去笑容，正色道，"否则本君岂不是失信于她了？"

"能否让她恢复记忆？"

"那是司命上神的事了，他收去的代价，不可能归还。"轮镜上神道，"你还是仔细想想你的愿望吧，本君没有太多的耐心。"

最后，潜光君许下了愿望。

"我愿和她生死相依，永不分离。"

他成了她的影子，在离她最近的地方，但她永远不会知道。

"潜光君，您与凤裹尊者……原是道侣吗？"暮悬铃问道。

潜光君黯然垂眸，苦涩道："是我负了她……"

在见到凤裹尊者之前，潜光君便已久仰她大名。

那些年魔族在神州大陆上肆虐，他四处奔走，除魔卫道，便常听人提起凤裹的尊名，那些人说她惊才绝艳，年少成名，独创神功火凤燎原，令魔族闻风

丧胆。修道界不少尊者都明里暗里向她表露过好感，希望和她结成道侣双修，但凤襄尊者是出了名的冷傲无情，谁的面子也不给，醉心修道，不染情爱和因果。

他也和世人一般，以为她是个冷酷无情之人，后来相处久了，才知道——这人比传说中的更加不近人情。

"与废物双修，只会影响我修行的速度。"那人一身张扬的红衣，眉眼冷艳而孤傲，流露出一丝厌烦，"男人真是麻烦的东西。"

潜光君尴尬地笑了笑，摸了摸鼻子。

凤襄斜睨他一眼："你和他们不一样。"

他心里莫名有丝窃喜。

"你是个愚蠢的东西。"凤襄道，"你的资质在我之上，若潜心修炼，或许有朝一日能突破法相巅峰，寻找到长生之道。但你偏偏把心思都放在除魔卫道之上，琐事缠身，修行之心不纯，进境便有限。"

潜光君微笑道："尊者修行，是为探索人族的上限，而在下修行，只是为维护一方太平，在下无意于长生，只求在有限的生命中，尽可能多地做有益于人族之事。"

凤襄虽对他的道心嗤之以鼻，却也尊重他的执着。或许是因为潜光君从未对她流露过爱慕与纠缠，她反而愿意和他待在一起，他有一种莫名的亲和之力，在他身边，她便莫名地安心与宁静。她本只是这个尘世的旁观者，一心只求修道，不知何时起，也沾染了他那些坏习惯，与他一起惩奸除恶，扶危济困。山洪暴发，她看着他拼尽全力于洪水中救人，一身泥泞，俊脸污浊，毫无修道者清高之态；瘟疫蔓延，他四处行医，不嫌弃患者一身脓疮，亲自为他们诊治擦药，救活了无数生命；魔族攻城，他一人一剑，对抗成千上万的魔兵，悍不畏死……

她总是冷嘲热讽，说他堕了修道者的尊严，然而他在洪水中救人，她冷着脸在一旁安置伤者；他四方行医，她笨拙地抱着痛哭的孩子轻哄；他与魔族厮杀，命悬一线，她杀红了眼舍身相救……

如此相伴着过了数十年，几乎踏遍了神州每一寸土地，他已经习惯了他的背后那袭红衣的存在，那是他可以将性命交托的对象。

第十二章 凤襄

然而却又渐行渐远……

仙道万门，犹如一盘散沙，而魔族力量却与日俱增，他周旋于各大宗门之间，四方游说，终于将无数仙门结成同盟，而他理所当然地被推举为仙盟宗主。旁人曾问，他与凤襄尊者形影不离，是不是早已结成道侣。

他沉默片刻，方微笑道："凤襄尊者神仙一般的人物……岂能随意亵渎？"

那人松了口气，又笑道："既然宗主未有道侣，那舍妹您看如何……"

他哭笑不得，婉言谢绝了对方的好意。他心里早已有了人，只是那人……无意于他。

相伴数十年，她从未对他流露过半分男女情意，她是翱翔九天的凤，是他不敢亵渎的梦。

仙盟事多，他越来越忙碌，她也越来越少出现，后来还是从旁人口中得知，她去了东海闭关，竟然连离开，也不曾对他说一句。原来几十年的相伴，于她而言不过如此……

再次相见，已是十年之后，她带着灵雎岛众人参与万仙阵布阵之事，因为修为高深而被奉为十尊者之一。她便坐在他身旁，却陌生得有如初次相见。

"凤襄……尊者，这些年在灵雎岛过得可好？"四下无人之时，他拦住了她，温声问道。

她抬眼看他，漠然道："有劳宗主关心，一切都好。"

然后便毫不留恋地擦身而过……

原来那过往数十年，不过是凤襄尊者的一段修行，却也是他难以割舍的一场梦。

他缓缓攥紧了双手，没有开口叫住她，因为他知道，自己不配。

万仙阵布阵之时，须有十名尊者各占星位，顶住法阵反噬之力将法阵牵连为一体，织成一张足以覆压魔界的大网。而十个星位之中，有一个星位是死门，守着死门的人，将会承受灭顶的打击。

他将死门留给了自己。

他也曾想过，临死之前将自己的心意告诉她，或许会换来对方的冷嘲热讽，或许会让她厌烦逃避，也或许……她会对他有一丝不一样的情意，会为他的爱慕而动容，会为他的死亡而悲伤。

可是那又如何，他既没有了生路，又何必让她再有不快？

万仙阵中，烈火焚身，天雷碎骨，他咬紧牙关撑过，万仙阵布阵成功，魔族被封印，而他亦侥幸留下一命。昏迷数日，他终于醒来，第一时间便打听凤襄的消息，却听人说："凤襄尊者身受重伤，早已回了灵睢岛闭关。"

他惊讶道："以凤襄的修为，不至于重伤。"

"其余星位的尊者半数丧命，更何况是死门呢？凤襄尊者的修为再高，也受不了万雷劫火啊，那可是用来斩神的天劫啊！"

"什么……"他心中一片冰凉，声音带上了轻颤，"可分明是我踏入死门……"

那人眼神闪烁，支吾道："凤襄尊者……自请入死门，她偷换了阵图，让我瞒着您。她说她修为高于您，由她入死门，方能撑住死门之劫，完成万仙阵的部署。"

胸腔之中忽地一阵绞痛，腥甜涌上喉头，他眼前一黑，却骤然间明白了许多。

凤襄，凤襄……

他挣扎着起身，不顾任何人的阻拦，拖着病体飞往灵睢岛。

灵睢岛的弟子恭敬中难掩悲愤，对他冷冰冰道："启禀宗主，我们尊者未曾回来。"

"那她又会去哪里？"他失神问道。

"我等不知。"那人木然道，"尊者的心，从未在灵睢岛，她要走，我们拦不住。"

那她的心在哪里呢……

凤襄的弟子对他怒目而视，字字诛心。

"宗主既然对我们尊者无意，此时又何必故作多情？她舍命入阵，原也不指望你的回报，你若有心，早在数十年前便该明白她的情意。她那样骄傲尊贵的一个人，若不是对你有情，怎么可能守着你几十年？天下人皆念你大仁大义、心怀苍生，可谁又知道她？她跟着你，不图名不图利，蹉跎了岁月，耽误了修行，你以为是为什么？"

是为什么……

他竟从未仔细想过，大抵是因为不敢去想，他怎么可能不爱凤襄，只是因爱生怯。她说他与旁人不一样，不爱慕不纠缠，若他把情之一字说出口，又与其他人有何区别？他只是害怕失去她……

——凤襄尊者神仙一般的人物……岂能随意亵渎？

原来那句话，她听到了……

可她未曾听过他的心声，他藏在心底数十年的恋慕与渴望，从第一眼，便已沦陷。

她的骄傲，他的怯懦，让他永远地失去了她，哪怕近在咫尺，形影不离，却终究无法感知碰触彼此。

她的长生只有一日，而他却在这里数过了六千年的花开花落，在她的影子里悄然凝视，只有在她沉睡的时候，无星无月的夜里，他才能从影子里脱身片刻，触碰她的睡颜。

他们也曾有过甜蜜相依的时候，就在重逢后的三万多个日夜，他守在她身边，等着她每一天醒来，她把前一日忘记，他便不厌其烦地告诉她一遍又一遍。

——凤襄，我爱你，从看到你的第一眼开始。

——你能不能原谅我的愚笨和怯懦，和我重新开始？

她也会一次又一次原谅他，笨拙地与他亲吻，红着脸责问他为何如此娴熟，是不是另外有了道侣。

他只有苦笑，哪来另外的道侣，不过是这三万多个白日，他都重复着同样的告白与纠缠，熟而生巧。

然而凤襄，终究还是会忘了他爱她。

他宁愿自己从未踏上过天梯，可以与她有千年的厮守。可若未曾踏上天梯，他又舍不得她一人在尘世间无尽轮回。

这一切都是他的错，为何要让凤襄受此折磨……

"长生久视，是神族的权柄，是人族不该觊觎的奢望，这样的长生，是一种惩罚。"潜光君苦笑道，"你们可知，长生莲的莲心子，又名众生苦。悟心草是毒，长生莲才是药。世人以为断情绝爱、泯灭情欲便是大彻大悟，然而真正的大彻大悟，是尝尽众生苦、流尽众生泪后，依然心怀慈悲，愿意去爱这个尘

世。如此，方为悟心。

"这些年来所有开过的长生莲都被她摘下了，只是她都忘了。天梯只对一人开放一次，之后吃下再多的长生莲，也无法羽化登仙，窥见天宫。我知道，你们想要莲心子去解悟心草之毒，那些被凤裹留下的莲子都被我埋在这里。"

潜光君说着指向旁边一块青石，谢雪臣走到青石旁，拂袖移开了青石，便看到下面有一个洞穴，一个白色锦囊中装了满满的赤色莲子，散发出略苦的清香。每一个莲子，便是百年的光阴。

"尝尽众生苦，才是真正的悟心。"潜光君说，"这些莲心子你们拿去吧，离开这里，不要再来了。"

暮悬铃心头沉甸甸的，压得她有些喘不过气来。这六千年来，潜光君是如何度过的……

"有我们能帮得上忙的地方吗？"暮悬铃低声问道。

潜光君看向她，淡淡一笑道："这是神的力量，谁也无法左右，你有这份心意，我心领了。"

谢雪臣从袋子中取出一粒莲子，回到暮悬铃身旁。

"潜光君，你可曾见过司命上神，或许能从他身上下手，想办法解除这'诅咒'。"

"诅咒……"潜光君"呵呵"一笑，"是啊，这愿望与诅咒何异？我当时确实有过这个想法，但是偌大的天宫，我只见到轮镜上神一人，根本没有其他神官。"

谢雪臣眉头一皱："这轮镜上神有些古怪，并非如他所说的'善良'，或许他在说谎。"

"这世间从未有人见过神族，神族只存在于传说之中，但他所展现的能力已非凡人能及，若不是神族，还会是什么？"潜光君敛眸思索，"不过，他确实说过，有人在说谎。"

"谁在说谎？"谢雪臣追问道。

潜光君回忆起轮镜上神当时古怪的笑容，心中便生起一丝寒意。

"他说，这个世界，只是一个谎言……"

两日后，谢雪臣与暮悬铃回到了琼琚岛主城。

妖族演武大会已经结束，这几日有不少妖族后起之秀崭露头角，得到了众妖的追捧，主城内随处可见妖族的狂欢盛宴，整座琼琚城繁华而热闹，人声鼎沸，载歌载舞，喧嚣之中别有一丝尘世的温暖。而落乌山的经历便如一场幻梦一般，虚渺冰冷。

这是妖族演武大会结束后召开的百妖夜行盛会，琼琚城里的妖族男女欢声笑语，顾盼风流，纵情于一夜的欢爱，就如这夜空中绚烂的焰火，只求一时美好，不在乎长久之情。

暮悬铃看着搂抱在一起的两个狐妖，不由得一阵唏嘘："师尊说得对，情之一物，乃世间至毒，沾之粉身碎骨。还是妖族好，重兽性轻人性，有欲无情，才不会心伤。"

谢雪臣与暮悬铃并肩而行，听她有感而发，不禁顿住了脚步。

"无情未必洒脱，有情未必多苦。"

清冷的声音自身后响起，暮悬铃疑惑地回过头看向驻足不前的谢雪臣。明明周遭的一切如此热闹，人流如织，欢声笑语，他身处其中，却又仿佛游离于尘世之外，与这滚滚红尘格格不入，寂寥而苍凉。幽深的凤眸沉沉凝视着她，夜空炫目的焰火也未曾照亮他眼中的漆黑，她却隐约在他眼中看到了自己。

她恍惚地听到他说："爱过之人，纵粉身碎骨，亦九死不悔。凤襄如是，潜光君亦如是。"

他轻轻执起她的手，两只微凉的手契合地十指相扣，很快便生起一股暖意。

暮悬铃长睫轻颤，垂下眸子，看向两人紧紧贴合的掌心，还有手腕上各自缠绕着的红线。

"谢宗主，你一线牵未解，不必担心我会逃走。"她低声咕哝，却也没有想要挣脱他的掌心，好像自己已经习惯了一般。

"执子之手……难道只是怕你逃走吗？"谢雪臣低笑一声，只将她的手握得更紧。

那是为什么……

有一个答案呼之欲出，她却不敢相信。

就在她即将问出口之时，一个熟悉的声音远远传来。

"谢宗主,暮姑娘?"

这声音打断了她的思绪,她转过头看向来人,只见灯火阑珊处,一个锦衣玉冠、戴着银狐面具的高大男子摇着扇子走来。

"少宫主?"暮悬铃一眼便看穿了对方的身份,诧异地看着他,"你怎会在此处?"

来人正是碧霄宫少宫主傅澜生,走到近处,他含笑的目光扫过两人交握在一起的手,顿时掠过一丝怜悯——送给南胥月的。

傅澜生朝谢雪臣拱了拱手,才回答暮悬铃的话,道:"今日妖族演武大会结束,碧霄宫受邀观战,家父正在闭关,便由我代劳走这一趟,倒是见了不少世面。"他感慨唏嘘道,"妖族美人,真是热辣多情……"

他险些跑不掉了,那些女妖都想采补他!他找借口从晚宴上溜走,到了大街上,又有狂蜂浪蝶对他前赴后继,他只好买了个面具戴上,遮掩自己俊美的脸庞。

"真羡慕你们,没有被妖族劫色采补的烦恼。"傅澜生摇着扇子炫耀道。

暮悬铃笑了一下,道:"前几日倒是有个修为高深的蛇妖觊觎谢宗主的美色。"

傅澜生一怔:"然后呢?"

"自然是被打得六根清净了。"暮悬铃正色道,"少宫主,你若是强一点,就没有这种烦恼了。"

傅澜生扯了扯嘴角,感觉心口被人插了一刀,面具下的俊脸皱巴了起来。

"姐姐!"一个稚嫩的声音从傅澜生腰间传出,暮悬铃低头看去,便看到阿宝从芥子袋里探出了一个小脑袋,两只半圆耳朵兴奋地抖了抖,下一刻便跳到她肩上,"姐姐,我好想你啊!"

它在暮悬铃颈间拱了拱,暮悬铃忍不住露出微笑,抬手轻抚它柔软的毛发。

"阿宝,少宫主有没有欺负你?"暮悬铃揉了揉它的脑袋。

阿宝舒服得眯了眯眼,伸长了脖子去蹭她温软的掌心,软软地告状道:"哥哥说,我不乖他就养只猫。"

傅澜生酸溜溜道:"没良心的小东西,我对你多好,你就只记得养猫这句了?"

暮悬铃忍俊不禁，看到阿宝漂亮的毛色，她便知道傅澜生将阿宝照顾得极好。

"这些日子你找傅沧璃，可有眉目了？"

听到暮悬铃的问话，傅澜生脸色微微变了，压低了声音道："我正好有事想找你帮忙，此处不是说话的地方，你们随我来。"

作为天下第一有钱人，傅澜生下榻之处自然也随意不了。他此次前来琼琚岛，是乘坐法器"浮云空舟"而来。浮云空舟以汉白玉雕刻而成，上面镌刻无数法阵，法阵齐发，便可御风而行，一日八千里。浮云空舟之上，雕梁画栋，极尽奢华，珍馐美景，一应俱全，更有侍卫美婢无数，防卫森严，服侍周到，令人流连忘返，胜似人间仙境。

飞行法阵没有发动之时，浮云空舟便停泊在琼琚岛西面的海面上，三人腾空而起，乘着海风徐徐落于甲板上，远远便看到一抹挺拔的青衫修影，那人迎风而立，衣袂轻扬，头悬一弯新月，脚踏粼粼星河，俊眉星目，脉脉含笑，宛如神君谪凡尘。

暮悬铃看到那人眼底温和的笑意，不禁扬起笑脸，还未落下便张口唤道："南公子！"

南胥月上前一步，迎向三人，目光却只落在当中那人身上。

"铃儿。"南胥月声音含着轻浅笑意，温声唤道，目光在她面上流连了片刻，才看向一旁的谢雪臣，温文有礼地问候道，"谢宗主。"

谢雪臣轻轻颔首，眼中掠过一丝异色："南庄主，你也在此？"

南胥月道："我留给铃儿的玉佩有异，似乎是受到攻击而激发了当中的法阵。我担心铃儿出事，又察觉到玉佩出现的方位是在琼琚岛，便沾了傅兄的光，乘浮云空舟至此。"

暮悬铃疑惑地皱了下眉："玉佩何时受过攻击，我未曾使用过。"她说着从颈间勾出了细绳，垂眸看向玉佩。玉佩色泽温润莹白如昔，未有一丝裂纹，暮悬铃翻过背面一看，脸色顿时变了变。那上面本是镌刻着一个"月"字，此时却是光滑的一片，是谁干的，何时干的，此事不言而喻……

南胥月目光敏锐，自然没有看漏玉佩的变化，也没有错过暮悬铃忽然泛红

的脸庞。

暮悬铃支吾道:"可能是我不小心触动了法阵……"

谢雪臣低笑了一声:"也可能是我。"

南胥月不着痕迹地扫了谢雪臣一眼,折扇抵着薄唇,垂眸微笑,却不说话。

傅澜生打了个寒战:"今天晚上,好像有点冷……我已备了酒席,我们先进去吧……呵呵……"

说完风度翩翩地溜走了……

——我应该在船里,不应该在这里!

如傅澜生所说,他已让人在船舱中备好了酒席招待谢雪臣和暮悬铃。三人一落座,各种珍馐美味便流水般送上,摆满了席面。

暮悬铃不由得心生感慨,难怪傅澜生无心修炼,实在是日子过得太舒坦了。作为碧霄宫唯一的继承人,被父母呵护备至,既没有南胥月兄弟相争的苦恼,也没有谢雪臣身担重任的压力,连修行都是别人练好了功传给他,想来十世善人才能得天道如此厚爱吧。

她这辈子吃的苦,兴许是造了十世的孽。

傅澜生热情地招呼众人,谢雪臣淡淡摇头道:"我早已辟谷。"

暮悬铃倒是来者不拒,听着傅澜生的介绍,一一品尝过各种山珍海味。见暮悬铃如此捧场,傅澜生也是兴致勃勃,如数家珍。

"这道牡丹荟萃,是以深海星沙鱼的鱼腩制成,将鱼腩切成透光薄片,肉色烟粉,肉质鲜嫩,无须烹调便是人间美味。这星沙鱼生于海下百里之处,只有元婴修士方能入海捕捞,因此极其难得珍贵。

"这道雪峰朱颜乃东海女妖的最爱,据说驻颜生香,白色的是牛乳雪燕,上面红色的是朱果的果浆,朱果是生于栖凤林边缘的灵果,灵气浓郁,食之则口含幽香,十日不散。

"这道叫碧海青天明月心,碧海是海中灵藻,鲜甜生津,青天是灵雎岛独有的香积笋,最是爽口,明月心是一种名为红荔的果子,果肉莹白,果汁甘甜。

"这是雪蟹醉琼瑶,将活蟹浸入百年美酒之中,蟹肉染上了酒味,风味绝美……阿宝你不能吃!"

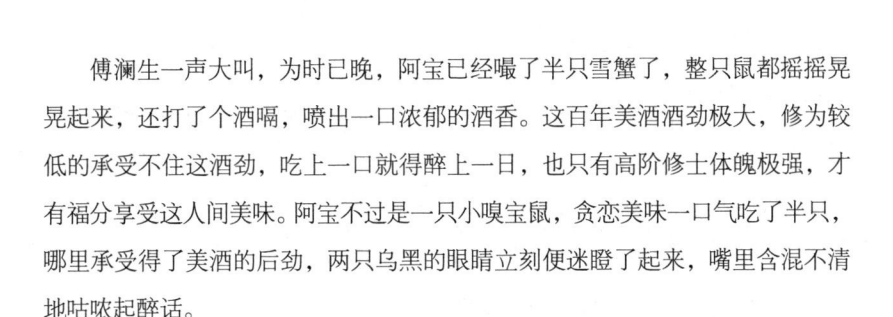

傅澜生一声大叫，为时已晚，阿宝已经嗯了半只雪蟹了，整只鼠都摇摇晃晃起来，还打了个酒嗝，喷出一口浓郁的酒香。这百年美酒酒劲极大，修为较低的承受不住这酒劲，吃上一口就得醉上一日，也只有高阶修士体魄极强，才有福分享受这人间美味。阿宝不过是一只小嗅宝鼠，贪恋美味一口气吃了半只，哪里承受得了美酒的后劲，两只乌黑的眼睛立刻便迷瞪了起来，嘴里含混不清地咕哝起醉话。

傅澜生头痛扶额，暮悬铃忍俊不禁，南胥月从芥子袋中取出一粒清心丹推入阿宝口中，阿宝吧唧了两下，皱着脸嘟囔："难吃……"

说完往桌子上一趴，睡着了。

"睡一觉酒意散了就好了。"南胥月微笑道。

傅澜生叹了口气："贪吃又贪财的小家伙。"虽是嘴上嫌弃着，却将它小心抱起，放在一旁精致柔软的小木床里，给它盖好了被子。

暮悬铃见傅澜生折回来，才正色道："你先前说有事问我，是何事？"

傅澜生看了一眼睡着的阿宝，面色逐渐凝重。

"阿宝的父亲，可能是魔界的人。"他将在血鉴中的发现详细告诉二人，又问道，"你对魔界最为熟悉，魔界可还有人族？"

暮悬铃眉头微皱，摇了摇头："魔界只有魔气，没有灵气，人修是不可能在魔界久居的，久居必定伤身。"

"如果他修炼了魔功呢？"傅澜生又道。

"人族有神窍，可以吸纳灵力修炼，何必受魔气濯体之痛？"暮悬铃不以为然，"我想，那人只是偶然进入魔界，刚好在那个时间被你的血鉴窥探到。你是哪一日看到的？"

傅澜生说了个日子，暮悬铃回忆了一下，是在她夜袭镜花谷的前两天，那时她身在魔界，却也没有看到什么人修出现过。但也未必……她有数个时辰是在扶桑树修炼，或许正好与那人错过了。

"是与魔族勾结的人修。"谢雪臣忽地出声，"那人能察觉到血鉴的窥伺，实力不俗，即便不是法相，至少也是元婴巅峰修为。"

"不可能。"暮悬铃皱眉嘟囔了一句，"那我怎么不知道？"

谢雪臣和傅澜生看向她，傅澜生笑道："暮姑娘，可能你师尊不怎么信得过

你呢。"

　　暮悬铃不愿意怀疑桑岐对自己的感情，毕竟桑岐对自己有救命之恩、养育之义。

　　傅澜生又道："南胥月帮阿宝算过一卦，说它父女缘分极浅，只有一面之缘，担心傅沧璃会对阿宝不利，所以这些日子我都让阿宝藏起来，谁也不见，也是今天碰到了你们，才让它从芥子袋里出来。"

　　暮悬铃没想到傅澜生这人看似轻浮，对阿宝却甚是用心，不禁对他有些改观。

　　"待我回魔界之后再打听看看……"暮悬铃说着顿了一下，瞥了谢雪臣一眼，咕哝道，"如果我回得去的话。"

　　南胥月轻笑了一声，傅澜生话多，他便将话都让给他说了去，他只是含笑听着，修长的五指执着玉箸，默默为暮悬铃添菜，细心留意她对菜色的偏好，她若流露出一丝喜欢，他便多添几筷；若是眉头微皱，他便不再动那道菜。

　　"铃儿，你们之前可是去了落乌山？"南胥月问道。

　　暮悬铃看向谢雪臣，见后者点头，她才答道："是。"

　　南胥月将她的反应看在眼里，便看向谢雪臣："谢宗主神色凝重，似有忧思，可是落乌山之行发生了什么事？"

　　暮悬铃不知该不该把遇到凤襄、潜光君之事说出来。潜光君好心赠予莲心子，离去之时嘱咐他们不要将凤襄之事告知外界，生怕给凤襄惹来不必要的麻烦。她虽觉得南胥月是个可靠之人，却也不愿意背弃对潜光君的承诺。

　　谢雪臣道："落乌山之事已经解决，只是我心中有些疑问，听闻南庄主博览古籍，倒有些事想向你打听。"

　　南胥月微笑道："不敢当，谢宗主但说无妨。"

　　谢雪臣道："你可曾听说过上古神族？"

　　"上古神族只存在于传说之中。"南胥月徐徐道，"传说盘古开天辟地，分阴阳乾坤，乃生三界，上界为神界，中为凡界，下为九幽冥界。神界神族有呼风唤雨之能，各自执掌神之权柄，维持三界稳定，受人族愿力供奉，庇护人族繁荣昌盛。但是万年前，有堕神以邪祟之法催生心魔，带领人族反攻神界，战败之后被神族镇压封印于熔渊。堕神之气污染了那方天地，自此凡界开辟出了

魔界，魔界不见天日，只有绯红魔月。而神族厌弃世人贪婪卑劣，自此消失，人族不再得神族庇佑，凡界也陷入混乱不休之中。"

关于创世的传说和神族的来由，神州大陆之上的人或多或少都有听说，但口口相传，便有了无数版本，而南胥月所说的，乃流传于修道界最正统的说辞。

见南胥月果然对神族十分了解，谢雪臣便又问道："那你是否听说过轮镜上神之名？或者……司辰、司命神君？"

南胥月有些怀疑谢雪臣发问的动机，但还是据实答道："神族以权柄命名，有风神、雨师，执掌风雨之力，自然也会有司辰、司命神君。司辰，是主掌时令与时辰的神官。至于神君本身的尊名，便无从得知了。至于司命，传说是主掌众生命数的神官……但也有一些有意思的传说。"

暮悬铃和傅澜生被勾起了兴致，好奇地盯着南胥月，催促道："什么传说，你赶紧说说。"

南胥月笑道："盘古开天辟地，将混沌之气一分为二。混沌之气，是源自鸿蒙的本源之气，无视强弱，无视因果，它既是一，也是万。混沌之气被劈散之后，却没有完全消失，而是化成了两件天地至宝。"

傅澜生大声道："这个我知道，是天命书与混沌珠。"

暮悬铃眼神一动："混沌珠……一直被明月山庄供奉。"

明月山庄自数千年前得到了混沌珠，便成了护珠人。世人皆知混沌珠神秘而强大，不愿意招惹拥有混沌珠的明月山庄，但七年前，桑岐却借口抢夺混沌珠血洗了明月山庄，之后混沌珠便不知所终了。

这一节在座之人都知道，南胥月便没有赘述，他道："方才谢宗主说到司命神君，传说中，司命神君便是执掌天命书的神官。混沌珠可扭转乾坤，而天命书能书写因果，二者难分高下，也绝非一人、一神可以操控的至宝。"

扭转乾坤，书写因果……

暮悬铃心中默念这八个字，猛然想起了潜光君说过的话——这个世界，全都是假的……

暮悬铃看向谢雪臣，后者也正看向她，两人想到了同一件事。

有"人"在天命书上，写下了一个虚假的世界！

只有天命书，才能瞒过众生，扭曲所有人的认知。

可什么是谎言，什么又是真实？

弦月西移，夜色浓深，此夜海风温柔湿润，吹皱了海面，摇碎了星河，凭栏小憩，便可听取涛声阵阵。

或许是因为那道雪蟹确实后劲大了些，比拥雪城的酒还要烈，连海风也吹不散她脸上的滚烫，反而让人越发犯懒。暮悬铃倾着身子探出脑袋看海，有不知名的海鱼被火光吸引，在浮云空舟四周跳动着，不时跃出水面，划过漂亮的银色波纹。

——真美啊……

——它们看起来很快乐的样子……

——不知道好不好吃……

——难道这也是假的？

——也许真实丑陋不堪，假的才美呢……

——好想跳下去玩水啊……

——我好像不会游水……

被醉意影响了思维，她思绪漫无边际地飘散，连身后响起了脚步声也未曾察觉。

"铃儿。"直到那人走到身旁，轻轻在她耳边叫了一声，她才迟钝地转过脑袋，歪了歪头看向眼前之人。

"南公子？"暮悬铃含着醉意的声音又软又哑，霞飞双颊，雾眼迷蒙，少了几分狡黠灵动，却多了让人怜惜的娇憨，"你怎么在这儿啊？"

南胥月温声道："我去你房间敲门，没有回应，便想你应该是来这里吹风了。"

暮悬铃"唔"了一声，又扭头去看鱼："南公子，你会游水吗？"

南胥月顺着她的目光看向海面上的粼粼波光，微笑道："不会。"

"也有你不会的事啊。"暮悬铃有些傻气地笑了一下，又皱眉懊恼道，"对不起，我忘了你脚受伤了。"

"你无须道歉。"南胥月不在意地笑了笑，"我只是个普通人，不会的事本就很多。"

"你才不是普通人。"她认真地掰着指头细数他的好处,"你读过那么多书,法阵机关造诣无人能及,琴棋书画样样精通,而且你还很和气,对谁都那么温柔,就算是一只嗅宝鼠,你也有求必应。你只是……遇上了坏人,才被废了神窍。"她说着忽地怔了一下,抬起手摸了摸自己的眉心,"我有神窍……对啊,玉阙经可以重铸神窍!"她兴奋地睁大了眼睛,一双水润的桃花眼亮得动人,"南胥月,我传功给你,你要是学了玉阙经,说不定也能重铸神窍了!"

南胥月愕然,随即低笑道:"你可真是喝醉了,知道自己在说什么吗?"

"我知道啊,你要是恢复了神窍,不会比谢雪臣差的。"暮悬铃像是发现了宝藏一样激动,攥着南胥月的袖子道,"你试试嘛。"

"传功之事,便是将自己的一切毫不设防地展露给对方,历来只有师徒、夫妻、父子才会彼此传功。"南胥月噙着笑低声问道,"铃儿,我是你什么人?"

暮悬铃愣了愣,却没有回答南胥月的话,而是道:"可是,谢宗主也传给我了……"

好像有个答案在水中浮浮沉沉,隐隐要探出头来。

南胥月抬手撩起她鬓边被夜风吹散的碎发,轻轻别于耳后。他温凉的指尖有意无意地擦过她娇嫩而敏感的耳郭,耳尖像受惊的小兽一样抽动了一下,泛起一丝淡淡的粉色。

"我知道你喝醉了,却还是忍不住想从你口中听到虚假的安慰。"南胥月悄然靠近,微微倾身,细嗅她身上的香,三分酒香,三分花香,酿成了一怀让人沉醉的清甜香软,"如果没有谢雪臣,你会爱上我的,是不是?"

暮悬铃轻蹙秀眉,迷醉的桃花眼中沾染了湿意,仿佛揉碎了繁星细细洒落,她透过眼中的薄雾迷惑地看着南胥月。

"和谢宗主有什么关系?"她不明白。

"是,和他没有关系……"他轻笑了一声,又叹息道,"铃儿,你这样……真让人忍不住想欺负你。"

"你才不会欺负人。"暮悬铃不信,"你是一个好人。"

"如果你不喜欢,我也可以变坏。"他似是自嘲地勾了勾唇,俊秀的眉眼间染上了轻愁,他与她靠得极近,淡雅的木香与甜腻的少女香气交织在一起,他怔怔地看着她颈间的玉佩,温煦的声音因隐忍而微哑,"他不适合你,只有我

才懂你。

"你和我一样,我们都曾被这人世遗弃,看过最黑的夜,走过最长的路,在最痛苦绝望的时候,仅仅一个微笑,就能让我们得到救赎。我懂你珍惜每一个给过你温暖的生命,因为我也如此。

"但你比我温柔,任何给过你温暖的人,你都愿意以命相报,你可以毫不犹豫地挡在我身前,哪怕你并不爱我。可我做不到……

"我亦可以为你奋不顾身,但是也只有你……"

他自知并非真正温柔之人,只是用温和的表象来掩饰内心的凉薄,那些谦和与温柔,只是为人的修养,他真正愿意倾其所有去爱的,只有她一人。

暮悬铃怔怔看着南胥月俊秀的脸庞,近在咫尺的明润双眸潜藏着不为人知的痛与悲,他低着头,月光没有落进他眼中,他眼中只有她。

"南胥月……"她迷茫地皱起眉,低声呢喃,没有抵触他落在自己面颊上的温度。

南胥月的指腹摩挲着她脸上柔嫩的肌肤,俊秀的面孔缓缓迫近,低哑的声音在耳旁荡开:"铃儿,你曾答应过,给我一点点喜欢。"他的手轻轻扣住她纤细的下颌,蛊惑似的压低了声音,轻轻问道,"能不能,再多一点?"

能不能呢……

暮悬铃恍惚起来。

心口好像空了一处,好像她本来有很多很多的喜欢,但是都消失不见了。去哪里了?

她迷茫地蹙起眉头,忘了回答他的话,便像是默许了他的亲近。南胥月的吻将将落下,却在这时,手上一紧,一股不容抗拒的力量扯着暮悬铃的身子脱离了南胥月的怀抱。

暮悬铃猛地撞进了一个坚实的胸膛,被人扣住了细腰。她揉着脑袋清醒了三分,抬起眼怒视谢雪臣:"你做什么!"

南胥月徐徐转过身,看向谢雪臣,唇角含笑,眼中却没了丝毫笑意与温柔。

"一线牵。"南胥月看着两人手腕间一模一样的红绳,"铃儿不是囚犯。"

谢雪臣冷冷看着南胥月:"我从未将她视为囚犯。"

暮悬铃涨红了小脸,恼怒地推搡捶打他的胸膛:"胡说,你就是拿我当狗

拴着！"

谢雪臣轻叹一声，抓住了她不安分的手，放软了声音："你喝醉了，回去再说。"

南胥月阻拦道："她喝醉了，你送不合适。"

"南庄主，以你刚才所为，恐怕没有资格说出这句话。"谢雪臣没有掩饰话中冰冷的敌意。

暮悬铃见无法撼动谢雪臣，便向南胥月伸出手求救："南胥月，救我！"

谢雪臣心中一窒，一丝苦涩袭上心头。

南胥月沉声道："她不愿意跟你走。"

谢雪臣道："她中了悟心草之毒。"

"什么？"南胥月一惊，"可是症状并不相似。"

"不知道桑岐做了什么，但是玄信判断应是无误。"谢雪臣道，"我们这次进落乌山，就是为了取得悟心草的解药，长生莲的莲子。"

暮悬铃缓缓停下了动作，仰着脑袋看谢雪臣，迟钝地问道："你刚才说什么？我中了毒？"

谢雪臣垂下眼看她，温声道："是，莲心子，是为你而取的。"

暮悬铃脸色一变，更加用力地挣扎起来："你乱说，我才不吃那种东西！"

莲心子乃众生苦，凭什么叫她吃苦头！

南胥月神色晦暗，犹疑不定，只听谢雪臣道："若不解毒，会有性命之虞。我会让她服下解药，为她护住心脉。南庄主，你若真是为她着想，便该知道如何取舍。"

南胥月终究还是放弃了阻拦。

若是铃儿解了毒，她的眼里心里，都只会存在一个谢雪臣。

可若是不解毒，又会危及性命……

他宁愿看她好好活着，而他可以等……

暮悬铃被谢雪臣打横抱着回到房中。身后房门自行关闭，一道结界随即形成。

谢雪臣将半醉半醒的人放在高床软枕锦被之上，坐在床畔堵住了她逃跑

的路。

暮悬铃手脚并用挣扎了起来，谢雪臣不忍心动用灵力护体，担心震伤她，便生受着她的攻击。愤怒又喝醉的人没有分寸，每一次都是用尽了力气打在他胸腹之间，谢雪臣眉头一皱，唇角溢出一丝鲜血，染红了颜色浅淡的薄唇。

暮悬铃愣了一下，顿住了动作，哑声道："你为什么不躲？"

"你说呢……"谢雪臣苦涩一笑，"你如此聪慧，不该不明白。"

"我该明白什么？"暮悬铃脑中嗡嗡响着，一片混乱。

"一线牵，是姻缘红线。"谢雪臣扣住了她的掌心，修长的五指与她交缠相握，低沉沙哑的声音在她耳边回响，"执子之手，是望与子偕老。"

暮悬铃呆了呆，感受到掌心逐渐升起的温度，她轻颤一下，用一种恍然又迷惑的语气说道："你当真……喜欢我？"

"'喜欢'二字，未免轻了些。"谢雪臣低低一叹，他伸手勾住她的腰，微微倾身抵着她的额头，凤眸深深凝望着她懵懂的双眼。

"那是爱吗？"暮悬铃问道。

谢雪臣眼中漫上柔软而沉重的情意，轻声而郑重地说道："是爱，会妒忌怀疑、会患得患失、会身不由己的爱。"

她从未想过，这样的话会从谢雪臣口中说出，胸腔之中的跳动剧烈了起来，让她的呼吸也乱了节奏。她垂下眼不敢看谢雪臣，垂在身侧的手紧紧攥着被褥。

"我知道，你现在无法回应我，是因为悟心草的毒性作祟。我取来莲心子，是为救你性命，也有我的私心。"谢雪臣低头轻吻她眼角的泪痣，哑声道，"我盼着你能重新爱上我。"

眼角的痒意让她不由自主地眨了眨眼，羽睫沾染了泪意，显得越发浓密乌黑，如蝴蝶振翅。

"也许你弄错了……如果服下莲心子，我还是不喜欢你呢？"她不由得问道。

谢雪臣心上一紧，随即苦笑道："那我……也不能放手。"

赤红的莲子浮于空中，散发着略显苦涩的清香，暮悬铃迟疑地看着，想到这是天下至苦之物，便不禁瑟缩了一下。

谢雪臣坚定有力的手掌贴着她的后背，声音温柔而坚定："我会陪你一起承

受。铃儿……我会一直在你身边。"

谢雪臣张口含住了莲子,浓烈的苦意胜过世间最烈的酒,霎时间席卷了口腔直达心扉,他一声不吭,倾身吻住她丰润鲜艳的红唇,舌尖撬开了紧闭的双唇,将莲子渡入她口中。

掌心的娇躯猛地一震,她下意识地要将莲子吐出,却被他堵在唇边,灵巧而柔软的舌抵着她的舌尖,伴随着湿软的缠绵,一丝鲜血的腥甜侵入口中,他的手在她下颌处轻轻一点,喉咙便不由自主地吞咽,莲子落入腹中,那苦意便如一把尖刀刺入心脏,剧烈的苦痛之意吞噬了她所有的意识。

何为众生苦?

是爱别离,是怨憎会,是五蕴炽。

是得不到和已失去。

与心间的苦相比,舌尖的苦又算得了什么?

暮悬铃的心脏剧烈地抽痛起来,像是被人反复用最尖锐的利刃刺穿,又毫不留情地来回搅动。那种痛是无形的痛,是失去至亲至爱后的心如刀割,是遭人背弃、众叛亲离的绝望无助。是她眼看着谢雪臣在她面前断了气息,她抱着他冰凉的身体,万念俱灰,生不如死……

眼泪汹涌而出,自眼角滑落,打湿了长发与枕榻,她抽搐着痛哭。谢雪臣将她紧紧抱在怀中,掌心贴着她的后背肩胛,磅礴的灵力源源不断地涌入她体内,裹住了剧烈跳动的心脏,护住了她的心脉。

众生苦的药性在她心口处扩散开来,层层叠叠的苦痛像一波波浪潮拍击着她的心房,冲撞着悟心草毒性的封锁。两股霸道的力量在她脆弱的心口处拉锯对峙,此消彼长,每一次心跳都是一次直达灵魂深处的剧痛,让她冷汗直流、浑身发颤。

暮悬铃脸色惨白,呜咽一声,一口咬上了谢雪臣的左肩。谢雪臣没有抵御,他只怕她咬伤了自己。鲜血的腥甜冲散了舌尖的苦意,湿热的泪水洒落在他颈间,烫在他心口。

"铃儿,铃儿……"他清哑的声音低低呼唤她的名字。

记忆中的画面缓缓地变得清晰,那些失了颜色的苍白一点一点地恢复了本

来的颜色。她想起与他初遇的心动,与他重逢的狂喜,想起失去他的悲恸欲绝,想起被他拒绝的难过委屈……

"谢雪臣……"沙哑的声音无力地唤着他,"谢雪臣……"

谢雪臣一震,一只手抚上她泪湿的脸颊,颤声道:"铃儿,你想起来了?"

她伸开双臂紧紧抱着他的脖子,像落水的人攀住唯一的浮木,颤抖地将自己贴入他怀中,失声痛哭。

她都想起来了,被桑岐灌下的悟心水,还有她对谢雪臣说过的那些无情的话、做过的那些决绝的事。

被抽空的心又被缓缓地填满了因他而起的或喜或悲的情绪,剧痛因此缓缓平息,被另一种酥麻的充盈所代替。那是苦尽甘来之意,是看破红尘,却依然爱你。

她收紧了双臂,眼泪不断在他领口处堆积,湿透了重衣,单薄的背脊因难以自抑的痛哭而轻轻抽搐,谢雪臣一手轻抚着她的后背,另一只手始终输出着灵力为她守护心脉,疏通经络。

"铃儿,还疼吗?"他的声音沙哑轻颤,怜惜地轻吻她汗湿的鬓角。

心跳终于缓缓趋于平稳,但她的眼泪却怎么也止不住。

"对不起……"哭哑的声音软软地道歉,"我伤了你好多次……"

谢雪臣轻柔地拥抱着她的身体,清冷的声音里含着沉重的情意:"你知道,我想听的,不是这三个字。"

暮悬铃从他颈间抬起头来,漂亮的桃花眼哭得通红,眼角的泪痣已然消失了,他松了口气,便看到她仰起脸,珍重地吻住他的唇。

"谢雪臣,我爱你。"

从七年前开始就是。

他抬手扣住她的后脑,加深了这个吻。

人生最大的幸事,莫过于失而复得。

第十三章 血鉴

暮悬铃痛哭了一场，又被谢雪臣渡入了不少灵力，身体处于极度的疲倦之中，很快便陷入了沉睡。谢雪臣帮她梳理经络，静静看了许久她的睡颜，才离开房屋，让侍女帮她准备梳洗的热水。

天亮不久，谢雪臣放心不下，又推开了房门进来。房中飘荡着若有若无的馨香，暮悬铃侧躺在榻上，身上披着柔软的衣袍，吹弹可破的肌肤仍泛着粉意，她呼吸轻浅均匀，睫毛轻轻震颤，睡得正香甜，对他的到来毫无察觉。

谢雪臣放轻了脚步，走到床榻边沿坐下，帮她掖了掖翻开的被子。她侧躺着，整个人蜷缩起来，脑袋无意识地蹭了蹭他侧坐的大腿，伸出一只小手攀住了他的衣角，发出含混不清的梦呓："雪臣……"

谢雪臣心头顿时一片酸软，忍不住伸手轻触她的眉眼，描绘她姣好柔美的轮廓。

这两个字本是冰冷霜雪意，由她口中念来，却觉得缠绵温软。

她又在梦里看到了什么？

"铃儿……"他低沉的声音回应她梦中的呼唤。

似乎是到方才，他才后知后觉地想到，铃儿自生下来，从未有过一天的好

日子。

她是被人遗弃于山野的半妖，自小与野兽为伴，后来又沦为明月山庄的妖奴，受尽了苦楚。从明月山庄逃脱，堕入魔界，七年不见天日，日日受魔功灌体之痛……

傅澜生自小锦衣玉食，他轻于享乐，却也从不缺这些身外之物；而铃儿在明月山庄可曾有过一顿饱饭，在魔界又可曾有过一夜好梦……

她若憎恨这个人世，他似乎也能理解她的悲愤。但自与她相识，从未见过她流露出悲愤与憎恨，她的眼睛那么美，满满地装着他，似乎只要看到他，她便心满意足。

她爱着他的时候，他没有给她一丝回应。

如今他明白了自己的心意，她却将他忘了……

无情无爱，便无痛无悲吗？

可断情绝爱的铃儿，并没有从前快乐。

他忘了受过的教诲与立下的道心——大爱无私，不寄情于一人。

可他终究也只是一个凡人，会有贪恋与情爱。

谢雪臣的手轻轻顺着她单薄的后背，没有旖旎的情欲，只有心疼与怜惜。

暮悬铃在睡梦中发出舒服的呢喃，不自觉地被他身上的气息吸引，向他靠近，猫儿似的伸展开柔软纤细的身体，想要更多的抚触。

谢雪臣垂眸看着她香甜的睡颜，低低一笑，情不自禁地在她鬓角印下一吻。垂落的青丝扫过她的脸颊，她抬手挥了挥恼人的痒意，迷迷蒙蒙地睁开眼，薄雾水润的双眸迟钝地看着眼前的俊颜。

——谢雪臣？

她一时之间分不清是梦是真，梦里似乎也是这样的场景，谢雪臣压在她身上，亲吻她的脸庞，她身上的花瓣。

她睡意未消，蒙眬地看着谢雪臣，一派天真与娇憨。

"谢雪臣……"她的声音又软又哑，像一根羽毛扫过他心尖。

谢雪臣轻笑一声，温软了眉眼："是我。"

她注意到他换了一身衣裳，忽然想起昨晚痛得厉害，在他肩上狠狠咬了一口，不禁心上扯痛了一下，低声道："你肩上的伤……是不是很深？"

她模糊记得肩头渗出了一大片的红。

谢雪臣不以为意地摇了摇头："只是小伤。"

"我昨天还打了你几掌……"她脸色又白了几分，"之前还在栖凤林打了你一鞭……"

她当时看不清伤口，但摸到了翻卷的皮肉，那伤口被瘴气侵蚀，想必是伤得不轻的。

"我是法相之躯，这些都是小伤，已经好了。"谢雪臣温声安抚道。

"你骗我。"暮悬铃咬了咬唇，从床上坐了起来，伸手去扯他的衣襟，"我看看你的伤。"

谢雪臣知道拗不过她，只得轻叹一声，顺从地拉开了前襟，露出身上的伤。肩头处的新伤止血了，但还留下两排细细的牙印，肩胛处的鞭伤约莫两寸，因为被瘴气所伤，虽然已经愈合，但还留着一道明显的红色鞭痕，形如荆棘，狰狞鲜红。

谢雪臣对外伤不大在意，想着愈合也不过是时间问题，加上一心都想着暮悬铃之事，因此也未曾替自己上过药，没想到暮悬铃会想起查看伤口。他见暮悬铃看着自己的后背沉默不语，想来是伤口有些明显，让她心里难过了，他也自责了起来，温声道："伤口已经无恙了，些许疤痕过些时日便会消退，你……"

一双绵软的手臂自两侧穿过，从身后抱住了他。

柔软的小脸贴着他坚实有力的背脊，他听到她忍着哭腔闷声道："是我不好……"

谢雪臣低下头，握住了缠在自己胸腹间的那双小手，声音轻缓："铃儿，我也曾伤过你，你承受的，远比我多。"

"我没有怪过你，我能理解的，毕竟你……"她急忙想要辩解，却被他打断了。

"所以，我也不会怪你一分一毫，你不要难过，好吗？"

谢雪臣的温言抚慰，让她沉默了片刻，才闷闷地说："好……"

谢雪臣微微一笑，刚松了口气，便又僵住了身子。

湿热柔软的触感扫过他肩胛处的伤痕，带起一阵酥麻的快意，他自然知道那是什么。她像一只小兽一样，心疼地舔舐他的伤口，那是她本能而笨拙的

讨好。

谢雪臣喉头滚动，声音低哑了几分："铃儿，你这是做什么？"

他拉着她的手，想把她的手分开，但她抱得紧，他又怕用力会伤到她。

暮悬铃湿软的舌尖来回舔舐他背脊上的伤口，又将唇舌贴在他左肩的齿痕上。鼻间盈满了他身上清淡好闻的雪松香，她本是心疼他因她而受的伤，此刻却又有了一丝不同的情愫。

丰润微翘的朱唇贴着他肩上紧绷的肌肉，小舌在细微的齿痕之间来回舔弄，缠在他胸腹间的手忍不住松开了，抚上他结实的腹肌。

谢雪臣深吸了口气，趁着她松开手，挣脱了她的怀抱，将她摁倒在枕褥间，声音低哑，含着藏不住的情欲。

"你想做什么？"

暮悬铃小脸泛着可疑的红晕，一双桃花眼雾蒙蒙的，半是含情半是含春，又媚又哑说出一句莫名其妙的话："我的眼睛能看得见了。"

"嗯？"谢雪臣一怔。

她舔了舔湿润的唇角，妖精似的勾着人："可以继续那天的事吗？"

谢雪臣的目光不由自主地落在她松开的领口处，白皙的肌肤上还有极淡的印迹，提醒他那夜失控的荒唐，他在她身上数了一夜的桃花，却最终停在了最后一步。

哪怕她被撩拨起了欲望，在他身下婉转求欢，他也克制了自己的欲望。他私心希望，与他欢爱的是那个一心一意爱着他的铃儿，而不是目不能视、不知他是谁却只图欢愉的她。

而此刻躺在他身下的，便是那个满心满眼装着他、又赤诚又坦白的铃儿。

她的喜欢，从来不藏着掖着，恨不得全部堆到他面前，好叫他知道。

谢雪臣低笑了一声，声音在胸腔间震荡，他俯下身去，与她发丝纠缠。

"那花瓣好不容易淡了，又想添些新的了吗？"

暮悬铃抬手勾住他的脖子，眼中闪烁着灼人的热意，直直烫到他心里。她娇媚地勾起唇角，声音又甜又软："只要是你给的，我都喜欢。"

说着仰起脖子，吻住他颈间凸起的喉结，主动挑起这场欲火。

谢雪臣闷哼一声，低头噙住她香软的红唇，灵巧的十指挑落宽松的腰带，

修长的双手没有阻隔地贴上娇嫩的肌肤,在她背上游移。他知道她喜欢这样的抚触,薄茧的摩挲让她舒服得眯上了眼,发出难耐的低吟,主动地勾着舌吸吮他的薄唇。

"嗯……哈……"她低喘着松了口,又睁开眼贪恋地看他动情的样子。

仙人清冷的眉眼染上了浓重的欲色与潮红,眼中黝黑,映着她绯红的脸庞,淡色的薄唇被她吻出了胭脂色,泛着诱人的水润光泽。

她抬手解开了他的腰带,让这身素洁的白衣滑落于床底,他的肤色和峰顶千年不化的雪一般白,却透着玉的莹润和竹的坚韧,让她流连不舍,又想在那白雪上留下和她一样的樱粉色。柔若无骨的小手抚上他劲窄的细腰,感受着这具身体蕴藏的力量,又忍不住用修长的大腿去勾勒他的形状。

谢雪臣抽了口气,膝盖压住了她不安分的腿,俯首在她胸前轻咬一口,她低哼一声,又咬住了唇,委屈地低头朝他看去。宽阔结实的背肌连着线条优美有力的腰线,墨发如瀑垂落,衬得他的肌肤越发雪白,那样美好的曲线,就像西洲连绵的雪山,雄伟而孤寂……

拥雪城。

拥……雪……

暮悬铃眼睛红红地咬着指节,忍着溢出口的吟哦。谢雪臣耐心地抚慰她的敏感之处,他向来耐心又能克制,否则也不会数了一夜的桃花却又停下来了。

但这次他不准备停了。

谢雪臣搂着她的身子,在她耳边说:"别咬手指,我布下结界了,不会有人听到。"

暮悬铃瞪了他一眼,却是媚眼如丝。她攀着他的肩膀,十指插入他浓黑的发间,抵着他的额头哑声道:"我也想听你的声音……"

"呵。"凤眸染上了愉悦的笑意,"疼的话,便告诉我。"

"我没有那么柔弱……"话刚说完,呼吸便一窒,脸色骤然发白,"疼疼疼……"

"倒是诚实。"谢雪臣似是叹息着低笑,双手抚摸着她柔软的腰肢,抬高了她的臀,待她放软了身体,才一点点地挤入她的身体。

她抵着他肩头深呼吸,身体却忍不住轻颤,眼角渗出了泪,打湿了谢雪臣

的肩。

"停下？"他问。

暮悬铃闷哼一声，双腿夹紧了他的腰，沙哑道："不要停……我喜欢的……只要是你，疼我也喜欢……"

谢雪臣沉默地拥住了她微颤的身体，细碎的吻落在她脸侧。

"我也是。"他说。

"啊——"她低呼一声，忍着被贯穿的疼痛轻颤，心里却是满满的喜欢。

她终于抱住了这团雪……

"谢雪臣……雪臣……"她轻吻他的眉眼，却比身下的缠绵更加缠绵。

"铃儿……"回应她的，是一声饱含深情的呼唤，和温柔至极的深吻。

傅澜生懒懒地喝着茶，同情地看了一眼好友。

"天涯何处无芳草，何必偏往别人怀里找。"傅澜生叹了口气，"暮姑娘解了毒，只会喜欢谢宗主的，南胥月啊南胥月，你聪明一世，怎么于情之一字如此糊涂啊。你看看我，万花丛中过，片叶不沾身。"

南胥月淡淡一笑，眼中却殊无笑意："傅兄，你就不必看了吧。"

"我这也是关心你，你可别往我身上撒气。"傅澜生委屈地看了南胥月一眼，"暮姑娘虽说貌美倾城，但你不是看重皮相之人，她到底哪点让你念念不忘，我去帮你找一个一样的来。"

南胥月道："傅兄，痴缠你的女子那么多，可有一个能够不顾一切去爱你的？"

傅澜生摸了摸鼻子，尴尬道："这问题着实有些伤人了。"

南胥月笑了一下："待有朝一日你懂了情，再来劝我吧。"

南胥月起身徐行，傅澜生忙问道："明日便要离开灵雎岛了，你有什么打算？"

南胥月脚步一顿，道："他们会去两界山吧，我也去。"

傅澜生苦笑道："得得得，反正我是个闲人，就送送你们吧。"

一旁的小木床上，阿宝翻了个身，迷迷糊糊地睡醒了。

"姐姐呢？"它咕哝道。

"没良心,一醒来就问姐姐。"傅澜生翻了个白眼。

阿宝也翻了个白眼:"哥哥不是就站在这里吗?姐姐呢,不会走了吧……"

"没有。"傅澜生"呵呵"一笑道,"你姐姐在练功。谢宗主说,姐姐练功辛苦了,要好好睡一觉,你别去吵她。

"啧啧啧,谢宗主这人看起来冷情冷面,想不到也会白日宣淫,又不知道怜香惜玉,人都下了不了床了……"

傅澜生想到今日见到谢雪臣时的情形,便不禁觉得有趣。

真的是,自己不尴尬,尴尬的就是别人。谢雪臣脖子上还带着吻痕呢,脸上却一副若无其事的清冷尊贵。他虽说在房间布下了结界阻绝了探知,但结界的存在就已经说明了一切,更别说之后还让人准备热水了……

不过也是傅澜生自己想多了,谢雪臣确实没说谎,暮悬铃是在练功。

欢爱时的痛劲只有一会儿,之后便是绵绵不断的快感。他倒是知道控制分寸不舍得让她身上落下青紫的痕迹,但暮悬铃却没个轻重只管在他身上又吻又咬,撩得他不能平息。以法相之躯,任她怎么折腾都无碍,他不过是担心她的身体罢了。后来谢雪臣索性以双修之法助她修行,两人修为差距大,她受益匪浅,之后便需要一点时间炼化。

谢雪臣本打算等暮悬铃休息好了再前往两界山,提前和傅澜生辞行了,不久后又听到下人传来消息,说是傅澜生会送他们前往两界山。

浮云空舟自然是比御风飞行舒服了,能让暮悬铃多休息一日,谢雪臣自然不会推辞。

暮悬铃花了两个时辰才将谢雪臣传于她的灵力尽数炼化吸收,体内灵力更加凝炼,浑身充满了力量,整个人容光焕发。

她换了衣裳,便欢欣雀跃地去寻找谢雪臣。

听下人说,傅澜生与南胥月下了船,前往灵睢岛与众妖王辞行,暮悬铃松了口气,因为她回忆起昨夜南胥月与她说的一番话,心中总有些难过。

她心里只有一个人,再也装不下别人了。早在拥雪城,她便和南胥月说过这件事,没想到南胥月仍然没有放下执念。她视南胥月为良师益友,她可以对他舍命相救,却不能给予他更多的感情,而那样温柔谦和的一个人,伤害他,

也非她所愿……

暮悬铃怀着心事来到谢雪臣的房间，便看到谢雪臣正和阿宝说着话。

阿宝稚气的声音问道："谢宗主，什么是白日宣淫啊……"

谢雪臣："……谁说的？"

"哥哥说的。"阿宝立刻就把傅澜生卖了。

暮悬铃上前一步，一把拎起阿宝，恶声恶气道："傅澜生那个家伙，净说些不干不净的话，教坏了我阿宝！"

阿宝抖了抖耳朵，窝在暮悬铃的掌心，歪着脑袋仔细看她，大声道："姐姐练功完好像更美了！"

暮悬铃脸上一红，朝谢雪臣看去。

谢雪臣点头正色道："修为更深，自然容貌更美。"

两人想的"练功"显然不是同一回事。

暮悬铃将阿宝放在桌上，戳了戳它的脑袋，忽地脑中掠过一个想法，她眨了眨眼道："谢雪臣，可不可以把玉阙经传给阿宝，如果它开辟出神窍的话，有没有可能修成人形？"

谢雪臣看了一眼一脸期待的阿宝，道："你若愿意，可以试试。"

玉阙经自他感悟以来，也只有他一人修行过。修道界有言，法不可轻传，尤其是神功，若是传给了心性凶恶之徒，便会遗祸无穷。因此谢雪臣从未将玉阙经外传，但暮悬铃在他心中却不一样，他废了她的魔功，因为愧疚，也是因为动情，才会将神功传给她。她对喜爱之人向来没有那么多提防，视南胥月为好友，便想传给他，此时对待阿宝也是一样。

谢雪臣观过阿宝的气，知道它是个天性纯良的妖兽，又是暮悬铃喜爱的灵宠，她想传功给它，他便不会阻了她的兴致。

谢雪臣指点了几句，暮悬铃学得极快，按着谢雪臣说的方式，缓缓将灵力引至掌心，将掌心贴于阿宝的小脑袋上。阿宝眨巴着眼睛，听着谢雪臣的指点闭上了眼睛，感受着灵力的流动，将灵力引入眉心之中。

一股温暖的气息裹住了眉心，又缓缓朝四肢扩散，最后形成了一个光球，将阿宝包裹其中。

谢雪臣也是第一次看妖兽修炼玉阙经，他认真观察着阿宝的变化，也留意

着暮悬铃的状态，生怕她身体不支。阿宝虽然年纪不大而天真懵懂，悟性却是不低，很快便将灵力收归己用，眉心处的白光越来越刺眼。

谢雪臣眉眼一凛，低声道："神窍……出现了。"

然而让人更震惊的是，光晕之中的阿宝身形出现了变化，似乎随着呼吸而一伸一缩变化着，接着，一道黄色的光芒闪过，桌上的小嗅宝鼠不见了踪影，一个穿着白色衣裙的小姑娘趴在桌子上。

她看起来七八岁的年纪，粉雕玉琢的脸蛋，一身蓬松的白色长裙，裙尾和袖口却是淡淡的金黄色，金元宝一样引人发狂的色泽。她一头浓密柔软的头发分成两团扎在两侧，用金黄色的软绸扎成可爱的元宝状。

暮悬铃张大了嘴，震惊地喊了一声："阿宝？"

桌上的小姑娘迷迷糊糊地睁开眼睛，朝暮悬铃甜甜一笑："姐姐！"

还是那个稚嫩可爱的声音没错……

阿宝低下头好奇地看自己的双手和衣服："我变成人啦……衣服是毛发变的，不过我怎么这么小啊……"

谢雪臣道："你修为越高，年纪自然会增长。"

他心中也是万分震惊，连他自己都未曾想到，玉阙经竟有如此神奇的力量，能让兽形半妖化成人形。

暮悬铃也是抱着姑且试试的心态，但结果让她惊得合不拢嘴。她伸出手揉了揉阿宝的脑袋，阿宝受用地仰起头，还是那副鼠模鼠样……

但生得着实可爱，让人看了都心软。

暮悬铃忍不住笑道："阿宝真好看，你娘亲看到你一定会很开心。"

阿宝得意地仰起脸道："娘亲说，我跟着姐姐一定会有大造化，娘亲果然是最厉害的！"

暮悬铃又手痒地去揉她肉嘟嘟的脸蛋，却冷不防被谢雪臣抚上了眉心。

暮悬铃愣了一下，转头看谢雪臣，目露疑惑。

谢雪臣神色凝重地说道："兽形半妖若能化为人形，那人形半妖，为何不能化为兽形？铃儿，你可知你的父亲是什么妖？"

暮悬铃茫然地摇了摇头："我自小被遗弃，也不知道自己是个什么妖，但听明月山庄的人说，我的父亲有可能是个树妖、藤妖，因为我原先脸上有些妖纹，

看起来有些像植物的纹路。"

草木也可修行成妖，草木成妖难度远甚于兽妖，因为草木灵智开启不易，但若是修成妖身，寿命却是所有妖族里最长的，妖力上限也更加无穷。

可暮悬铃真的是树妖后裔吗……

阿宝见暮悬铃与谢雪臣说话冷落了自己，她有些委屈地扁了扁嘴，朝暮悬铃扑去，想要站到她肩上，却忘了自己如今是个人形，她从桌上蹦了起来，不但把桌子给踢倒了，还将暮悬铃给扑倒了。

暮悬铃把阿宝抱在怀里，谢雪臣又将暮悬铃接住，三个人抱在了一块，便听到身后传来一声惊呼。

"我才离开一会儿，你们都把女儿生下来啦！"傅澜生目瞪口呆。

阿宝从暮悬铃怀里抬起头来看向傅澜生，甜甜一笑。

傅澜生的心顿时软了一下，忙不迭道："恭喜恭喜，长得像娘！"

暮悬铃被傅澜生的话逗乐了，扶着阿宝站稳了，才笑道："少宫主，这是阿宝啊！"

暮悬铃手一松开，阿宝就忍不住蹲下去趴着，奶声奶气道："哥哥认不出我了吗？"

傅澜生狐疑的眼神在三人之间来回打转，最后落在阿宝身上。

"听声音是很像……"傅澜生嘀咕着走近打量。

暮悬铃哭笑不得地把阿宝又从地上拉了起来："阿宝，你现在化成人形了，不能再鼠模鼠样了。"

阿宝绞着裙子皱了皱鼻子，乌黑的大眼睛覆上愁色，苦恼道："可是两条腿站着好累啊，为什么不能趴着呀？"

傅澜生心道，是阿宝没错了……

"阿宝怎么变成这模样了？"傅澜生忍不住伸手去捏了捏她头上的元宝团子，"你不是半妖吗？"

暮悬铃道："我把玉阙经传给了阿宝，她也有了神窍，然后……就化成人形了。"

傅澜生惊呆了："玉阙经竟这么神奇？这真的有点说不过去了，天生十窍是神吗？"

这不只是颠覆了他的认知，简直改变了生命的本质，说是神力也不足为奇吧，人力怎么可能做到这种变化呢？

谢雪臣心中也疑惑着。

七年前，他在明月山庄重伤濒死，昏迷数月，于梦中感悟神功，自此修为一日千里。他知道玉阙经玄妙非常，却也不知道能有这等变化。傅澜生一脸好奇惊讶地看着他，他也无从解释。

"阿宝，做人要有个做人的样子，以后记着，不要随便往别人身上跳，走路要用两条腿，不能四肢着地，吃东西要用筷子……"暮悬铃絮絮叨叨地教阿宝"做人"。

阿宝说："姐姐，你说归说，为什么要揉我的脸啊……"

"喀喀……"暮悬铃揉着她肉嘟嘟粉扑扑的脸蛋，干笑道，"因为喜欢你啊。"

阿宝似懂非懂地点点头——对啊，姐姐以前也老是揉她的脑袋。

她踮起脚尖伸手摸暮悬铃的脸，一本正经道："我也喜欢姐姐。"

暮悬铃笑着拉了下她的手："还有一点很重要，以后只有姐姐和娘亲可以揉你的脸蛋，其他人都不可以！"

"哥哥也不可以吗？"阿宝疑惑问道。

"他尤其不可以！"暮悬铃很严肃地说，同时瞪了傅澜生一眼，"少宫主，你少在阿宝面前说一些教坏孩子的话！"

傅澜生一肚子委屈："我说什么了？"

阿宝老实答道："你说'白日宣淫'，我刚才问谢宗主是什么意思。"

暮悬铃脸上一红，傅澜生脸都白了，被口水呛到猛地咳了起来——你问也别问谢宗主啊！

"误会误会，我绝对不是在说你们！"傅澜生俊脸一阵红一阵白，非常无力地狡辩，"啊对了，我来是想告诉你们待会儿浮云空舟就会启程前往两界山，没什么别的事我先走了……"

傅澜生一气儿说完转身就溜，溜到门口又顿住了脚步，回头看阿宝。

"阿宝，我给你带了很多好玩的东西……"

阿宝眼睛一亮，四肢并用就要朝傅澜生肩上扑去，被暮悬铃拽住了袖子，她才回过神来，想起暮悬铃的叮嘱，摆出"做人"的姿态，僵硬地迈着腿朝傅

澜生走去。

"哥哥，你带了什么啊？"

"都是些妖族幼崽喜欢的小玩意儿……你现在可能也用不上了……"

"用得上的！给我给我！"

"放在房里呢，你走快点。"

"哥哥，两条腿走路好累啊，我还是变回以前的样子吧，你驮着我。"

"什么叫驮着，你当我是坐骑吗？"

"那我可以钻进芥子袋里吗？"

"……你这又懒又贪的样子颇有我当年的神韵，简直是我异父异母的亲妹妹。"

"哥哥是在夸我吗？"

"是啊，傅阿宝……"

虽是关上了门，外面的对话还是清晰地传到屋内两人耳中，暮悬铃忍俊不禁，扶额道："阿宝好像跟着傅澜生学坏了。"

谢雪臣道："学坏容易。"

暮悬铃眼波一转，笑着勾住谢雪臣的脖子，红唇若有若无地擦过他的唇角，暧昧道："谢宗主跟着我是学坏了不少……"

谢雪臣一手揽住她的纤腰，锐利的凤眸温软了七分，清冷的声音带上了笑意："还想白日宣淫？"

暮悬铃眼中波光潋滟，柔情似水，笑吟吟道："怕谢宗主清誉受损。"

"我倒是不在乎旁人的眼光，只是担心你身体受不住。"谢雪臣说这话时却是一脸庄严，一身正气，反倒是听的人红了脸。

谢雪臣扣住暮悬铃的手腕，一缕灵力探入她经脉之中，察觉到她气息弱了许多。

"你传功给阿宝损耗不少，得好好修行弥补回来。"谢雪臣修眉微皱。

——原来他的"受不住"是这个意思……

暮悬铃抿嘴一笑，将脑袋靠在他胸口，听到他有力的心跳："谢雪臣……你之前传功给我，一定更累吧。那时我散了魔功，气息紊乱，你既要保住我的性

命，还要传功，我听说你在我房中待了三日三夜。"

谢雪臣一怔，收紧了搂着她的手臂，低下头来一声轻笑："三日三夜，原来我的清誉早就不保了。"

"你连番受重伤，又为我传功损耗过半，难怪那魔蛟将你伤得那么重。"暮悬铃那时意识近乎昏迷，却还记得最后看到的画面，是他白衣浴血，赶来救她，"你闭关一月，当时情况一定非常危险……"

"铃儿，都过去了。"谢雪臣的掌心安抚地轻拍她的后背，温声道，"不要难过了。"

暮悬铃抱紧了谢雪臣，低声道："我不是难过……我只是心疼你……"

她抬起头轻柔地亲了亲谢雪臣的下巴，谢雪臣唇角微扬，低下头噙住她温软的红唇，流连缠绵，直到她双腿发软，才将人打横抱起，放在床上。

"双修吗？"他噙着笑哑声问道，"正好补上你的损耗。"

暮悬铃眼含春水，面泛桃花，却咬着唇摇了摇头。

谢雪臣一怔。

"你我修为差距太大，双修虽然对我有益，对你却无益，而且你总是传功给我，对你修为有损。"暮悬铃声音甜软柔媚，却又透着坚定与担忧，"桑岐一直在闭关修炼，你和他必有一战，这个时候，你不能再为我损耗修为了。"

谢雪臣才知道她想的是这件事，心中顿时盈满了柔软的情意。他含笑揉了揉她的脑袋，修长的五指描绘她动情的眉眼。她总是一腔热情地爱着他，事事处处为他着想，让他如何不动容，如何不喜欢……

他俯身轻啄她水润艳丽的双唇，没有深入，只是贴着柔软的唇瓣厮磨辗转，温柔隐忍。

暮悬铃咽了咽口水，心跳急促，呼吸紊乱，柔软的五指有意无意地摩挲他颈侧的肌肤，贪婪地看着他清俊含笑的眉眼，艰难地推开他。

"你别勾引我了，我可没什么定力。"她声音甜腻轻颤。

谢雪臣唇角一勾，俯首在她颈间，忍不住发出低笑，紧密相拥的身躯让她清晰地感觉到对方胸腔的震动，她的双手环绕过他的双肩，心满意足地抱紧了他的身躯。

谢雪臣收紧了双臂，掌心温柔地轻抚她单薄温软的身躯，与他相比，她显

得太过娇小,像一颗瑰丽的宝石,如此严丝合缝地镶嵌在他怀里,好像他们生来就该属于彼此。他贪恋她身上的清甜与温软,沉醉于她给的欢愉,却也享受这一刻默默相拥的温存。

忽然,他听到暮悬铃低低开口:"谢雪臣,你想要有个孩子吗?"

谢雪臣微微诧异地看向她,只见那双清亮灵动的慧眼染上了一抹郁色。

是因为傅澜生那句话吗……

或是因为看到阿宝那么可爱……

"这世间修士,除了行者灭情绝爱,其他法相大多都有十几个孩子。你天生十窍,子嗣必然不凡,多的是有人想和你生……"暮悬铃闷声咕哝,想到高秋旻就是觊觎谢雪臣的女人之一,她怕他被人抢走了,下意识地便更加用力抱住他。

"别人如何,与我何干?"谢雪臣淡淡一笑,感受到她的不安,他搂紧了怀里的人,温声说道,"铃儿,遇见你之前,我只想踽踽一生,既未想过与人结成道侣,也不曾想过拥有子嗣。此生有你相伴,于愿足矣,夫复何求?"

他的声音沉稳有力,一字千钧,抚平了她心中不安的褶皱,却无法让她完全释怀。

"可是我想要和你生很多孩子,一半像我,一半像你。"她想到幻境里看到的小谢雪臣,乌黑柔软的发髻,玉雪稚嫩的脸蛋,懵懂执着的凤眸,心里又软了几分,忍不住勾起唇角,"小谢雪臣,一定很可爱……"

在谢雪臣心里,自然是小铃儿会更可爱,但是……

他心中叹息,口中却道:"既然半妖能开启神窍,也许有朝一日,我们也能拥有子嗣。打败桑岐之后,我会辞去宗主之位,镇守万仙阵,你愿意陪我吗?"

"你在哪里,我就在哪里。"暮悬铃想也不想地说道。

谢雪臣低笑一声,宠溺地亲吻她的眉眼:"那我们有一千年的时间慢慢尝试……"

暮悬铃轻咬下唇,眼中柔得能滴出水来,葱嫩的指尖在他胸腹之间游移撩拨,勾住了他的腰。

"那现在先试试……"她说。

谢雪臣忍着笑意,按住了她柔若无骨的手,哑声道:"不是不双修?"

暮悬铃低哼了一声，声音软媚勾人："不双修……也可以同房嘛……"

还真是很有道理呢，真不愧是她啊……

谢雪臣忍俊不禁，熟练地挑开她的衣襟，沉溺于她的清甜和柔软之中。

浮云空舟于云海之上飞行，阳光没有遮挡地照耀在结界之上，发出璀璨夺目的光彩。有防御结界的存在，浮云空舟之内才能维持四季如春的温暖与宁静。

从灵雎岛到两界山快则两日慢则三日，若天气晴好，便可更快抵达。傅澜生见阿宝化成人形正新奇着，每天耐心地教她如何"做人"，为了让她勤快点直立行走，他甚至拿出一袋子的天材地宝来引诱她。

"阿宝，吃饭要用筷子！"傅澜生抓住她伸出去的小手，板着脸道，"你刚刚用手在地上爬，现在还用手抓东西吃，脏不脏？"

阿宝委屈地垮下脸："筷子好难拿，我要勺子。"

"你都多大了……"

"两岁半。"阿宝伸出三根胖乎乎的手指，又弯下来半根。

"呵呵。"南胥月忍不住掩唇轻笑一声，"确实挺小的。"

"呃……"傅澜生顿了一下，他看着阿宝七八岁的模样，老是忘了她本体才两岁多。"两岁半也该会用筷子了，不然以后你跟我出去，人家会说我妹妹不懂事。"

阿宝撇了撇嘴："我听阿香姐姐她们偷偷说，我不是你妹妹，是你的私生女。什么是'私生女'？"

傅澜生俊眉抽搐，南胥月弯了弯嘴角，温声道："阿宝真聪明，很会问到点上。"

傅澜生瞪了南胥月一眼——哪壶难开提哪壶，他都怀疑阿宝是故意的了！

阿宝认真道："阿香姐姐说，一定是哥哥在妖族欠下了风流债，这次来要把我带回去认祖归宗。"

那些侍女也真是爱乱嚼舌根，他虽然风流但也是有底线的，可不是个随便的男人，更不是个不负责任的人渣。他猜测她们是听到他叫她傅阿宝了……

她爹是傅沧璃，他叫她傅阿宝也没错吧。

"阿宝，有些事，等你长大就懂了……"傅澜生不知道怎么跟两岁半的嗅

宝鼠解释成年人的世界。

阿宝叹了口气:"那筷子可以等我长大再懂吗?"

"不行!"

阿宝眼泪汪汪地跑去洗手,在门口撞上了谢雪臣和暮悬铃。

暮悬铃见她一脸委屈,乌黑的眼睛雾蒙蒙的,忍不住心疼地揉揉她的脸:"阿宝怎么了?"

阿宝扁了扁嘴:"哥哥不让我吃饭。"

暮悬铃一个眼刀扫过去,傅澜生忙解释道:"我只是不让她用手吃饭。"

阿宝吐了吐舌头,绕过暮悬铃的身侧跑了出去。

暮悬铃笑了一声,走进屋内:"我刚才听到你吼她了,少宫主,阿宝还小,你多担待了。"

傅澜生苦笑道:"我怀疑她是故意在为难我。"他起身朝谢雪臣见了个礼,他为人风流洒脱,不受拘束,但对谢雪臣总是有几分敬畏。

南胥月也站起了身,含着笑向两人颔首,面上看不出丝毫异常,只是握着折扇的手不自觉地紧了一下。"谢宗主亲自驾临,可是有要事?"他微笑问道。

谢雪臣已经辟谷,又没有口腹之欲,不可能是来用膳的。

谢雪臣点头道:"想找少宫主借血鉴一用。"

傅澜生有些诧异,但还是立刻从芥子袋中取出了血鉴。

谢雪臣接过血鉴,看向暮悬铃:"你想看看你的父母所在吗?"

南胥月讶然看着暮悬铃,若有所思道:"铃儿,你想找生身父母?"

暮悬铃垂下眸子,心里有些难受和害怕,她不知道,自己会在镜中看到什么……

很小的时候,她是想象过父母的模样。后来从别的半妖口中拼凑出了自己的想象,母亲应该是个普通的人族女子,生下她嫌弃她丑便将她扔了,父亲是个不负责任的妖族,可能是一时兴起奸淫了人族女子,甚至不知道有过她的存在……慢慢地,她也就不抱有幻想了……

但是谢雪臣的话却让她有些在意,她这个半妖,到底另一半是什么妖?她和其他半妖一样,没有妖丹没有神窍,天生体质强悍远胜凡人,又带着莫名的妖气。小时候她脸上有奇异的妖纹,明月山庄的人便猜测她父亲是个藤妖或者

树妖，但是七年前，妖纹也消失了，她看起来与人族并无两样，只是还有妖气残存。

谢雪臣说，也许，她并非半妖……

如果她不是半妖，她就有可能和谢雪臣孕育子嗣，这个可能性让她心动不已，也想要寻找自己的身世。

暮悬铃微颤着伸出手，指尖触摸到了冰凉的镜面，她深吸了一口气，点了点头道："我想看看。"

谢雪臣将镜面放在桌上，左手执起暮悬铃的手腕，右手指尖以灵力凝成一丝锐气，轻轻割破了她指尖的肌肤，白皙细嫩的指尖很快便渗出了一滴殷红的血，滴入暗色的镜面之上。

四人屏息看向镜面，只见那滴血落入镜面之上，便仿佛落入湖面荡开了圈圈涟漪。血液瞬间被镜面吸收，镜面四周泛起了红光，然而镜面之上始终是一片漆黑，什么都看不见……

"难道是坏了？"傅澜生嘀咕道，又小心翼翼地看了暮悬铃一眼，"还是……"

还是死了。

话没说出口，但每个人心里都有数。

几息之后，镜面四周的红光忽地闪了一下，镜面似乎有了变化，却依旧是一片漆黑。

"应该是坏了。"傅澜生低声叨了一句，却在这时，红光再闪了一次，镜面亮了起来。

暮悬铃瞳孔一缩，上前一步扶住了桌面。

只见镜面之上出现了一个素雅的房间，视线移动，景象从桌面移到了床上，一个面色凄冷惨白的女子盘膝坐于床上，景象不断推近，是那人正走向床边。

这时镜面骤然一黯，红光也彻底消散。

那个盘膝打坐的女子，是素凝真。

那血鉴透过的那双眼，就是……高秋旻！

"高秋旻？"暮悬铃怀疑血鉴坏了，她皱紧了眉头，"怎么会……她和我……"

傅澜生道："她和你确有几分相似，难道你们真的是姐妹？"

高秋旻像暮悬铃，她本也是修道界有名的冰山美人，但在暮悬铃面前，便显得形容寡淡，不及她顾盼生辉、巧笑嫣然。他们只道是人有相似，怎么也想不到两人会是姐妹，毕竟暮悬铃是半妖，两人又是年纪相仿，素凝曦生下高秋旻便难产而死，怎么会有时间去另外生个半妖？

谢雪臣猜到了桑岐与素凝曦的纠葛，桑岐又收暮悬铃为徒，难道暮悬铃真的是桑岐与素凝曦的孩子？

"去镜花谷。"谢雪臣沉声道，"素凝真知道真相。"

镜花谷。

"师父，你身体好点了吗？"高秋旻担忧地看着素凝真。

素凝真脸色灰败，短短一月，她仿佛衰老了二十岁，鬓边已经出现了华发，眼角皱纹见深。高秋旻自小对素凝真敬畏有加，家破人亡之后，更是视她为唯一的依靠，如今见素凝真衰老下去，她心痛如绞，又生出了无依无靠的绝望。

素凝真枯瘦的五指抓住了她的手腕，深吸了口气才道："秋儿，春生诀学得如何了？"

高秋旻惭愧地低下头："到第五层了。"

素凝真皱了下眉，道："慢了，当年凝曦不到半年便修到第五层，而你却用了十九年……不过，她是元阴玄女，资质与常人不同也是自然，你虽然是她的女儿，但……"她说着顿了顿，不知想起了什么，呼吸沉重起来，发出了剧烈的咳嗽。

高秋旻顺着她的后背，又递上一杯散发着苦涩药味的浓黑药汁。素凝真眉头也不皱地灌下药，调息片刻，气息才平稳一些。

这些日子她一直闭门不出，将谷中事务尽数交给高秋旻，高秋旻如今是代掌教，但人人都心知肚明，素凝真已经决意将谷主之位交给她了。只是高秋旻修为境界太低，修道界金丹多如狗，她二十岁的年纪，金丹的修为，无论如何也不能服众。镜花谷并非素凝真一人之谷，她非要这么做，定然会引起长老会的强烈反对。这两日已经有关系交好的长老私下来与她谈过了，但素凝真也很平静地告诉她们，一月之内，高秋旻必入元婴之境，她半年前刚入金丹，若是半年内能从金丹突破至元婴，便足可证明她资质非凡，有极大潜力胜任谷主之位。长老们觉得素凝真的话不无道理,也是觉得此事不可能发生,便应下了她的赌约,只要高秋旻能在一月之内晋升元婴,她们可以允许高秋旻继任谷主。

只是她们也不明白,素凝真伤不至此,何必急着将谷主之位传给高秋旻。

只有高秋旻知道真相,因为在这一月之内,素凝真将毕生修为传给了她,她已在几日前就突破元婴了,只是秘而不宣。

"师父,你现在这么虚弱,万一桑岐入侵镜花谷,那可如何是好?"高秋旻愁容满面。

素凝真冷冷一笑:"我纵然是全盛时期,也敌不过他一招,那是好是坏,又有什么分别?他既然活着,又决意报复,那我就是必死之人。能在死前将修为传给你,我就不算枉送性命。"

高秋旻见素凝真死意已决,不禁心中悲恸,眼眶湿润地跪了下来。

素凝真垂眸凝视她低下的头颅,仿佛透过她的身影看到了那个人。高秋旻,其实一点都不像她,或许是因为从小没有亲娘,受高凤栩教导长大,她自大、高傲,资质也不如姐姐素凝曦,性格也不随她……

素凝真叹息着合上眼,一闭上眼,便又看到素凝曦的音容笑貌。她知道自己离死不远,可能正是因为离死不远,那些过去的画面反而更加清晰,她也夜夜都梦到素凝曦。

她和凝曦是一胞双生的姐妹,但她自小就知道,凝曦和她不一样。她们出生于一个贫农的家中,时逢荒年,家中孩子太多养不起,每个人都饿得皮包骨头,两眼发青。她还记得父亲看她们的样子,好像想把她们吃掉,是母亲死死拦着,不知道说了什么,父亲犹豫着点了点头。几天后,她们就被换给了别家。

长大后,她才知道,那叫易子而食,是人性在濒死时候的底线。

这可笑的底线。

那一年她和凝曦四岁,被人绑了准备下锅。凝曦机灵,挣脱了绳子,拉着她不要命地在荒草丛中飞奔,那些草长得比她们还高,她只看得到枯黄的影子,还有凝曦瘦小的背影。

"姐姐,我饿,我跑不动了……"

"阿真,快跑,不然会死的!"

她头昏眼花地倒在了地上,凝曦蹲下来,用稚嫩瘦弱的肩膀撑起了她,背

着她向前跑，一直跑……身后是一群凶恶的吃人魔，凝曦背着她狂奔，不慎从山坡上滚了下来。她被凝曦死死地抱在怀里，在山坡上翻滚着落下，陷入昏迷之中。不知过了多久醒来，天色一片漆黑，凝曦倒在血泊中，浑身是伤，后脑勺磕到了一块大石头，头发都被鲜血湿透了。

她抱着凝曦大哭，听到凝曦虚弱的声音响起："阿真，我……我没事……"

那么重的伤，怎么可能没事呢？但凝曦真的没有死，她只是比较虚弱，伤口愈合得很快，不过几日她就恢复如常了，只是还是有些古怪的地方，她说她看到很多东西在发光。

也是那时，她才知道凝曦的秘密。第一，凝曦不会认路；第二，凝曦的手能让死去的花草复苏。

她们从吃人魔手中侥幸逃脱，然而两个四岁的小姑娘，在那样的世道很难活下去，随时都可能被人吃掉。她们躲在山林之中，她的身体比凝曦弱，总是病恹恹的，只能躺在山洞里等凝曦找吃的回来。

凝曦不敢跑太远，怕找不到回来的路，只能在山洞附近种些果蔬，她的手有奇异的力量，任何被她种下的种子，都能以神奇的速度生长，很快地开花结果。今夜埋下的桃核，不到七天便开花结果，她虽然年纪小，却也知道这是神迹。凝曦兴奋地说，她们不用饿肚子了。她们以果蔬为生，吃下那些果子，她的身体也慢慢好了起来。

但她们还是不敢让人知道凝曦有这种神奇的能力。凝曦说，坏人知道了，会把她们抓起来，让她一直种东西。

凝曦自小就比她聪慧坚强，她们生来相依相伴，在人性沦丧的年代，她们是彼此唯一的依靠，也是唯一可以信任的人。她们就这样相依为命，在荒野生活了好多年，直到有一天，一群飞来飞去的人闯入林子，发现了她们。

一个相貌华贵、气势威严的女子摘下了凝曦种的桃子，疑惑地说："荒野贫瘠之地，怎么会有灵气充沛的果树？"

她的目光落在她们两人身上，忽地伸手抓住了凝曦，右手抚住了凝曦的前额，顿时呼吸一室，目露狂喜："十窍……不，元阴玄女之体……传说竟是真的，世间竟有如此神人转世……"

她眉眼顿时柔和下来，蹲下身来与凝曦平视，柔声说："好孩子，你几岁了，

叫什么名字?"

凝曦警惕地看着她,迟疑了片刻,说:"我叫惜惜,今年八岁。"

"曦曦?我是镜花谷谷主,你愿意跟我回镜花谷吗,我会收你为弟子,教你修道和法术,你可以衣食无忧,甚至长生不老,飞天遁地。"她蛊惑着说。

凝曦看了一眼身后的妹妹,说:"我要和妹妹在一起。"

谷主这才看向素凝真,恍然点了点头。

"好,你们两个可以一起拜我为师,你妹妹会得到很好的照顾。"

她们被谷主带回了镜花谷,从此开始走上修道之路,镜花谷谷主给了她们新的名字。

素凝曦,素凝真。

"姐姐,那个谷主看起来不像好人,她是想抓你去种东西吗?"她压低了声音耳语,"我们真的要去那个镜花谷吗?"

凝曦说:"我们跑不掉的,她会飞啊……阿真,我觉得我们该去镜花谷看看。"

"我害怕。"她想到那些人打斗的样子,看到有人死在自己面前,心里就忍不住发颤。

凝曦抱紧她,轻轻拍着她的后背说:"阿真别怕,姐姐会一直保护你,我们永远不分开。"

"永远不分开……"

她不安恐惧的心因为她的话而平静了下来。

她和凝曦是一胞双生的姐妹,她们在出生以前就不曾分开过,以后也不会分开的。

她一直这样以为,直到后来有一天,凝曦说:"阿真,我要走了,我答应了桑岐,要和他在一起。"

"你也答应过我,永远不分开啊!"

"阿真,你已经长大了,不再需要姐姐保护了……"凝曦温柔地摸了摸她的脑袋,就像小时候一样,"你向来要强,不知道从什么时候开始,变成是你在保护姐姐了。镜花谷已经成为你的家,我走之后,师父会把谷主之位传给你……"

"我不需要谷主之位,我从来没想过和你抢,我只是……不想拖你的后腿连累你!"

不想像小时候那样,让你为了保护我而受伤……

凝曦笑了,眼中湿润晶莹:"我当然知道啊,你是我最好的妹妹,可是阿真,我真的放不下桑岐……你能原谅姐姐吗?"

"你叛出镜花谷,师父不会放过你和桑岐的,还有高凤栩也会派人追杀你们。姐姐,为了一个半妖,你这样做值得吗?"

"我想和他去东海,那里是妖族的地盘,师父和高凤栩追不到我们的。"

"东海……那我是不是再也见不到你了……"

"会再见的,阿真。"

素凝真不再相信她了,凝曦被半妖迷了心窍,连相依为命的妹妹都舍弃了……

她想纠正凝曦的错误,却做了一个让她后悔终生的决定,她以为恨桑岐,把一切都怪罪到桑岐身上,便可以忽视自己犯下的错,但越濒临死亡,她就越清晰地意识到——

害死凝曦的,是她。

"师父,谢宗主和南庄主来访,说是有要事要见您。"高秋旻的话让素凝真从沉痛哀悔中清醒过来。

"他们来做什么?"素凝真的声音愈显沙哑苍老。

高秋旻面色不佳:"不知道……那个暮悬铃也来了,还有碧霄宫的少宫主傅澜生。"

素凝真心中疑惑,她在高秋旻的搀扶下起身,徐徐向外走去。

谢雪臣四人早已在宴月厅等候,素凝真未到之时,他们便听到了外面的脚步声,却没有想到那会是素凝真的步履,因为太过沉重迟缓,竟有老迈之相。待见到了人,看到了她的皱纹和白发,谢雪臣和南胥月便立刻明白了什么,只有傅澜生还一脸震惊。

上次见到素凝真是两个多月前,她看起来不过是三十出头的模样,此时竟似有五六十岁,眼中的锐利也少了许多,显得黯淡无光。

"见过谢宗主。"素凝真朝谢雪臣见礼，又向南胥月和傅澜生颔了颔首。

傅澜生口没遮拦，关切问道："素谷主可是身体不适？"

素凝真淡淡道："无事，有劳少宫主关心。"

素凝真在高秋旻的搀扶下落了座，才问道："不知道谢宗主几位前来镜花谷有何要事，可是魔界有了变故？"

谢雪臣道："此事或许与桑岐有关，还请素谷主屏退无关之人。"

素凝真眉头一皱，右手猛地攥了一下，垂下眼略一思忖，道："秋旻，让其他人都退下。"

高秋旻犹豫不决："师父……"

"退下。"素凝真冷淡地重复了一遍，高秋旻脸上一白，点了点头，对在场的镜花谷弟子一挥手，众人便鱼贯而出。

傅澜生还想待着，却被南胥月拉住了手臂往外带。

高秋旻走到暮悬铃身侧顿住了脚步，眼神冰冷地看着对方："你不走吗？"

暮悬铃却神色复杂地看着前者，想到对方可能和自己有血缘关系，她就觉得浑身不对劲……

"我必须留在这里，此事与我有关。"暮悬铃道。

素凝真狐疑地扫了暮悬铃一眼，又看向谢雪臣，见谢雪臣微微颔首，她便道："那就留下吧。"

高秋旻抿了抿僵硬的唇角，恼恨地转过头，大步朝外走去。

谢雪臣挥手布下结界，开门见山地问道："素谷主，素凝曦有过几个孩子？"

素凝真顿时脸色黑沉下来："谢宗主，问这话是什么意思？世人皆知，我姐姐嫁给高凤栩，十月怀胎生下一女便与世长辞。"

谢雪臣道："我无意冒犯，只是此前得了一件法器，查证出铃儿与高秋旻或有血脉联系。"

素凝真闻言一怔，随即大笑了起来，眼中尽是荒谬可笑之意："谢宗主这话属实可笑了，你的意思是她们两个是姐妹？我姐姐只生育过一个孩子，那就是秋旻！"

"分娩之时，你亲眼所见吗？"谢雪臣追问道。

素凝真呼吸一窒，心跳骤然乱了，谢雪臣紧紧盯着她，从她的心跳中听出

了痛苦与慌乱，还有……恐惧？

"自然是亲眼所见。"素凝真紧紧抓着桌角，指节泛白，脸色难看，"秋旻出生之时，天生异象，满室华光流转，令人不能直视……"

"不能直视？"谢雪臣皱了下眉头，"所以说，你并没有亲眼看到。"

"秋旻是我亲手抱出来的，这样还不算亲眼所见吗？"素凝真烦躁地抓碎了桌角，心中涌起愤怒与不满，"谢宗主，你这是怀疑我姐姐的清白吗？她是与桑岐有过一段纠葛，但桑岐是半妖，不可能有孩子，而且凝曦当时已经……"

她话说到这里便戛然而止，脸上一阵红一阵白，忽地捂住了嘴剧烈咳嗽。

暮悬铃始终沉默地听着，观察着，她不似谢雪臣能听到对方的心跳，判断她的情绪，但她也从察言观色中觉出了异常。

素凝曦分娩之时，一定发生了什么极其恐怖的事，让素凝真眼中露出惊惧和痛苦。她的情绪和理智濒临失控，但那个秘密却被封在了口中，她险些说了出来，却又生生顿住了。

素凝曦当时已经……怎么了……

高秋旻出生之时的异象又是怎么回事？

暮悬铃见素凝真止住了咳嗽，才缓缓道："素谷主，恕我直言，高秋旻的资质，配不上这天生异象。就连谢宗主天生十窍，出生之时也没有这异象吧。"

素凝真脸色一僵。

她何尝不知道，又何尝没有疑惑过？天生九窍，虽也是不凡，但她见多了超凡之人，谢雪臣、南胥月、素凝曦，他们这些人才是真正的天之骄子，诞生之时也未见什么异象。高秋旻出生之时的满室华光，让高凤栩对这个女儿充满了期待，然而竟只是天生九窍，他怀揣一丝希望，或许日后能展现更多的不凡，或者继承素凝曦的元阴玄女之体，可是到如今二十年了，素凝真并未从高秋旻身上看到更多的惊喜。高秋旻的资质、心性，也不过是中上而已……

难道那异象与高秋旻无关，而是……

素凝真敛眸思索，眉心紧皱。

"素谷主，若想验证铃儿与高秋旻的血缘亲疏并不难，我知道你不希望素凝曦的过往为人所知，才私下征求你的意见。难道你真的不想知道，素凝曦是否还有过另一个女儿吗？"谢雪臣沉声问道。

素凝真神色变幻莫测，良久之后，她沙哑着嗓音开口道："你们容我考虑一下，我……明日给你们答复，只是此事千万不可让其他人知晓，包括秋旻。"

谢雪臣和暮悬铃郑重地点头应允，便见素凝真神色匆匆地离开了宴月厅，似乎十分急切。

暮悬铃看着素凝真匆匆离去的背影，沉声道："素凝真竟会答应验血，可见素凝曦分娩之时一定发生了什么古怪之事，让素凝真也产生了怀疑。看她神色疑惑而急切，似乎是想起了什么极其重要之事，想要求证。"

"明日便会有结果，你无须过多思虑。"谢雪臣见暮悬铃眼眸之中隐含忧色，不禁握住了她微凉的小手，拢在掌心，十指交扣，"无论是什么结果，我都会陪着你。"

素凝真独自一人在昏暗的密室中急切地摸索着，书架上密密麻麻摆满了古籍，她颤抖着手一本本将那些书翻找出来，想要寻找一个答案。

地上已经散落了很多古籍，终于她找到了自己想要的那本，哆嗦着将书翻开，迅速地一页页翻看。

"五大仙品天资之三，元阴玄女，三千年一现世，传闻为神族玄女转世，执掌生之权柄，内蕴无限生机，生来千年之寿，死后千年不腐，可治愈一切伤病，恢复所有生机，活死人肉白骨，化腐朽为神奇……"

素凝真的眼白泛起血丝，抓着古籍的手颤抖而泛白，她死死盯着那一页纸，电光石火之间，似乎想通了许多事，她软倒在地，胸腔之中发出风箱似的喘鸣声。

"难道是她……"她不敢置信地颤声说。

忽然，身后响起了敲门声，高秋旻担忧地唤了一声"师父"，轻手轻脚地走了进来，看到素凝真脸色惨白浑身颤抖地跌坐在地，她急忙上前蹲下扶住她。

"师父，您怎么了，可是身体不舒服？"高秋旻急切问道。

素凝真忽地攥紧了她的手腕，目光紧紧盯着她的脸，似乎想从她的脸上找到答案。

高秋旻心中莫名慌了一下。

"师父……"

素凝真缓缓垂下眼,声音似乎又苍老了许多:"你怎么来了?"

高秋旻道:"我担心您的身体……还有……师父,我刚才忽然想起暮悬铃的身份了。"

"嗯?"素凝真眉眼一抬,闪过精光,"什么身份?"

高秋旻道:"她原来是明月山庄的一个妖奴,桑岐血洗明月山庄的那一夜,庄里的长老将我们两人对换了衣服,遮掩了气息,带着她引开妖魔的追兵。我猜测,她就是因此被魔族祭司带走收为徒弟,不过她原来不长这个样子。"

"她原来不长这样?"素凝真狐疑地皱起眉头,"你说仔细点!"

高秋旻想起事发那夜,那个妖奴因为盗窃了庄上贵客的衣服,被她下令责打五十鞭。后来妖魔大军夜袭明月山庄,长老便抓了个替死鬼来,正好那个妖奴的身高体型与她相仿,她便让奴仆剥了她的衣服与她对换。她还记得当时妖奴的面具掉了下来,露出一张纤瘦苍白的小脸。

"那时她左脸之上长着诡异的妖纹,看起来像是符咒一般,金色的纹路,我多看了两眼便觉得心慌。"高秋旻道。

素凝真问道:"你还记得那妖纹长什么模样?"

高秋旻点了点头:"我不记得她的长相,却莫名对那妖纹印象深刻。"

"你画下来给我看看。"素凝真急忙道。

高秋旻没有取来纸笔,她将灵力凝于指尖,在虚空之中勾画出那道妖纹的模样。

素凝真赤红的双眼映着那妖纹的模样,森森绿光在空中浮动,她像见鬼了一般被扼住了咽喉,极度惊恐却又说不出话。

"师父,您没事吧!"高秋旻见她神态有异,急忙问道。

素凝真露出似哭似笑的疯癫模样,声音嘶哑破碎:"哈哈哈哈……原来如此……原来那道光……是这么回事……我们都错了,都错了……"

第十四章　故　袭

是夜，谢雪臣一行人留在了镜花谷，却没有在谷内借宿，而是回到了浮云空舟之上。傅澜生令人将浮云空舟停泊于镜花谷外的半空之中，站在甲板上便能俯瞰镜花谷全貌。入夜之后，镜花谷一片静谧安宁，但见繁花掩映，流萤闪烁，莲灯无数浮于玉带河上，宛如星河自天际垂落，辉映人间。

"仙盟五派，数镜花谷灵气最强。拥雪城、悬天寺皆是苦寒之地，碧霄宫繁华有余却不适宜清修，灵雎岛孤悬海外，四面皆海，妖族环伺，唯有镜花谷，四季如春，灵气充沛，谷地之形天然是个聚灵阵，使得镜花谷的仙草灵花尤为繁茂，镜花谷修士的医术当居天下第一。"

空舟之上，南胥月和暮悬铃并肩而立，俯瞰镜花谷。月华在两人身上流转，君子面如冠玉，似月皎洁，却又有一丝淡淡轻愁。

"当年我三窍被封，断足伤重，家父延请名医皆束手无策，也曾来镜花谷求医，当时的谷主还不是素凝真，而是素凝真的师父妙华尊者。妙华尊者无意间说了一句，若是素凝曦还在，或许有办法，家父再三追问，妙华尊者才说，素凝曦乃是元阴玄女之体，体内蕴藏无限生机，可以治愈一切伤病残疾，断肢重生不在话下，若修炼到极致，甚至可以令死人复生。"

听南胥月这么一说，暮悬铃却是更加疑惑了："既然元阴玄女有无限生机，又怎么会因难产而死？"

"家父当时也有此问，妙华尊者却绝口不提，想来素凝曦之死另有缘故。但元阴玄女并非不死之身，只是生来有千年之寿，死后千年不腐，若是修成法相，则能延续生机，死后仍有复生之机，若是未成法相，那就难说了。"南胥月轻叹一声，看向暮悬铃，目光幽深，"后来家父便带我去了明月山庄，想打探素凝曦的下落。因为元阴玄女纵然身死，体内生机仍然千年不绝，或许仍有希望治好我的伤势。若是此法行不通，他便向高凤栩求借混沌珠，传说混沌珠力量玄妙，无所不能，只是两条路都走不通，被高凤栩拒绝了。"

也是在那时，南胥月遇见了暮悬铃。

他自知希望渺茫，从未想过能在明月山庄重获生机，更未想到，那个小妖奴的无心之语能为他驱散迷雾，重新找到活下去的方向。

暮悬铃自他的目光中感受到了沉重的情意，她无法回应，只有躲避着移开了眼，看向下方莲灯浮动的玉带河。

"桑岐血洗明月山庄，却并未找到混沌珠。我想这应该是真的，他若是真得到了混沌珠，不至于隐忍多年、处心积虑才除掉魔尊，骗取玉阙经。"

"那混沌珠……消失了吗？"南胥月微微敛眸，陷入深思。

"混沌珠，素凝曦……"暮悬铃喃喃念道，"我觉得这两者必有联系。"

她没有告诉南胥月桑岐与素凝曦的关系，是因为答应了素凝真保守秘密。桑岐憎恨素凝曦的背叛，却也对她念念不忘，他费尽心机想找寻她的尸体，恐怕也是知道了元阴玄女的秘密，想复活素凝曦……那高凤栩非要娶素凝曦，是否也与她的体质有关？

素凝真知道真相，却绝口不提，这个秘密，恐怕比桑岐与素凝曦的恋情更加难以启齿……

暮悬铃轻叹一声，转头对南胥月道："南胥月，待谢雪臣挫败桑岐之后，我再将玉阙经传给你，或许那时候，你也能重铸神窍，再获新生。"

传功之事凶险且损耗极大，她刚刚为阿宝传过功，神窍仍然空虚，不能为南胥月传功，而谢雪臣面临桑岐的威胁，她更不敢让他有所损伤，只能等了却大事，再回报南胥月的付出。

南胥月听暮悬铃这么说，却未有任何欣喜之意，只是淡淡一笑，道："传功之事，不必再提。这么多年，我也已经习惯了这副残躯，能不能恢复神窍和修为也已经不在意了。修成法相，虽有千年之寿，但对人族来说，长生久视也未必是一件幸事，有可能只是更漫长的寂寥与空虚，不若与挚爱之人相伴，就算几十年也足矣。"

南胥月的话让暮悬铃不禁想起凤襄，心生唏嘘："是啊……你总是想得比旁人深刻，这些道理，有的人活了一千年也没能悟透。但若有一丝希望，我也想试试，你的人生不该止步于此的。"

"那一日我已经说过了，传功者，必为至亲之人，我又有何名分承受这份大礼？"南胥月态度坚决地拒绝了暮悬铃的好意，转过身朝舱内徐徐走去。

暮悬铃看着他步履缓慢的背影，黯然垂下头去。

"哥哥，南公子为什么不愿意啊？"阿宝和傅澜生躲在远处，两个人并肩躲在阴影处偷听，"南公子要是能修炼就好了，他人那么好，就应该活得长长久久。"

她也不知道为什么要躲起来，但是傅澜生非拉着她坐下，还张开结界屏蔽了气息，俊脸鬼祟惹人生疑。

傅澜生唏嘘道："男人的心思啊，你还小当然不懂，我说了你也不会明白的。"

阿宝仰起头，一双乌黑晶亮的大眼睛闪烁着求知欲，比星星还灿烂，看得傅澜生都不好意思了。

"暮悬铃就是对南胥月心存亏欠，才想用这种方式弥补，他若是接受了，便是两清；他若不接受，暮悬铃心里便永远欠着他一份情，他就是要她一直念着他……"傅澜生摇着扇子连连叹息，"南胥月看着温温柔柔的，心却这么野，惦念着有主的花，伤人伤己啊，谢宗主可不好惹。"

阿宝狐疑地皱起小脸："南公子才不像你说的这么坏，你这个叫……以己度人。"

傅澜生在她脑袋上揉了一把："你姐姐教你的？"

阿宝点着头把暮悬铃出卖了，稚声道："姐姐还说，你这个人该懂的不懂，

不该懂的瞎懂。"

傅澜生捏着扇子，俊脸都黑了："还说什么了？"

阿宝小嘴刚张开，就被傅澜生打断："当我没问，估计没好话。"

阿宝眨了眨眼，说："姐姐让我以后跟着她，她教我修炼。她说跟着你，只学会了龙阳、白日宣淫、私生女……"

傅澜生捂着脸没眼看阿宝了，诚实的小孩说话太伤人了。

"你姐姐也不是什么好人，她一天学堂都没上过，自己字都认不全呢。"傅澜生嘟囔道，这话他也不敢当着谢雪臣和暮悬铃的面讲，"这句话不许学给谢宗主和你姐姐听！"他补充了一句。

"谢宗主会教我们识字的。"阿宝认真说道。

"那……你真的要跟姐姐走了啊……"傅澜生看着阿宝的小脸，不知怎的心口生出一丝不舍的抽痛，到底养出感情了。

阿宝点点头："娘亲叫我跟着姐姐，我最喜欢姐姐了，姐姐救过我，还帮我抢回了爹爹的宝物，打跑了坏人。"

"阿宝，哥哥也很好啊……"傅澜生诱哄道，"哥哥有很多宝物的，你不会舍不得吗？"

阿宝低下头咬着指头，小脸纠结："嗯……哥哥，反正你有很多宝物，能不能送我一点？"

傅澜生"呵"的一声："你真敢开口啊，认钱不认人，没心没肺，白养你白疼你了！"

"那你死了之后留给我吧。"阿宝不在乎退而求其次，委屈道，"阿香姐姐说，咱们是一家人，你死了，我能继承你的遗产。"

私生女这一道是过不去了啊？

傅澜生深吸了一口气，忍着怒气，掐着她水嫩嫩的小脸蛋，咬牙道："在气死我这件事上，你真是不遗余力啊……"

他是命太好了上天才派这只小东西来折磨他吗！

镜花谷，宴月厅。

谢雪臣和暮悬铃依照约定，按时赴宴。素凝真独自一人坐在主位，身旁的

桌上摆着一盆花，还有一个青瓷小瓶，却不见高秋旻。

暮悬铃问道："素谷主，你考虑得如何了？"

素凝真的目光紧紧盯着暮悬铃，似乎想从她脸上找到什么答案，她哑声说："我身旁这盆花，名为相见欢，它以血为食，但若是摄入的鲜血为血缘至亲，则花瓣会转为黑色。"素凝真说着拿起青瓷小瓶，"这里面装的是秋旻的血，验血之事我瞒着她，无论结果如何，今日厅中之事，都只有我们三人知晓。你们要是同意，就立下心誓，否则就当我从未提过。"

暮悬铃有些紧张地吸了口气，点头道："我同意。"

谢雪臣冷淡的目光扫过那盆娇艳的相见欢，却道："我不同意。"

素凝真目光一凛，冷然道："谢宗主是什么意思？"

谢雪臣反问道："素谷主又是什么意思？"谢雪臣目光越发冰冷锐利，广袖一挥，劲风陡生，扫向桌上花盆，那娇花被锐利的灵气扫过，竟发出婴孩似的凄厉啼哭，掉落的花瓣渗出了点点刺目的鲜血。花盆猛地炸裂开来，泥土四溅，那埋在土里的东西露出了真面目，竟是一个藕粉色的光头小人，土豆大小，长着一只眼睛，一张血盆大口，那些花枝嫩叶竟是它的下肢。

暮悬铃后退半步，心上一紧，警惕的目光看向素凝真："这不是相见欢，这是秋风恶，滴入鲜血，便会与它订立血契，被它操控心神。"

镜花谷奇花异草无数，秋风恶与相见欢外形相似，相见欢是奇花，而秋风恶却是形似奇花的异兽，它身体柔媚宛如鲜花，花蕊却是一张长着无数利齿的小嘴，一旦有人被它的"花瓣"吸引靠近，它便会趁机咬住对方吸取鲜血，只要被它吸取鲜血，就会受它的花香和哭声控制，成为它的奴隶。

"素谷主，花草与异兽外形再相似，气却是不一样的。"谢雪臣冷冷道，"天生十窍能望气，元阴玄女也能，难道素凝曦没告诉过你吗？"

素凝真见阴谋败露，也不再藏着掖着，她沉下脸，猛地一拍桌子，身形消失于原地，整个宴月厅顿时笼罩于森森杀气之中。

谢雪臣立时握住了暮悬铃的手护在怀中，只见宴月厅如莲花盛开一般，四周墙面缓缓向外倒去，露出了金丝鸟笼一般的法阵，将两人禁锢其中。数十名修士围在牢笼之外，戒备森严地盯着两人。

素凝真沉声道："谢宗主，你勾结魔族妖女偷袭镜花谷，休怪我们惩奸除

恶，手下无情了。"

谢雪臣冷冷环视四周："素谷主，这个法阵困不住我，我若出阵，你镜花谷必死伤无数，你真要为一己之私令镜花谷蒙受损失吗？这便是你一谷之主的担当？"

素凝真气息一室，随即勃然大怒道："休得胡言，我大义除魔，何来一己之私！诸位听令，结阵御敌！"

素凝真拂世之尘一挥，一道凌厉肃杀之气攻向谢雪臣，金色牢笼爆射出刺眼的强光，令牢中之人目不能视。

高秋旻既快意于暮悬铃受困，又不忍心见谢雪臣受伤，她犹豫道："师父，谢宗主若在镜花谷出事，如何对仙盟五派交代？"

素凝真目光死死盯着暮悬铃，冷漠道："为何要交代？"

要杀谢雪臣不易，但她的目标也只是暮悬铃而已。握着拂尘的手忍不住微微颤抖，她等了二十年的希望就在眼前，就在眼前……

谢雪臣右手执剑，左手掩住了暮悬铃的眼睛，温声道："铃儿，闭上眼。"

熟悉的声音，熟悉的话语，暮悬铃的肩膀轻轻一颤，她本想出手，却又放了下来，乖顺地倚在他怀中，全然地相信他、依靠他……

钧天剑在谢雪臣手中光华流转，战意跃跃，谢雪臣眼神一变，忽地松开五指，光剑脱手而出，划出万千虚影，流星火雨一般地撞向金色牢笼，爆发出一阵刺耳的嗡鸣声，传出数十里……

浮云空舟之上，傅澜生听到了这锐利的嗡鸣，顿时一惊，拍案而起，飞向船外。正午的阳光洒落在镜花谷上，那金色的鸟笼分外刺眼夺目。傅澜生不敢置信道："素凝真疯了，竟然敢对谢宗主下手？"

阿宝个子矮够不到船舷，跳着脚向外瞧，焦急道："姐姐是不是遇到危险了？"

傅澜生将她拎起来抱在怀里，让她看到了外面的景象。阿宝瞪圆了眼睛，紧张地抓住傅澜生的肩膀："哥哥，快去救姐姐！"

傅澜生苦笑道："我这点本事，连高秋旻都未必打得过，谁救谁还不知道呢。你放心吧，有谢宗主在，没人能伤得了暮悬铃。"

阿宝郁闷地鼓了鼓腮帮子："你挺了解自己嘛，那为什么不练功呢？"

傅澜生：我需要练功吗？

"傅兄，将空舟驶入宴月厅上空，挡住阳光。"南胥月走到傅澜生身旁，神色凝重道，"那金笼以日光为源，日光不熄，金笼不灭，日照越强，金笼越强。素凝真知道实力不济，便引天地之力对付谢宗主，她约了这个时辰见面，早存了埋伏之心，绝非一时起意。"

傅澜生收敛了笑容，俊眉紧皱："我明白了。看来，暮姑娘的身世不简单啊，竟引得素凝真对谢宗主下手了。"

谢雪臣纵然再强，终有力竭之时，这金乌幻日阵乃镜花谷最强的法阵，攻守兼备，日正当午，便是它最强之时。日光落在金笼上，笼内温度急剧升高，四面不断发射出灼人的法箭，但都被钧天剑阵一一挡下。玉阙天破每一次撞击在金笼上，那金笼的光芒就会黯淡三分，但过了片刻便又恢复如初。

暮悬铃额上渗出了热汗，鬓角潮湿，谢雪臣脸色也越发凝重。便在这时，浮云空舟出现在宴月厅上方，周围骤然一暗，金笼也失去了一半的光彩。

谢雪臣眼中掠过一丝笑意，眉间朱砂红光一闪，钧天剑顿时振作起来，发出兴奋的啸鸣，玉阙天破再开，万道剑影凝成一束霸道无匹的剑气，直直冲向金笼顶部。

——锵……

一声巨响爆炸开来，音波如海浪一样层层荡开，被这音浪扑面击中的低阶修士皆口吐鲜血，跌落在地，发出惨叫。

素凝真早已外强中干，也受不了这一声震慑元神的锵鸣，顿时脸色颓败地从空中跌落，被高秋旻眼明手快接住了才不至于颜面扫地。

而金色牢笼也在这一剑之下粉碎，化成点点金沙，消弭于无形。

谢雪臣揽着暮悬铃从宴月厅飞出，向素凝真落地之处飞去。镜花谷众长老见状急忙结阵御敌，但看到谢雪臣之时却已经心生寒意，没有战意了……

谢雪臣冷冷扫了众人一眼，道："我无意与镜花谷为敌，只是有几句话要问素凝真，今日之事，我可以当作没发生过。"

众长老面面相觑。她们早知道谢雪臣与暮悬铃的关系，听素凝真说谢雪臣勾结魔族要对镜花谷不利，她们也没有多怀疑，便布下了这个金乌幻日阵对付谢雪臣。本以为这个法阵能困住谢雪臣，令他元气大伤，但谁料谢雪臣强悍如

斯，集合镜花谷之力也不能奈他何。此时谢雪臣脱了困，她们更怕谢雪臣痛下杀手，可谢雪臣竟说不追究……

大长老上前一步，沉声道："这其中或有什么误会，不知道谢宗主有什么要问，我们若知道，必会据实相告。"

谢雪臣微微颔首，看向脸色青白的素凝真："素谷主，是你自己说，还是让我问？"

素凝真如何听不懂谢雪臣话中的威胁之意，若是让他问，他便会将素凝曦与桑岐的恋情公之于众……

素凝真猛地吐出一口鲜血，高秋旻惊叫一声，连声道："师父！师父！"

素凝真咳嗽不止，大长老脸色一变，上前扣住素凝真的脉搏，脸色顿时十分难看："谷主，你的灵力……"

她原以为素凝真是受了桑岐一击重伤未愈，但此时竟有油尽灯枯之相，分明是她自己在散功。大长老又看了一眼高秋旻，顿时心中有数了，却也没有说破，只是叹息了一声："你何苦如此啊……"

暮悬铃看着素凝真口吐鲜血，疑惑道："素谷主，你对我到底有何深仇大恨？"

暮悬铃实在不解，就算她真的是素凝曦的女儿，那素凝真就算不能像对高秋旻那样关怀她，也不该下此毒手，甚至不惜与谢雪臣为敌。素凝真反应越是强烈，越证明她的出身有问题？

暮悬铃觉得荒谬，甚至害怕，难道自己是桑岐与素凝曦的女儿，否则素凝真何必将事情做绝？

南胥月和傅澜生落至谢雪臣身后，望着场中剑拔弩张的气氛，傅澜生轻咳一声，周旋道："仙盟五派同气连枝，何必为了一点误会伤和气……"

素凝真冷冷一笑："暮悬铃又算什么仙盟之人？谢宗主因私废公，碧霄宫和蕴秀山庄也是如此，这样的仙盟，也算同气连枝吗？"

高秋旻憎恶地瞪着暮悬铃："我真后悔，当年在明月山庄没有杀了你！"

暮悬铃看向高秋旻，笑了笑："大小姐想起我了？"

暮悬铃正笑着说话，谁也没想到，她忽地甩出了断念，缠住了高秋旻的腰身，趁众人不备便将她掳至身旁。素凝真心有余而力不足，阻拦不及，大长老

刚出手便被谢雪臣拦下，高秋旻一掌拍向暮悬铃，暮悬铃不躲不避，向高秋旻掌心刺出一剑。高秋旻撤手不及，掌心被长剑划出一道血痕。

暮悬铃收回长剑，盯着剑身上温热的鲜血，轻吹一口气，血珠便仿佛被气团包裹着悬浮了起来。她又将自己的手贴着剑锋另一侧，锋利的剑气顿时割破细嫩的肌肤，血珠自伤口处溢出，缓缓浮动，被一道红色法阵笼罩其中，与高秋旻的血液相互缠绕，彼此试探，最终缓缓交融。

暮悬铃长长舒了口气，神色复杂地看向高秋旻。

大长老这才反应过来，包括其他在场的高阶修士，但凡有点眼力的，都看出来那个红色法阵是什么了。

血炼法阵，能相融的，必是同脉血亲。

大长老瞠目结舌地看着暮悬铃与高秋旻，看着两人相似的眉眼，颤声道："你是……素凝曦的女儿？"

高秋旻如遭雷击，不敢置信地瞪着那交融的鲜血，口中喃喃道："不可能的，我怎么会有个半妖姐妹……一定是法阵有问题，是假的！"

暮悬铃松开了断念，后退一步回到谢雪臣身旁。

"我也宁愿与你没有关系。"暮悬铃淡淡道，"高大小姐，我找素凝真，就是想要她给我一个解释，但她的这个'解释'，仿佛是在掩饰。"

高秋旻踉跄了两步，软倒在地，狼狈地爬到素凝真身旁，颤抖着攥着她的袖口问道："师父，这到底是怎么一回事？我娘她不是只有我一个女儿吗？"

素凝真脸色一阵青一阵白，咬牙道："是……"

"她是怎么回事？那个法阵一定是妖术或者魔功，她故意骗大长老，是不想让我当镜花谷谷主！"高秋旻自以为找到了合理的解释，顿时松了口气，"一定是这样……"

大长老自然知道，这不是事实，那个法阵没有问题，暮悬铃与高秋旻确有血缘关系。她也是当年看着素凝曦与素凝真长大的人之一，亲眼看着素凝曦嫁给高凤栩，素凝曦在出嫁前是清白之身，成婚十月难产而死，断不可能有二次生育，那暮悬铃与高秋旻必然是一胎双生。

但一胎双生，怎会一个是人，一个是半妖……

"素凝真，这到底是怎么回事，你还不快说实话！"大长老的声音陡然严

厉起来，其他长老也意识到了严重性，这已经不是素凝真一人的私事，事关镜花谷的声誉和传承，她们绝不容许素凝真从中作梗。

素凝真落入四面楚歌之境地，孤立无援，双目含恨地盯着暮悬铃，但细细看去，又不只是恨，还有病态的贪婪与执念。

"她不是凝曦的孩子，她是……"

素凝真话音未落，忽然场中响起一阵尖锐的啸声，众人心神一震，只见三支金色长箭从不同方向破空而来，声势惊人，竟发出音爆之声。谢雪臣神色一凛，抬手接住了三支飞矢。飞矢之上皆各刻着相似的一行字。

——拥雪城，魔军敌袭！

——悬天寺，妖军敌袭！

——碧霄宫，妖军敌袭！

傅澜生等人便站在谢雪臣身旁，一眼看到了飞矢上的刻字，大惊失色道："三大宗门遭遇敌袭！"

"什么！"镜花谷修士也是惊愕不安，"桑岐出关了吗？"

暮悬铃郑重道："五大宗门之中以悬天寺群龙无首内耗最大，桑岐会对悬天寺下手不足为奇，而悬天寺的般若心经是魔族克星，桑岐会派妖军出击已在预料之中，玄信大师早已收到风声，应该能应付。拥雪城没有你在，实力大损，也会成为桑岐的目标，不过我们早有准备，城中已备好御魔法阵。可是碧霄宫……"她眉头微蹙，面露不解，"碧霄宫乃五大宗门中实力最强底蕴最厚，门下修士最多，桑岐怎会有多余的妖军去进攻碧霄宫？"

谢雪臣捏紧了箭矢，与南胥月同时脱口而出道："是灵雎岛。"

傅澜生一惊："灵雎岛没有敌袭吗？"

谢雪臣道："灵雎岛，就是敌袭。"

南胥月敛下眸子，淡淡道："勾结桑岐的仙盟内奸，就是灵雎岛。"

暮悬铃瞳孔一缩，忽然想起在琼琚岛发生之事。那个妖娆妩媚的蛇妖说——本来这大会还有半年才开始，不知为何提前举办，岛上准备不足，这才有些乱了阵脚……

"妖族演武大会。"暮悬铃心中一沉，"临时提前的妖族演武大会，恐怕是灵雎岛勾结东海妖王，网罗妖族势力，结成同盟，进攻碧霄宫。"

"灵雎岛为什么要这么做？"傅澜生不敢置信，碧霄宫遇袭让他慌了心神，他一直自信碧霄宫实力强横，妖魔不敢正面招惹，但若真如暮悬铃所说，灵雎岛勾结东海妖王，对碧霄宫下手，那碧霄宫恐怕也难以抵挡。

　　"不行，我要回碧霄宫！"

　　南胥月拉住了傅澜生，沉声道："傅兄，你实力低微，纵然去了也无济于事，我想傅宫主和段长老也不希望你涉险。"

　　傅澜生苦笑道："南胥月，这话我母亲也说过，但身为人子，怎能明知父母有难而独善其身？我虽然没什么本事，但总归是个人啊。"

　　南胥月一怔，不禁松开了手。

　　"让他走吧。"谢雪臣缓缓道，"这里，也不安全了。"

　　暮悬铃屏住了呼吸，不由自主攥起了拳头，目光看向远方。

　　"其他宗门皆遇敌袭，镜花谷却风平浪静……"她看着被云层遮住的太阳，声音逐渐低沉，"桑岐，恐将亲至。"

　　几人的对话一字不落地落入镜花谷众修士耳中，大长老神色一慌，但兀自强作镇定，厉声道："传令所有弟子，严阵以待！"

　　却在这时，一股浩然磅礴的气息于空中荡开，一袭黑袍在空中浮现，翻飞的衣袂仿佛遮天蔽日，令日月黯淡、天地无光，恐怖的威压掀起了飓风，谷中花草摧折，灵兽惊慌奔走，四处传来灵兽的悲鸣与嚎叫。

　　桑岐勾起殷红的薄唇，银发飞舞，肆意张扬，他心满意足地看着自己给镜花谷制造的恐慌。二十年了，他终于重临此地，一雪前耻，他要镜花谷寸草不生、片瓦不留！

　　镜花谷众人想不到桑岐的气息竟恐怖如斯，尽皆变了脸色，竟生不出丝毫的抵抗之心，只因实力差距太过悬殊了……素凝真漠然地看着桑岐，憎恨了二十年，这一刻的心情竟莫名地平静。不知道是不是因为她接受了是自己害死了素凝曦这个事实，或者是……她突然意识到，桑岐和她是一样的人，他们同样深爱素凝曦，希望她活着。

　　"谢宗主，还满意我送给你的礼物吗？"桑岐微笑着俯瞰众人，身形自空中缓缓下落。他银发银瞳，俊美不凡，若不是身上那邪肆妖异的气息，如此出现便如天神降临一般。

谢雪臣握剑在手，淡淡道："多日不见，你果然进益不少。"

今日桑岐的气息，比之上次见面之时竟强了一倍有余。谢雪臣知道，今日这一战，必须付出一些代价了……

"都是玉阙经神异之功。"桑岐微微一笑，银瞳看向暮悬铃："铃儿，看样子你悟心水的毒性解了。"

暮悬铃抿着唇，没有回避桑岐的目光，却也没有答话。

桑岐自顾自叹息道："这不是一件好事，解了毒性，一会儿看到谢雪臣死在你面前，你会很难过的。铃儿，你始终不明白为师的一片苦心。"

"桑岐……"暮悬铃轻声说，"看到你死，我也会难过。"

桑岐愣了一下，随即扶额大笑："这话……竟让我不知该喜该怒了！铃儿，你是想说我会输，还是你对我也有一点师徒之情？"

桑岐的衣袖随着他的大笑而翻飞，无意控制的磅礴气息如海浪一般席卷全场，低阶修士纷纷不堪承受，面色苍白地口吐鲜血。大长老厉喝道："元婴以下的修士退下！"

法相之上的战斗，已不是人数多寡能左右结局的了，金丹在这样的战斗里也只是炮灰而已。素凝真油尽灯枯，威信仍疑，大长老只能担起御敌统帅之责。她心里存了最坏的打算，若杀不了桑岐，镜花谷遭遇灭门之灾，也要存下火种，以待来日。

暮悬铃对南胥月和傅澜生道："你们回浮云空舟上，南胥月，你和傅澜生一起去碧霄宫。"

南胥月道："你也走。"

暮悬铃淡淡一笑："我会和他在一起的。"

广袖下的两只手紧紧交握，他知道她不会走，所以他没有说。

傅澜生心悬碧霄宫，拉着南胥月的袖子道："南胥月，我们先走！"

南胥月摆脱了傅澜生的手，道："你走吧，我留下。"

"你……"傅澜生大皱眉头，但是看到南胥月平静而坚定的目光，他知道自己多说无益，只有一声叹息，自己向浮云空舟飞去。

桑岐并不在意傅澜生这种无关紧要的小人物，他在意的人都在这里了。

谢雪臣道："是我失算了，我没想到，你竟能策反何羡我。"

悬天寺和拥雪城都有完全的准备，他从暮悬铃口中知道了桑岐的力量，桑岐能使唤的妖军和魔军力量有限，不可能同时进攻五大宗门，因此他侧重让两个最为薄弱的门派做了万全的防御，心中倒不担心悬天寺与拥雪城的安危，反倒是碧霄宫，若被灵雎岛和东海妖族联手对付，只怕抵挡不了多久。

"谢宗主，你说错了，我没有策反何羡我。"桑岐正色道，"是何羡我主动来找我。"

谢雪臣眸中掠过异色。

桑岐笑道："我也想不到……他竟是我同母异父的弟弟。"

当年那个抛弃他的女人，原来没有死，还成了灵雎岛前岛主的女人。

那一日，何羡我出现在魔界，告诉他，那个女人这么多年一直挂念着被自己扔在扶桑树下的长子，直到临死之前，还握着他的手，让他无论如何要找到哥哥。

"他一个半妖，又没有爹娘在身边照顾，在这世间一定活得很苦……"

"是我对不起他，羡儿，你一定要找到他，照顾他……"

何羡我说，那个女人找遍了东海妖族，也没有找到他兄长的下落，他只知道，自己的兄长是个有着银发银瞳的半妖，却从未想过，这个半妖不在东海，而在魔界，更想不到，他会是祭司桑岐。

若是在二十年前，桑岐听到这样的话，或许还会感动，会一不小心就原谅那个抛弃自己的女人，但现在他已经明白了许多道理。人族都是爱骗人的，尤其是人族的女人。

但他也不会拒绝主动送上门的联盟。

"我们可以结成同盟，建立一个全新的秩序，一个妖族和半妖也可以与人族平起平坐的新秩序。"何羡我说。

傅渊停震惊又愤怒地看着眼前惨况，何羡我率领的数十位妖王，每一位都强过寻常法相境的尊者。妖族没有法相，但他们的本体随着修为精深也会越来越庞大，此时露出本体，便如一座座大山一样，爆发出令人绝望的凶煞之气。

一条数十丈长的金蟒盘于结界护罩之上，口吐毒气，不断侵蚀着结界的防御之力。半山高的黑熊一拳拳打在结界上，结界很快便出现了裂纹。通体银白

的虎妖露出獠牙，一口咬在了一位尊者的法相之上，法相受伤，本体亦会承受同样的剧痛，那人发出惨叫，法相被妖力侵蚀，顿时破碎。

低阶的外门修士对这样的力量根本毫无抵抗之力，绝望地奔走，却被一头头巨兽踩在脚下，沦为肉泥。

"何羡我！"傅渊停目眦欲裂，双目赤红，发出悲愤的咆哮，"你是人族，居然勾结妖魔，戕害同类！"

"没有变革不流血，总是要有人牺牲的。"何羡我淡漠地看着人间惨状，"我只是修正这个世道的错误。"

何羡我话刚说完，便见一股浩大声势由远及近，傅渊停一时之间不知是敌是友，目光怔怔地看着那个方向。待走到近处，他才恍然明白，脸色顿时更加惨白。

"师尊，碧霄宫的三千妖奴已经被解救出来了！"一个身形高大的男子垂首立于何羡我身后，声音低沉沙哑。

那三千妖奴大多面黄肌瘦，形销骨立，脚上的锁灵环被摘掉了，但仍然留下了深可见骨的伤口。那三千双眼睛憎恨而冷漠地盯着碧霄宫方向，看得傅渊停毛骨悚然，背脊发凉。

何羡我道："傅宫主，你见过仇恨的力量吗？"

傅渊停忍着心中颤意，看向何羡我。那个垂首立于他身后的男子缓缓抬起头来，目光冰冷地看向他。

傅渊停首先看到的是那人脸上狰狞的伤疤，紧接着才看到他冷漠狠厉的眉眼，似曾相识，却又如此陌生。傅渊停瞳孔一缩，失声叫道："沧璃！"

那人冷漠开口道："傅宫主叫错了，我的名字是江离。"

"你娘在哪里？"傅渊停没有理会他的话，急切问道。

江离道："她死了。"

"死了？"傅渊停身形一晃，如受重击，"怎么可能？"

"被段霄蓉杀了。"江离说，"就死在我面前。"

段霄蓉的身影出现在傅渊停身后，她唇角微翘，露出讥诮的笑容，憎恨地看向江离。

"原来你就是傅沧璃，之前澜生说起这个名字，我还觉得有些耳熟，现在

才算想起来了，那个贱人临死的时候，似乎是喊了一声'沧璃'？"段霄蓉冷眼扫过傅渊停，"你早知道傅沧璃是谁，那时候却装作一无所知。傅渊停，这些年你戏演得不错，竟敢瞒着我在外面养人。"

世人都道碧霄宫宫主爱妻情深，但说穿了，不过是一个笑话。

段霄蓉早就知道，傅渊停不过是贪图碧霄宫的财富，又畏惧她的实力，才与她结成道侣。她也不在乎，她看中的，同样是傅渊停的俊美风流、资质不凡。对法相来说，千年之寿，要只爱一个人太难了，但她比傅渊停年长许多，只要傅渊停在她活着的时候守好本分，不丢她的脸，她就可以容忍他的心不在焉。

但她还是低估了傅渊停的野心，他竟然瞒着她在外面有了情人，而且还有一个和澜生年纪相当的儿子。那个叫傅沧璃的孩子，比她的澜生更加优秀，这让她生出了恐惧——傅渊停想把碧霄宫传给那个贱人的儿子！

段霄蓉下手没有留情，那个女人死得很干脆，可是那个女人临死之时激发了传送法阵，送走了傅沧璃，她的灵力只来得及在他脸上留下一道刻骨的伤疤，毁了那张俊秀的脸。

"果然是你杀了兰池……"傅渊停攥紧了拳头，似哭似笑，"我早该猜到的……"

"我杀的又如何，你知道又如何？"段霄蓉冷笑一声，"我没有说穿，已经是给你留面子，你既贪图富贵渴求力量与我结成道侣，现在又来装什么深情？难道你还想为了那个女人和我翻脸？大敌当前，你身为碧霄宫宫主，分得清轻重吗?！"

傅渊停忍着心中悲恸，衣袖之下的手却止不住颤抖。

"沧璃，你不要误入歧途，与妖魔为伍！"傅渊停温声劝道，"现在弃暗投明，还来得及。"

江离冷然看着这对虚伪的夫妻："傅渊停，你们令我觉得恶心，你以为我母亲这些年跟着你，是因为爱你吗？她早已知道，是你害死她心中所爱，你害死自己的结义兄弟，夺人发妻，比段霄蓉更可恨可憎。母亲是为了保住我才委屈自己，我姓江，不姓傅！"

这么多年来，他和母亲一直住在兰池别院，等着傅渊停偶尔的到来。母亲只有在傅渊停来的时候才会露出笑脸，其他时候，都只是呆呆地看着庭前花开

花落，默默垂泪。他以为那是母亲在思念傅渊停，只有傅渊停出现才能逗她开心。于是他很努力地修炼，想要变得更加出色，让傅渊停更喜欢自己这个儿子。直到母亲死后，他才从母亲的遗物中知道真相。在傅渊停面前露出的所有笑容，都是虚情假意的迎合，她的心里从未有过一刻快活，因为她心中挚爱早已惨死，而她却不得不屈从于凶手身下，只为了保住那人唯一的血脉。

——阿离，若有一日你看到这里，那母亲定然已经不在。这些年我也曾无数次想过把真相告诉你，但又怕你按捺不住恨意，暴露了自己，可也不愿意见你认贼作父，终身受到蒙蔽。母亲死后，你便远远离开这里吧，不要报仇，不要枉送性命，记住你的父亲是江少陵，你的名字是江离，只要你好好活着，母亲这些年的隐忍，就不算委屈……

那纸面上还有眼泪干过的痕迹，他曾经多么希望看到母亲脸上露出笑容，如今才知道，那些笑容有多么刺眼而残忍。他怎么可能不恨，怎么可能不报仇！

江离的话让傅渊停脸上彻底失去了血色，他瞪大了眼睛，嘴唇颤抖着，却说不出话来，向来俊美儒雅的脸庞显得呆滞而惊惶。

"她……知道……"

段霄蓉忽然爆发出一阵狂笑，嘲讽而快意："原来如此，傅渊停，你可真是个不折不扣的小人，残害结义兄弟，夺人发妻……你比我更狠，也比我更蠢，你自以为骗了所有人，结果却是被所有人蒙在鼓里。"

何羡我静静看着这场闹剧，淡淡一笑："你看，仙盟五派，就是这么副德行，人又比妖高贵在哪里？碧霄宫的富丽繁华，流淌的尽是鲜血与肮脏。"

何羡我话音一落，那防护罩便应声而碎，无数的妖族嘶吼着拥入碧霄宫，一场残酷的杀戮随即展开。

镜花谷。

在得知何羡我与桑岐真正的关系后，一众修士都陷入了绝望之中，而更让她们绝望的，是桑岐展露出来的实力明显强过谢雪臣，若是谢雪臣拦不住桑岐，那今日镜花谷便会被夷为平地。

大长老知道今日是镜花谷生死攸关之际，只能放下一切，全力对敌，她一声令下，几位法相尊者便结阵排开，凝神现出法相。镜花谷女修的法相多为灵

第十四章 敌袭

草仙葩，几株数丈高的法相舒展枝叶藤蔓，散发出扑鼻异香，一时之间谷中仙蕴渺渺，美不胜收。

桑岐懒懒一笑，似乎浑然不将这些威胁放在眼里。

"二十年前围攻过我的人，现在还有几人在此？"冷漠的银瞳环视四周，从一张张强作镇定实则惊忧忐忑的脸上扫过，"你，还有你……"修长的食指一一点过几张面孔，被点到的人不禁心中一颤，露出怯色。

"我都记得。"桑岐说着缓缓将五指并拢，一股玄妙的力量随着他掌心的收拢而向内涌去，仿佛有一双无形的手在拉扯着被他点过的人。众人大惊失色，法相之力没有丝毫保留，尽皆向桑岐发出最强一击。

有法阵加持，又有功法辅相成，几道彩练般的灵力同时攻向桑岐，带起一阵平地飓风，摧折无数花草，湖面巨震，反射出粼粼波光。桑岐眉眼一凛，向前伸出魔臂，魔纹飞速旋转着，无数蝌蚪般的黑色符文扭曲着浮起，以他为圆心的方圆十丈顿时陷入凝滞之中，仿佛时间都被禁锢住了脚步，去如疾雷的彩练在进入圈中之时便骤然慢了下来。桑岐伸出另一只修长而苍白的左手，掌心缓缓凝聚出一道莹白的光球，那看似洁白无瑕的光球散发着异常恐怖锐利的气息，竟与谢雪臣的剑气有三分相似。一左一右，一白一黑，灵力与魔气在桑岐的两个掌心凝成，他微微一笑，两只手缓缓靠近彼此，两道互相排斥的力量骤然躁动起来，却在桑岐的控制下交融纠缠，爆发出夺目的光芒。

轰——

一声巨响，令整个镜花谷震动不止，谷中充沛的灵气像煮沸的开水一样蒸腾起来，不再温和平静，仿佛受了刺激一样变得暴虐不定。玉带河河水暴涨，淹没了两岸花田药田，烟波湖现出一道水龙卷，被桑岐踩在脚下。哪怕是早有预料而做了防护，还是有许多人被这恐怖的爆炸所波及，口吐鲜血，陷入昏迷。

几位法相首当其冲，受到了正面冲击，数人因此神窍受损，双目双耳都渗出血来，极其骇人。

谢雪臣撑开结界护住了身边十几人，素凝真和高秋旻亦在其中。高秋旻骇然看着眼前一幕，颤声道："他怎么会这么可怕……师父，我们今日都要死在这里了……"

素凝真冷哼一声，若有所思地垂下眼，脸上却不见惊惧之意。

谢雪臣神情更加凝重，他沉声道："你们都留在这里，不可出结界。"

桑岐的实力强得令人发指，法相之下别说与他正面对敌，就连攻击的余波也难以承受。桑岐是万年一见的奇才，不但以半妖之身自创魔功，甚至将魔功与玉阙经双修，魔气与灵气互相排斥，强行交融之后反而会爆发出强大十倍的威力，堪比法相自爆之力。

大长老面如死灰，她们最强一击，竟然丝毫不能撼动桑岐，仅仅一个照面便被对方打得毫无还手之力，而看桑岐似乎游刃有余，丝毫无损。

"大长老，我们拼着自爆，也要拦下桑岐！"一人扶着心口边说边咳出一口鲜血。

"我们若是一人自爆，也无法奈何得了他；若是全部自爆，镜花谷也不复存在了……"大长老哀叹一声。二十年前围攻这个半妖时，她完全想不到，会有今日之劫。

桑岐冷冷一笑："大长老倒有几分自知之明。"

桑岐说着再度出手，没有给她们更多的喘息时间，灵力再度凝聚于掌心。镜花谷灵气充沛，正好有助于他凝炼灵气为杀器，又一道雄浑的灵力向四周爆射开来，众人纷纷以法相抵挡，撑不了儿息便被桑岐的灵力打得法相溃散。却在这时，一道金光从天而降，如飞火流星一般来势汹汹，逼得桑岐撤手抵挡，魔臂张开五指，浓黑的魔气犹如屏障一般挡住了锋利无比的剑尖。金色光剑乃是至阳至刚、霸道光明之剑，带着一往无前的凌厉气势，竟生生刺穿了桑岐的魔盾，一丝裂纹出现在魔盾之上，随即向四周蔓延开，金色裂纹撕开了浓黑之雾，却又对上了另一道纯白结界。

与钧天剑有三分相似的锐意抵消了钧天的攻势，钧天去势一缓，桑岐趁此机会，故技重施，想以阴阳两极法阵的霸道之气摧毁钧天剑的剑气。魔气与灵气重新聚集交融，两股力量抵住了钧天，令它进退两难，纯金的剑气被挤压着融入魔气与灵气之中，随着一声爆炸响起，钧天化为细碎的金沙，回到谢雪臣手中，那光芒似乎黯淡了许多。

谢雪臣感受到掌心传递而来的不甘和气愤，钧天剑从未受过这样的羞辱和打击，阴阳两极法阵的正面攻击比法鉴自爆之时的威力更强，但令它难受的还不是受此重击，而是竟被擒在手中，进退不得，颜面扫地。

"谢宗主，你的剑意弱了，是因为心魔动了、道心乱了吗？"桑岐冷然傲视谢雪臣，勾起一抹嘲讽的笑意道，"拥雪城的剑意是无情剑，钧天剑的剑气是至刚至烈的毁灭之气，可你却为一人乱了心动了情，你的剑意还纯粹吗？"

谢雪臣淡淡道："看来你为了对付我，确实花了不少心思。"

暮悬铃听得真切，她后来才明白，桑岐让她去镜花谷，是故意让她自投罗网，让谢雪臣为她动心动情，以此乱了他的修为。谢雪臣是桑岐唯一忌惮之人，哪怕得到了玉阙经，有了胜过谢雪臣的实力，他也要做好万全之策，想尽一切办法削弱谢雪臣。而对付谢雪臣，他也不用阴谋，因为他太了解谢雪臣这样的人，阴谋瞒不过谢雪臣，阳谋却能让他心甘情愿入瓮。

最难勘破的，便是情字。

她是他的软肋……

"谢宗主，你是我最敬佩的对手，我可以给你留一个体面的死法，也好叫铃儿以后有个凭吊的地方。"桑岐笑吟吟道，仿佛已经胜券在握。

谢雪臣握紧了钧天，冰山一般的俊颜未曾露过一丝怯意，他御风而起，白衣飞扬，身后展现出顶天立地一般的剑神法相，风雪之息萦绕，令整个镜花谷一息入冬，草木结霜。

"桑岐，你可知钧天从何而来？"谢雪臣横剑于身前，两指并拢拂过剑身，所到之处异光流转，本已黯淡的钧天剑重新焕发战意。

桑岐敛去笑容，银瞳紧盯着谢雪臣。

"钧天，是盘古之斧留下的一道杀气，一道开天辟地、碎裂乾坤的毁灭之气。"桑岐沉声说着，凝视着钧天剑的变化。似乎有一种他无法理解的力量在钧天剑上前仆后继地涌出，让他生出危险的直觉。但谢雪臣的气明明弱了他许多，怎么还可能有力量威胁到他？

"毁灭之气？不是。"谢雪臣身后的白衣剑神侧过身来，那本来模糊的面容竟慢慢清晰了起来，剑眉藏锋，凤眸锐利，刀刻斧凿一般冷峻英挺的五官，与谢雪臣有八分的相似，却还多了两分宛如神明的悲悯庄严之意。

桑岐瞳孔一缩，猛然向后退去，双手交叠于身前，魔臂涌起千丝魔气，与灵气交织在一起，形成强大的护盾结界。他不知剑神法相为何有此变化，但不敢有丝毫轻视。难道玉阙天破不是谢雪臣最强的杀招？

"你只看到了它带来的毁灭,却看不到这一剑之后的生机。"谢雪臣清冷的声音徐徐说道,浩然之气将他的声音扩散到镜花谷每一个角落,仿佛在每个人的心中响起,"最强的剑气,不是无情剑,而是有情剑。开天斧碎混沌、分阴阳、辟乾坤,这是创世以来最霸道强横的一道气,但它的落下,不为毁灭,它的名字,叫——万物生!"

　　伴随着最后三字的响起,那一剑终于落下。日月当空,大放光彩,却又骤然黯淡下去,仿佛所有的光都凝聚于那一剑之上,气吞日月,剑破虚空,这是开辟一界的力量,纵然神明在此,也要引颈待戮。

　　魔气遇光而散,灵力如春雪消融,桑岐惊惧地看着朝自己而来的钧天剑,他意识到,这一剑万物生,自己接不住,甚至躲不掉!

　　他的灵力比谢雪臣更庞大,但是他仍然无法战胜谢雪臣,机关算尽,难道只能惨败收场吗?

　　不甘涌上心头,桑岐眼中倒映出这惊世一剑,他的心脏疯狂地收缩,剧烈颤动,汹涌而出的灵力死死挡住钧天剑的下落之势。

　　——这不该是人族所能拥有的力量,他为何能借天地之力?

　　桑岐口吐鲜血,银瞳染上赤红之色,他仰天发出长啸,气势再度攀升,忽然他左手握住右臂,用力一扯,竟将魔臂生生扯断,魔气将喷涌而出的鲜血荡成血雾。猩红的双瞳流露出绝望和癫狂,嘴角却扬起诡异的弧度。

　　"哈哈哈哈哈……"桑岐发出嘶哑的笑声,魔臂向前抛出,断臂却仿佛有了自己的意识,张开五指,形如鹰爪,那只魔臂不断膨胀变大,竟生生接住了这一剑。与此同时,桑岐疾速后退,逃离万物生的剑势范围,魔臂终究挡不住这一剑,被金光碾成了血雾,桑岐避之不及,被钧天剑当胸划过一剑,鲜血喷涌而出,湿透了黑袍,他自空中坠落,重重砸在花海之中。

　　镜花谷陡然陷入了一片死寂,无人说话,无人动作,仿佛从未有过血战发生,若非风中传来一丝血腥之气。

　　谢雪臣脸色发白,踉跄着半跪下来,全身支撑在钧天之上才不至于倒地不起。

　　这一剑万物生,是他于濒死之时所悟,也是他最强的一剑,这一剑抽空了他所有的灵力,神窍自此陷入死寂之中,连钧天剑也不再焕发光彩。因为盘古

开天，便是全力，不留余地。

极度的疲倦与疼痛席卷全身，钧天剑骤然消失，就在他失去钧天剑的支撑倒地之际，一双温软的手臂扶住了他的身体。

"谢雪臣。"暮悬铃接住了他落下的身体，用自己单薄的肩膀撑起他的重量。她的手扶着他的双臂，额头轻轻抵在谢雪臣眉间，任由自己的灵力涌入他的神窍之中。

谢雪臣却别过脸，婉拒了她的好意，哑声道："没有用，万物生耗尽灵力，神窍沉寂，只能等它自行恢复。"

"你身上觉得如何？"暮悬铃担忧问道。

谢雪臣道："无碍，只是力竭。"

谢雪臣的目光投向桑岐落地之处。那片花海因为打斗而一片狼藉，枝折花落，桑岐倒在血泊之中，几乎察觉不到气息，桑岐即便未死，应该也没有再战之力了。但此人诡计多端，后手极多，谢雪臣也不得不防。他正要开口叮嘱暮悬铃小心，便听到左近传来素凝真嘶哑狠厉的声音。

"秋儿，抓住暮悬铃！"

暮悬铃扭头看向素凝真。高秋旻对暮悬铃早已怀恨在心，只是谢雪臣一直维护她，她才不能得手，此时听到素凝真下令，她没有犹豫便扑向暮悬铃。

暮悬铃神色一凛，躲开了高秋旻的攻击。

高秋旻的春生剑早被暮悬铃缴走，此刻高秋旻手上握着的竟是拂世之尘，镜花谷谷主的传世法器。拂世之尘打空，落在地上激起尘烟无数，气势凌厉，绝非金丹水平。

暮悬铃恍然道："素凝真将修为传给了你，倒真是用心良苦。"

高秋旻憎恨地盯着暮悬铃，一刻不停地欺身上前，下手不留余力，暮悬铃担心伤及谢雪臣，只能躲闪着将高秋旻引开。

谢雪臣眸色一冷，沉声道："素谷主这是何意？"

大长老也是不解又气愤，她们被桑岐重创，无力再战，眼见高秋旻攻杀暮悬铃，急道："素凝真，高秋旻，先杀桑岐！"

素凝真恍若未闻，一双眼睛泛起血丝，直勾勾盯着暮悬铃。

谢雪臣与桑岐拼得两败俱伤，此时只有眼睁睁看着暮悬铃与高秋旻斗在一

起。谢雪臣只看了几招便稍稍松了口气，高秋旻得素凝真握苗助长，虽然灵力充沛，对敌经验却是不足，而且冲动急躁，很快便会败下阵来。

暮悬铃与高秋旻缠斗在一块，她厮杀经验丰富，又沉得住气，摸清了高秋旻的路数之后便将对方耍得团团转，高秋旻越是不敌越是气急，轻易便落入暮悬铃的圈套之中。暮悬铃挥出断念，紫色长鞭绞住了拂尘，高秋旻紧握拂尘不放，反而被暮悬铃欺身上前，一掌拍在右肩，她吃痛惨叫一声，拂尘脱手而出，身形向后跌去。

却在这时，素凝真出其不意从背后偷袭暮悬铃。素凝真虽油尽灯枯，却仍然老辣强悍，谁也没有想到，高秋旻只是她的障眼法，她等的就是高秋旻被击败的这个时机，就在暮悬铃刚刚舒了口气放松警惕之时，她骤然出现于暮悬铃身后，拼尽全力一掌击中她后背。暮悬铃一口鲜血喷出，身体不由自主向前飞去，与高秋旻跌倒在一处，受伤比高秋旻更重。

素凝真见计谋得逞，目露狂喜，上前想要擒住暮悬铃。然而一道黑影比她更快靠近两人，一只苍白的手抓住了暮悬铃，另一只脚却将高秋旻踩在了脚下。高秋旻发出一声痛呼，惊惧万分地仰视桑岐。

桑岐脚下不断有血滴落，顺着衣摆打湿了高秋旻的肩头。他的右臂空荡荡的，仅存的左臂扼住了暮悬铃纤细的脖颈，俊美的脸庞上没有一丝血色，唇角却染上了猩红，他冷笑道："多谢素谷主送来两个人质。"

谢雪臣攥紧双拳，冷冷地直视桑岐："你竟未死……放下铃儿！"

为了挡住那一剑，桑岐自爆了本命法器——魔臂，甚至逼出了所有潜能，虽暂时苟活，却也几乎耗尽了精气，活不了多久了……

可他却不趁机逃走，反而抓住了暮悬铃和高秋旻作为人质，为什么？

暮悬铃心脏受素凝真一击，兀自抽痛不已，又被桑岐扼住了命脉，无力反击。

桑岐轻笑一声，扯动胸腹的剑伤，热血涌出浸透了暮悬铃的后背。他声音低哑，气息虚浮道："谢宗主，不会以为我毫无后手便将铃儿送给你吧。"他的手扣着暮悬铃的咽喉，丝丝缕缕的灵力被强行从她体内抽出，涌入桑岐掌心之中，让他枯竭的身体重新恢复了些许力量，"她是我的徒弟，受我的元神压制，终其一生，都无法反抗我的意志。"

暮悬铃感觉到体内的灵力正在不受控制地抽离，而身后桑岐的气息逐渐恢复平稳，她屏息凝神，想要抵抗桑岐的控制，却无能为力。

"铃儿，不用白费力气了。"桑岐垂下眼，冷冷看着她做无用挣扎，"我暂时不会杀你，但我可以杀谢雪臣。"

暮悬铃心中一寒，顿时僵住了动作。

桑岐足尖在高秋旻肩头用力一点，高秋旻便发出痛呼，桑岐抬起眼，威胁的目光看向素凝真，问道："素凝真，想要高秋旻活命，就告诉我她在哪里。"

高秋旻向素凝真发出呼救："师父，师父救我……"

素凝真咬牙看着桑岐。

"她是凝曦的女儿，是凝曦的血脉，你真的要杀她吗？"

桑岐冷冷一笑："血脉？她背弃了我，和高凤栩生下的杂种，你觉得我凭什么脚下留情？对了，多亏了你提醒，我应该先断她一臂，以报当日一剑之仇。"

桑岐说着脚下便开始发力，高秋旻发出撕心裂肺的惨叫，桑岐的脚几乎踩碎了她的肩骨，素凝真急道："桑岐，凝曦没有背弃你！"

桑岐一怔，停下了动作。

素凝真身形一晃，神色凄楚而灰败，哑声道："当日伤你的人，是我，不是凝曦。

"是我奉师父之命，伪装成凝曦的模样，拿了她的春生剑，在镜花谷外埋伏你，砍了你的右臂。

"当日埋伏你的人，都能证明此事。"

桑岐阴冷的目光扫过远处的大长老等人，大长老掩着嘴咳嗽，鲜血自指缝间溢出，她有气无力道："确有此事。"

她们都是奉当时的谷主妙华尊者之命行事，只知道要伏击一个半妖，却不知道前因后果。

"不可能。"桑岐垂下眸子，银瞳掠过一丝怀疑与轻颤，"你和凝曦再像，我也不会认错的。"

"栖凤林中有一种奇花，名为捕灵花，捕灵花的香气能迷惑人的意识，让人见到自己内心最想见的人，即便是法相修为，也无法抵御捕灵花的迷惑。"素凝真深吸了一口气，努力平稳自己话语中的颤意，"当日我身上便涂抹了捕灵

花的汁液，迷惑了你的意识。"

　　暮悬铃感觉到攥着自己的那只手因冰凉而轻颤着。

　　"那凝曦呢？"桑岐哑声问道，"你怎么会知道我和凝曦的约定？你们把她怎么了？"

　　素凝真回避桑岐慑人的目光，痛苦地说道："是我告的密……"

第十五章　前尘

"姐姐,你真的要走吗?"

"阿真,我会回来的,你要帮我保守秘密。"

素凝真失魂落魄地走出素凝曦的房间,脑海中来回回荡的,只有一个想法——不要让姐姐离开。

她与姐姐从未降生便紧密相连,唯一一次分开,是在两界山,她和姐姐走散了。当时她以为,姐姐只是迷了路,却没想到姐姐被一个半妖掳走了。她与那个半妖只是认识了两个月,便要抛下相依为命几十年的亲妹妹吗?

她一定是被那个半妖蛊惑迷失了心智,她会后悔的,不能让她离开!

这个念头在心中重复了几百遍,越来越坚定,最终,素凝真走进了妙华尊者的禅房,向师父告了密。

妙华尊者勃然大怒,一掌拍碎了黄花梨的桌子,冷沉着脸道:"素凝曦竟敢勾结妖魔……"

素凝真跪下求情:"师父,一定是那个半妖使了妖法迷惑了姐姐,师父不要怪罪姐姐!"

妙华尊者勾起一抹微笑,伸手轻抚素凝真的发顶:"你做得很好……他们约

了何时何地离开?"

素凝真道:"今夜子时一刻,风歇亭。"

妙华尊者美目微敛,手掌一翻,将一红色瓷瓶放在素凝真掌心:"凝真,今夜你将这瓶捕灵花汁涂抹于颈颊处,假扮凝曦,诱杀半妖桑岐!此举若成,镜花谷谷主之位便传于你。"

素凝真一颤,捧着瓷瓶的手仿佛不堪重负一般僵硬而苍白:"师父,我不要谷主之位……我只想姐姐好好的。"

妙华尊者轻轻笑道:"好,我应允你,凝曦之过既往不咎。"

素凝真松了口气,紧紧握住了瓷瓶,眼中杀意冰冷而决绝。

那一夜,妙华尊者以法阵困住了素凝曦,而她换上了凝曦的衣服,拿着她的佩剑,早早地等在了风歇亭。她听到身后传来脚步声,紧张得绷紧了全身的神经,一只修长的手搭在了自己肩上,夜风送来他身上深沉而惑人的暗香。

"凝曦……"半妖的声音清冷低哑地唤着凝曦的名字,仿佛将她的名字含在了舌尖,温柔缱绻。素凝真身上传来捕灵花的气息,迷惑了他的感知,将与素凝曦有着七分相似的人看成了她。

素凝真侧过身,看到了凝曦念念不忘的男人。

银发,银瞳,狼耳,流淌着狼妖血脉的人族,无论多么俊美的皮囊,也无法掩饰他卑贱低劣的事实,他就是如此骗了凝曦吗?骗她叛出师门,背弃至亲?

杀意涌上双眸,素凝真没有犹豫便抽出春生剑,以毕生修为向他刺去。他毫无防备便撞入情人冷漠厌恶的眼中,右肩处传来锥心之痛,春生剑狠狠地挑断了他的经脉,砍下了他的右臂。下一刻,风歇亭亮起困兽法阵,七八个高阶修士自黑暗中飞出。

——这是一个圈套,素凝曦想杀他?

狼妖的银瞳疑惑而受伤地望着"素凝曦",喃喃念道:"为什么……"

素凝真攥紧了春生剑,向后退开,离开了风歇亭。

"你令我感到恶心。"

"呵呵呵……"桑岐忽然笑了起来,左手捂着血流不止的断臂之处,银瞳逐渐染上了猩红,眉眼变得艳丽而凶狠,"所以……之前你说的一切,都是骗

我的……"

素凝真害怕地退了半步，说："是……只是为了活命。"

妙华尊者担心素凝真和桑岐说多了泄露了素凝曦的秘密，厉声打断道："大家一起上，他是魔族祭司，不要大意！"

无数凌厉的剑气向困兽法阵中的半妖斩落，黑袍碎成无数振翅的黑蝶，鲜血染红了风歇亭。

素凝真握着春生剑，远远地站在战局之外，但那双仇恨的银瞳却越过了所有人，直直刺穿了她的心脏。

她没做错，她没做错，她都是为了凝曦……

素凝真这样告诉自己，说了二十年，说得她自己都信了。

桑岐回想起那一夜，一幕幕依然清晰地烙印在脑海里。那时"素凝曦"身上传来的甜香，还有她的眼神，此时与眼前的素凝真重叠在一起，他终于明白了……

"不是凝曦啊……"银眸骤然温软了三分，他似是叹息着说了一句，然而片刻之后，他的眉眼又转为狠厉，"可是，她终究还是嫁给了高凤栩……"

"没有，她没有嫁给高凤栩。"素凝真双肩颤抖着，似乎想起了极其恐怖的事，整张脸失了颜色，眼泪汹涌滑落，声音破碎不成语调，"凝曦死了，凝曦在出嫁前，就死了！"

桑岐猛地抬起头看向素凝真，失声道："她死了？"

"凝曦，桑岐已经死了，你还是听话嫁入明月山庄吧，高庄主不嫌弃你非完璧之身，你应该识相一点。"妙华尊者将那截断臂扔在了地上，声音听似轻柔，却冷酷无比。

素凝真站在妙华尊者身后，她将春生剑藏到了背后，害怕素凝曦闻到剑上的血腥味。

素凝曦缓缓跪了下来，将那截断臂抱在怀里，与那冰冷僵硬的手掌十指相扣。她紧紧低着头，让人看不见她脸上的表情，只看到眼泪一滴滴地打在那冰冷的手背上。

"他没有死。"她声音颤抖却坚定,"你们砍断了他的手臂,却让他逃走了,是不是?"

妙华尊者变了脸色,冷冷道:"他在风歇亭被六大长老围攻,你觉得还能活命吗?凝曦,我知道你的能力,你能让断肢重生、死人复活,难道我会将他的尸体给你吗?我早已将他的尸体挫骨扬灰,只有一截手臂,你又能如何?只要你听话,之前的错误我都可以既往不咎,否则,你别怪师父无情。"

素凝真急道:"师父,姐姐只是一时还不能接受,我会劝她的!"

素凝曦抬起头来,被泪水打湿的脸庞苍白而秀美,她轻蹙眉心,疑惑不解地看着素凝真,看到她的衣服,看到她背后的春生剑,又忽然全都明白了。

"阿真,是你啊……"素凝曦深吸了口气,闭上眼,泪水滚落,"你扮作我的样子,骗了他是不是?"

"姐姐……"素凝真心虚地垂下头,不敢看她,"姐姐,我都是为了你好……"

妙华尊者不耐烦地皱起眉:"素凝曦,我给你七日时间考虑,七日之后,明月山庄的人就会来镜花谷迎亲,到时候你若不上花轿,我自会有办法让你屈服!"

妙华尊者拂袖而去,素凝真踟蹰着想要上前,却又害怕看到素凝曦失望的眼神。

她看到素凝曦踉跄着想要站起来,急忙上前要扶她,素凝曦却无视她的搀扶,撑着桌子徐徐站稳。

"阿真,你出去吧,我想一个人静静。"她的声音难掩一丝颤意,仿佛被抽空了精气,虚弱而悲凉。

素凝真一步三回头,却只看到她单薄孤寂的背影。她关上了门,却没有走开,背靠着薄薄的门板,听到屋内传来隐忍压抑的呜咽……

她从没有听过凝曦那样哭,她从门缝里偷看,只看到她佝偻着蜷成一团,紧紧抱着那只没有了温度的断臂,双肩抽搐着,仿佛痛到了极致,却又不敢叫人得知。

"桑岐……"

她亲吻冰冷的指尖,颤抖地低唤他的名字,体内的生机疯狂地涌入断臂之

中，想让他重新恢复温度与知觉，却只是徒劳无功。

"是我害了你……"

素凝曦将自己关在房中七日，七日之后，明月山庄来了人，将鲜红的嫁衣送入她房中。

素凝曦一张素白秀雅的脸庞清减了许多，却带着淡淡的笑意看着人来人往，好像已经从伤痛之中走出。素凝真松了口气，等人走之后，才上前抱住了素凝曦瘦削的身子。她将脑袋靠在姐姐肩头，就像过去那样，轻声说："姐姐，你还生我的气吗？"

素凝曦轻轻抚摸她的鬓发，微笑道："不生气了。"

素凝真又问："你还……难过吗？"

素凝曦水润的双眸眨了眨，长睫半掩心思，只说："不难过了。"

素凝真心下一宽，仰起笑脸道："姐姐，我帮你梳妆吧！"

素凝曦没有推拒，她乖顺地坐在镜子前，像过去那样，任由素凝真折腾她柔顺的长发。但她向来性子急躁，怎能梳好发髻？素凝曦淡淡一笑，拉住她的手，将她按在椅子上，温声道："阿真，姐姐最后教你一次吧，你可学仔细了。"

素凝真听着一惊："什么最后一次？"

素凝曦道："我若是嫁了人，就不能再日日帮你梳发了。"

"原来……"素凝真笑着松了口气，她怪自己胡思乱想，又道，"姐姐，你嫁去明月山庄，我也可以时时去陪你。听说高凤栩为人俊美儒雅，深情温厚，他一定会待你很好的。"

素凝曦侧着头笑着，认真地梳着鬓发，没有回答她的话。

"姐姐，这几日……我一直很担心你，现在看你想通了，我真的很高兴。我怕你会恨我……你……会吗？"她小心翼翼地问。

素凝曦道："阿真，你是我最疼爱的妹妹，是我相依为命的亲人，我知道，你只是希望我过得好。"

素凝真忍不住扬起嘴角："姐姐，你懂我就好。"

"在姐姐心里，你永远是个孩子，可是不知不觉，你已经长大了，也有了自己的想法。"她动作轻柔地帮她绾起云鬓，声音低缓。

"我……"素凝真急着想辩解，却被素凝曦按了按肩膀，止住了话头。

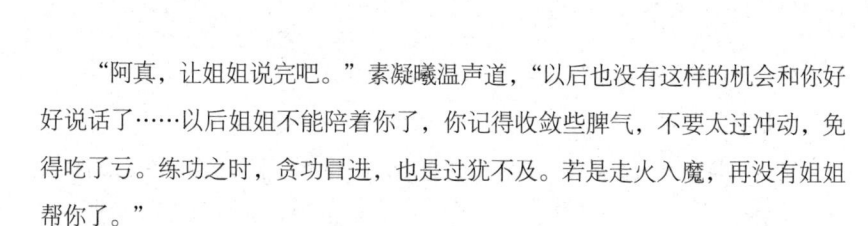

"阿真，让姐姐说完吧。"素凝曦温声道，"以后也没有这样的机会和你好好说话了……以后姐姐不能陪着你了，你记得收敛些脾气，不要太过冲动，免得吃了亏。练功之时，贪功冒进，也是过犹不及。若是走火入魔，再没有姐姐帮你了。"

"姐姐……"素凝真怔怔地看着镜子里的自己。

"之前想走，却一直舍不下你，我和桑岐说，等找到了落脚之处，若你愿意，便接你过去；若你不愿意，这镜花谷也是你的安身之处。你勤勉要强，又十分听话，师父是喜欢你的。你的资质在弟子中最为出众，有朝一日师父会将谷主之位传给你。

"阿真，我答应过永远陪着你，只能食言了，但是我答应过桑岐的，却不忍心骗他。你会当上镜花谷谷主，有很多很多弟子敬你爱你，以后也会遇到与你相知相许的人。而桑岐他只有我一个人，我不能骗他，也不愿意……"

有温热的东西滴落在素凝真脸上，她以为是凝曦的眼泪，抬手一抹，却是刺眼的鲜红。她瞳孔一缩，猛地抬起头看向素凝曦，却看到她唇角不断地涌出鲜血。

"姐姐！"素凝真惊骇地抱住脸色惨白的素凝曦。

素凝曦却是轻轻笑着，抬起手指抵住唇瓣。

"别喊人……"她的声音缥缈而虚弱，"我不想被人知道……"

"姐姐，你怎么了？"素凝真心如刀绞，慌乱地想要擦去她唇角的鲜血，却怎么也擦不完，越来越多，越来越多……

"阿真，我三日前便服下了芳菲尽。"她艰难地扯动嘴角，挤出一抹微笑，"我的身体，想要求死也是很难呢。"

芳菲尽，是天下至毒之物，让人的心脏生受三日三万刀的凌迟方才死去。她是元阴玄女之体，拥有无限的生机，想要自尽太难了，唯有芳菲尽，能让她受尽折磨后死去。

"阿真，你已经可以不再需要姐姐了……"素凝曦的气息逐渐微弱，也再无力握住素凝真的手，"你答应我最后一件事好吗……将我和桑岐，葬在一起……这一世只能如此……若有来世，我再还他一辈子……"

"姐姐，姐姐你不要死……"素凝真泪如雨下，"姐姐我错了，你不要走，

我不该杀他,是我伤了你的心,你可以恨我怪我,你不要丢下我!"

　　素凝曦忍了三日的剧痛,意识早已模糊,她眼中荡开轻浅的笑意,好像又看到了那个冷峻的半妖向自己走来。他冷酷无情,却也温柔体贴,他孤单寂寥,遍体鳞伤,却又那么容易满足,贪图的也只是一点点的温暖与善意。

　　——凝曦,你跟我走,我们去东海。

　　——可是你修炼魔功,不能在人界长居。

　　——我愿意散功,只要能和你在一起。

　　——桑岐……

　　她细细描绘他昳丽深情的俊眉星目,任由他将自己揽入怀中。这世界未曾给过他的温暖与爱意,她想全部给他。

　　可是他不在了……

　　被她最亲的妹妹害死了……

　　素凝曦美丽的双眸彻底失去了光彩,心脏停止了跳动,她没听到素凝真悔恨绝望的呼喊:"姐姐,他没有死,他逃走了……"

　　可是凝曦再也听不到了。

　　她呆呆地抱着凝曦的尸体,任眼泪不停地涌出,不知过了多久,终于被人发现了凝曦的死。

　　她浑浑噩噩地被人拉起来,被迫和凝曦分开了,她疯了一样想去抢凝曦的尸体,却被人打晕了。等她再次醒来,已经被人换上嫁衣,躺在了明月山庄的喜房内。

　　"你醒了。"妙华尊者冷漠的目光落在她身上。

　　素凝真以为自己做了一场噩梦,她挣扎着从床上坐起,看了看自己,又看了看四周。

　　"师父,这是哪里……姐姐呢……"

　　妙华尊者说:"素凝曦已经死了,明日便是拜堂之日,仙盟多少人来观礼,你便装作凝曦与高凤栩成亲。"

　　素凝真瞪大了眼睛,颤声道:"可是姐姐已经死了啊!"

　　"那又如何!"妙华尊者愤怒地摔碎了杯子,面孔狰狞可怖,"她怎敢寻死,芳菲尽,她哪来的芳菲尽!元阴玄女居然死了,可笑至极!"

妙华尊者向来端庄克制，少见如此愤怒失控，她捏紧了拳头，怨毒的目光透过素凝真的脸，仿佛看到了素凝曦。

"凝真，你是听话的，事关镜花谷与明月山庄的脸面，你不能让别人看出破绽。"妙华尊者沉声道。

素凝真悲怆地摇头："不……我做不到，我要见姐姐，她在哪儿？"

"你拜完堂，我就让你见她。"妙华尊者冷漠地说，"否则你这辈子都见不到。"

素凝真缓缓攥紧了身下的被褥，终于还是咬着牙点头听命。

桑岐无力地松开了对暮悬铃的桎梏，他战栗着跪倒在地，甚至忘了理会高秋旻这个人质。高秋旻忍着肩头的剧痛爬到了素凝真身旁，听到身后暮悬铃喃喃念道："所以……当年嫁给高凤栩的是素凝真，那高秋旻，是素凝真的女儿？"

高秋旻身子一僵，抬起头看向泪流满面的素凝真，不敢置信地轻声唤道："师父……我是……"

难道她真的是师父的亲生女儿，所以她才将修为尽数传给她，所以才将镜花谷谷主之位传给她……

素凝真低头看向高秋旻，忽地颤抖着笑出声来，她捂着自己的眼睛，却止不住眼泪不断滑落。

"我倒宁愿……秋旻是我的孩子……"

桑岐死死盯着素凝真，声音低沉沙哑，悲痛不能自已："你这话是什么意思，难道不是吗？凝曦呢，凝曦的遗体在哪里？"

素凝真哑声道："你们知道，为什么高凤栩非要娶凝曦为妻吗？哈哈哈哈……他们看中的，只是凝曦的元阴玄女之体。元阴玄女，神女转世，蕴有无限生机，可令一切死物复生。明月山庄的混沌珠失去了气息，高凤栩想用姐姐的生机为他养护混沌珠，令混沌珠恢复往日气息。"

"可是凝曦已经死了……"那双映丽的银瞳失去了神采，桑岐痛苦地合上眼，颤声道，"她已经死了……"

她从未背弃过对他的承诺，可他却误会了她二十年。他这二十年的痛与恨，到底是为了什么……

第十五章 前尘

"死了，又如何……"素凝真回忆起当日所见，呆滞的双眸逐渐染上了恐惧、愤怒、憎恶与恶心……"玄女神窍，乃灵力之源，玄女胞宫，乃生机之本。她生有千年之寿，死后生机千年不绝，高凤栩和师父便剖开她的胞宫，将混沌珠放入她的身体内，用她体内的生机温养混沌珠。"

她死后一如生前那样，只是体温稍冷，容貌却依旧温软秀美，仿佛只是睡去，而非死去。

妙华尊者以指为刀，剖开她的小腹，没有一滴血渗出。

那个传言中俊美儒雅、深情温厚的高凤栩，掌心托着一粒婴儿拳头大小的金色宝珠，走到床畔。

"这就是混沌珠？看起来黯淡无光。"妙华尊者说。

素凝真死死盯着那颗宝珠，看到那宝珠失去了色泽和光彩，上面仿佛镌刻着玄妙的纹路，似祥云又似藤蔓。听说混沌珠无所不能，玄妙无比，心里想着难道他们是要救活凝曦……

高凤栩沉声道："古籍上说，元阴玄女的生机可复生万物，或许能令混沌珠复苏。只是死了的玄女，不知道还有没有用……"

一身嫁衣的素凝真愕然看向高凤栩，她有些听不懂他的话，但她忽然明白，这个人并没有打算救凝曦。

"试试不就知道了。"妙华尊者道，"别忘了我们的承诺，混沌珠若是复苏，必须借镜花谷三百年。"

高凤栩勾唇一笑："如能成功，自然不会食言。"

高凤栩将混沌珠放入素凝曦小腹剖开之处，忽地目光一转，张开五指，中指缓缓凝成猩红之色，一滴散发着淡淡金光的血珠自指尖渗出，迅速没入素凝曦腹中，附着在混沌珠之上。

妙华尊者一惊，警惕地看向高凤栩："本命精血？你想炼化混沌珠？"

"如今混沌珠气息断绝，犹如死物，不能炼化，我不过是想试试看，在元阴玄女的体内会有什么神异变化。"高凤栩若无其事地笑了笑。

妙华尊者神色阴晴不定，却没有阻止高凤栩所为，诚如他所言，谁也不知道最后会有什么变化。

她施展法术，将素凝曦尸身上的伤口重新缝合，小腹依旧白皙平坦，不留一丝伤痕。

　　素凝真怔愣地上前，颤声问道："师父，你们把姐姐怎么了……"

　　妙华尊者转过身来看她，神色淡漠道："这些日子你就待在明月山庄，以素凝曦的身份行事，深居简出，仔细守着她的身体，看她有什么变化。"

　　高凤栩道："最要紧的，还是看混沌珠有什么变化。"

　　素凝真呆呆地看着无知无觉的素凝曦，想起几日前，自己还对她说——高凤栩深情温厚，会待她很好……

　　原来……师父也好，高凤栩也罢，他们都只是想利用她而已……

　　很多年前，她们还很小的时候，姐姐就明白了，不能让别人知道她的本领，不然那些坏人会把她们抓去种花的。

　　凝曦一直都活得比她明白，她知道这些道貌岸然的尊者，对她们从未有过真正的怜悯与感情，他们只是觊觎她的能力。真正爱着她的，是那个被世人鄙弃的半妖，是被她的亲妹妹害死的半妖。

　　素凝真捂着脸，缓缓在素凝曦面前跪了下来，痛哭失声……

　　"姐姐，对不起……"

　　是我错了，是我让你痛失所爱，让你含恨而终，让你死后蒙羞……

　　不，不是我的错，是桑岐的错，是那个半妖引诱姐姐，如果她没有爱上那个半妖，也不会自尽而亡，那自然也不会在死后受到这样的对待……

　　我没有错，都是那个半妖，是那个该死的半妖……

　　她紧紧抱着自己，无助而绝望地守着素凝曦的尸身，不断地告诉自己，她应该恨的，是半妖桑岐。

　　仿佛只有这样，才能给自己一点活下去的勇气。

　　素凝真神态似癫似狂，若哭若笑，将藏在心中二十年的伤疤鲜血淋漓地挖出来，把镜花谷光风霁月的假象撕了个粉碎，她心中又痛又恨，看着众长老黑沉难堪的脸色，却又莫名地畅快。

　　"哈哈哈哈哈……"素凝真发出嘶哑的笑声，眼中露出嘲讽的恨意，"原来他们从未将我们当成人看过……我的姐姐，只是他们温养珠子的容器！"

桑岐紧攥着拳头，指甲陷入掌心，鲜血从指缝间渗出，心口仿佛被捅进了长着倒刺的凶器，被反复拉扯着，钩出淋漓的血肉，让他痛不欲生……银瞳之中闪烁着猩红的杀意，睫毛轻颤着闭上了眼，恨到了极致，也是痛到了极致，他眼中流出两行血泪。

他竟不知……他竟不知凝曦遭遇了这一切。他未能保护好她，甚至被人蒙蔽，恨了她这么多年，她因他而死，却连死后也不得安生！

他从未后悔过血洗明月山庄，此时却后悔，那日让高凤栩死得太过便宜！

"凝真，够了，别再说了……"大长老哀叹了一声，合上眼，不忍再听。

素凝曦和素凝真也是她看着长大的，镜花谷上下，没有人不喜欢凝曦那个孩子，她温柔聪慧，善解人意，又有几分让人忍俊不禁的俏皮风趣，她心细如发地关心身边每一个人，像三四月的春风，便是最心硬如铁的人也会被她的温暖打动。当年妙华尊者瞒着所有人与高凤栩达成交易，她们只知道凝曦有了一个好的归宿，后来听闻她难产而死，只道是她命不好，却没想到这其中藏着那么多龌龊之事。

但无论如何，她们还是要顾全镜花谷的面子，不愿意素凝真再将那些事撕开了讲。

素凝真说便说了，心中再没有什么顾忌，她冷笑着看向大长老道："你们不敢听了吗？我可是亲眼看着哪……那是我的亲姐姐，她已经死了，我还要看着他们对她开膛破肚！"她说着将目光投向高秋旻，高秋旻已经听傻了，接触到素凝真的目光，她猛地一颤，下意识地想要向后退去，却听素凝真自言自语似的说着，"后来，她的肚子一日日隆起，十月之后，师父又剖开她的肚子，那一刻，满室华光璀璨，令人睁不开眼。片刻之后光芒退去，师父才从姐姐腹中抱出了你，而混沌珠却消失不见了。高凤栩与你验过血脉，证实你与他血脉相连，他欣喜若狂，以为是他的本命精血与混沌珠融合炼化而成，化形成人，对你寄予厚望，但你的资质却如此普通……"

素凝真的呼吸粗重起来，她缓缓移开眼，搜寻着暮悬铃的身影，看到她逃脱了桑岐的掌控，已回到谢雪臣身旁。

"我直到昨日才明白，原来这么多年来，我们都被蒙蔽了……混沌珠与高凤栩的精血并未相融，它也不是消失，而是逃走了。那一阵刺眼的华光根本不

是秋旻降生的异象，而是混沌珠降世！她借着这阵光逃走了，而我们所有人都以为它藏在秋旻体内……"素凝真哑声笑着，直勾勾地盯着暮悬铃，所有人都顺着她的目光看去，只听素凝真用粗哑的声音一字字说道，"暮悬铃，才是真正的混沌珠！"

此言一出，如平地惊雷，让所有人都僵在原地，露出惊骇之色，一双双眼睛不敢置信地紧盯着暮悬铃，或惊疑或贪婪，想要从她身上找到混沌珠的迹象。

暮悬铃神色恍惚地看着素凝真，她的话仿佛一阵飓风猛地吹开了所有迷雾，她脑海中断断续续地闪过无数破碎的画面。她似乎能够回想起小时候发生的事，她被温暖的液体包裹着，生机源源不断地注入她体内，让她觉得安心而舒坦，逐渐恢复了意识。她迷蒙地睁开眼，似乎看到了一双小手紧紧扒着自己，想和自己抢夺生机。忽然有道光照了进来，她迫不及待地挣脱了那双手，朝外面飞去……

素凝真说道："秋旻说过，暮悬铃幼时脸上有妖纹，那妖纹与混沌珠上面的符文一模一样！"

暮悬铃抬手抚上自己光滑白净的左颊——原来那不是妖纹吗？

她的本体……是混沌珠……

一只温暖有力的手握住了她冰凉的手，暮悬铃微微一怔，仰起头便看到谢雪臣坚定锐利的凤眸，他低头看着她，温声唤道："铃儿。"

他自身后环住她单薄的双肩，将她护在怀中。他的拥抱给她带来了丝丝暖意与心安，可她仍然茫然无措："原来我不是人，也不是半妖……"

所以她没有神窍，也没有妖丹，所谓的妖纹，是混沌珠带来的印记，妖气也只是混沌珠的气息，而这世间无人知晓混沌珠本来的气息如何，他们先入为主，狭隘的成见蒙蔽了自己，他们将这世间最至高无上的宝珠视为鱼目、弃如敝履。

谢雪臣的胸膛贴着她微颤的后背，沉稳有力的心跳缓缓抚平了她的不安。

"铃儿，你是天下间独一无二的宝物。"

素凝真贪婪而疯狂地盯着暮悬铃："是……她是独一无二的至宝，她是混沌珠，又吸收了凝曦的生机，只要抓住她，就能复活凝曦！"

桑岐浑噩的意识被素凝真话中最后四字猛地拉回。

"复活凝曦……"桑岐眼中重新亮了起来，仿佛燃尽了纸灰被风吹过，翻出了星星点点的火光。

"桑岐，我知道你也想凝曦活着，抓住暮悬铃，这是唯一的希望！"素凝真颤抖着从地上爬起来，但她刚才一掌已经使出了全力，恐怕无力再战，只能争取桑岐的结盟。

桑岐哑声问道："凝曦的遗体在哪里？"

素凝真道："在星沉谷……就埋在那棵千年古树下。"

桑岐攥着拳缓缓站起，银瞳映出暮悬铃苍白的小脸。

"铃儿，其实七年前我之所以会注意到你，就是因为你身上隐隐约约有凝曦的气息……"桑岐一步步向她走去。

暮悬铃不由自主地向后瑟缩了一步，桑岐在她神识中种下了元神压制，她没有办法对他生出逆反弑杀之意。谢雪臣握着她的手臂，凤眸锐利地注视桑岐。

桑岐咳了一声，丝丝殷红的血迹溢出嘴角，他无力地扯动唇角，露出一抹苦涩的笑意。

"可是你不像她……我在你身上看到的，是我自己。我甚至想过，如果我和凝曦有一个孩子，是否也会像你这般，所以哪怕明知你对我心存敌意，我也……从未真正想过杀了你……"

铃儿和他一样，都是一样孤苦无依的半妖，一样心里藏着一个难以触碰的人，明知是飞蛾扑火，依然奋不顾身。他在铃儿身上看到的是自己，所以哪怕明知她对自己心存敌意，他还是忍不住对她存了几分怜惜和宽容。他在这世上孤单了太久，所以珍惜每一点来之不易的温暖与陪伴。

暮悬铃惊讶地睁大了眼，清亮的双眸泛起薄薄的雾气，怔怔地望着桑岐苍白憔悴的面容。

——桑岐，看到你死，我也会难过……

他听到这话，不是没有触动，原来他们都一样，哪怕心里怀着仇恨，却还是会因为一点暖意而无法痛下决心，就像他误会了凝曦这么多年，恨着她，恨着自己，却始终不愿喝下悟心将对她的情意彻底抹杀。而铃儿以为谢雪臣因他而死，心心念念想要杀他报仇，但这么多年的相处，她口口声声唤着师父，也终究不忍心见他死。

"桑岐，你并非无情无义之人，否则素凝曦不会倾心于你。"谢雪臣定定地看着桑岐，声音沉缓说道，"牺牲铃儿，也未必能救回素凝曦，你真的要这么做吗？"

桑岐的目光从暮悬铃面上移开，银瞳盯着谢雪臣，流露出古怪神色，三分的轻嘲，七分的恍然。

"但是，她若是可以呢……"桑岐恍然之间想明白了许多事，原来玉阙经的神异之处，不在谢雪臣，原来万物生的力量，也不在玉阙经，七年前神窍崩毁本该死去的谢雪臣，为何死而复生、破而后立，成为古往今来最强大的剑修，甚至能使出那不该为人族所有的惊天一剑。

答案，都在暮悬铃身上。

不，是都在混沌珠身上。

恐怕连铃儿自己也不是完全清楚，她对自己的力量一无所知，只是凭着本能的驱动。

"铃儿……"桑岐放柔了沉哑的嗓音，轻声道，"我不能放弃复活凝曦的最后一线希望……你过来，我不会伤你性命。"

暮悬铃身形一动，不由自主要向他走去，却被谢雪臣按住了肩膀，推到身后。

"桑岐，你入魔了。"谢雪臣漠然看着桑岐，"我不会让你伤她一分一毫。"

谢雪臣不相信奇迹的发生不需要付出代价，凤襄便是最好的例子。要想让死去二十年的人复生，谈何容易，逆天而行，必遭反噬，他绝不可能让铃儿冒险。

桑岐死死盯着谢雪臣，双眸逐渐变得冰冷："任何人都休想阻止我……"

桑岐说完，便向暮悬铃伸出左手，灵力凝炼成鞭向她卷去，然而一把剑挡住了他的攻击。谢雪臣手握重剑万仞，被桑岐的攻击震得手臂发麻，却毅然决然将暮悬铃护在身后。

桑岐心中一震，以为谢雪臣恢复了灵力，随即又意识到并非如此。若是谢雪臣恢复了灵力，手上握的便该是钧天剑，而非万仞，方才挡住他的那一招，也没有任何灵力波动……

桑岐立刻明白过来，谢雪臣定是以某种方式暂时恢复了体力，但并未恢复

灵力,只能以法相之躯与他相抗。

"你以血肉之躯与我对抗,不是我的对手。"桑岐哑声道。

"不妨试试看。"谢雪臣横剑而立,语气淡然,他心中唯有一念——为身后那人挡下这世间所有风雨,万死不辞!

桑岐神色一凛,不敢轻敌,他只剩下左臂,必须全力以赴方能制胜。凌厉的攻击迅疾如雷,招招攻向谢雪臣致命之处。谢雪臣剑法天下无双,防如天网恢恢,疏而不漏;攻如漫天风雪,无孔不入。剑气森然,竟逼得桑岐半步难近。桑岐避开剑芒,灵力化为利箭,势如惊雷闪电射向谢雪臣。谢雪臣每挡下一击,右臂便被震得剧痛麻痹,然而那双凤眸始终清明锐利,不露丝毫退意。灵箭如雨而至,终究是击穿了防御,一道道落在他身上,在那身无瑕白衣之上落下了点点猩红,一道灵箭擦过眼下,在白皙俊美的脸庞上留下刺眼的伤痕,丝丝鲜血自伤处渗出滑落。

暮悬铃心中一紧,想要上前相助,却被人拉住了手腕。

"铃儿,快走!"南胥月担忧急切的声音响起,他紧紧握着暮悬铃的手腕,想将她带离此处。

"我去帮他!"暮悬铃毅然挣脱了南胥月的手,将断念握在手中。

"你灵力枯竭,不是桑岐的对手。"南胥月拦在她身前,坚决地挡住她的去路,"谢宗主以性命相拼,拖住桑岐,便是想让你趁机逃走,你不要辜负了他的用心良苦。"

"让开!"暮悬铃眉眼之间涌上暴戾之色,第一次对南胥月动了怒,"不要逼我伤了你!"

南胥月强抑着心中刺痛,哑声道:"他服下了玉碎丹,让我带你走。"

"什么?"暮悬铃一怔,"何为玉碎丹?"

"宁为玉碎,不为瓦全,以燃烧寿元为代价,换再战之力,只是无法恢复被封的神窍。"南胥月苦涩道,"他料到对付桑岐,必使出万物生,因此找我要了玉碎丹,叮嘱我若到万不得已的时刻,便让我带你逃走。"

谢雪臣本以为,桑岐不会对暮悬铃下杀手,却万万没有想到,素凝真揭穿了暮悬铃混沌珠的身份。桑岐自知误会素凝曦二十年,今日方知素凝曦受过的种种苦难,心神失守,心魔又起,为了复活素凝曦,桑岐什么都豁得出去。

暮悬铃怔怔看着缠斗在一起的两人，那袭无垢白衣染上了刺目的鲜红，一朵朵如雪中盛放的红梅，凄艳而决绝。

——铃儿，别害怕……

——铃儿，你要好好的……

七年前的那一幕忽地撞入脑海中，与眼前的一幕重叠。

她单薄的双肩难以自抑地颤抖起来，恐惧与绝望在心头蔓延开来，令人窒息。

"南胥月，谢谢你告诉我……"她的声音缥缈，却又缓缓坚定起来，"我知道该怎么做了。"

南胥月闻言一喜，想上前带她离开，却被暮悬铃一掌拍在胸口，身体不受控制地向后飞去，落在结界之中。他看着暮悬铃毫不犹豫地向桑岐冲去，忽然之间明白了，她的决定是什么。

眼前的世界似乎凝滞了，一切都慢下来，他清晰地看到她掌心攥着的那枚金丹———念尊者的金丹。

——她要引爆一念尊者的金丹，以此重创桑岐。

——但她直面爆炸，会死的！

——不，我留给她的那枚玉佩，足以挡下这一击。

许多的念头在一瞬间掠过南胥月心底，他的心刚刚提起，便又落了下来。

桑岐见暮悬铃没有逃走，反而向他奔来，意外地皱了下眉头，心中竟不知是喜是悲。

暮悬铃甩开断念向他挥去，桑岐轻而易举地接住了断念。

"铃儿，我说过你伤不了我，更何况是用我给你的法器。"

断念立刻背叛了暮悬铃，自她手中挣脱，反过来卷住她的腰身，将她拖向桑岐。暮悬铃没有挣扎，在桑岐扣住她的手臂时，她也抓住了他的衣襟。

谢雪臣呼吸一室，厉声喊道："铃儿！"

他看到那张绝美的容颜朝他勾起一个轻浅而眷恋的微笑，微张的双唇不知说了一句什么，他却听不清了，只听到震耳欲聋的爆炸声响起，整个镜花谷为之一震，灵气沸腾而扭曲。

轰——

第十五章　前　尘

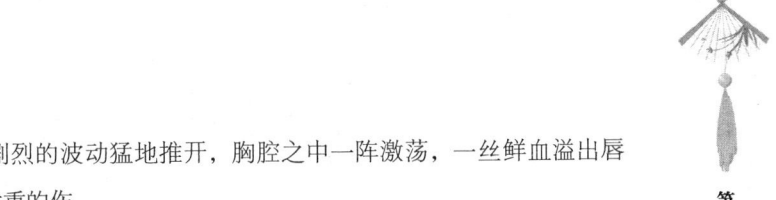

谢雪臣被这剧烈的波动猛地推开，胸腔之中一阵激荡，一丝鲜血溢出唇角，却并未受到太重的伤。

他怔怔地抬起头，看向前方不远处。

那抹纤细单薄的身影被震飞到空中，似一朵春末的花被风吹起，花瓣在空中飘散，又轻轻落于尘埃里。鲜血在她身下蔓延开来，将种满芳草的土地染成了艳丽的红，只有她的脸，苍白如纸。

谢雪臣缓缓睁大了双眼，他似乎意识到了什么，却又不敢相信眼前所见。万仞"砰"的一声落地，他忘了手中之剑，一刻不停地向她奔去。

"铃儿！"谢雪臣颤抖着揽住她的肩头，将她轻轻抱在怀里。

暮悬铃胸腹之间受到重击，留下狰狞恐怖的伤势，鲜血如流水一般从伤处溢出，温热的鲜血将体温与生机从她身上抽离。她努力地想抬起手触碰谢雪臣，然而用尽了力气，也只是动了动指尖，刚一张口，鲜血便从唇角涌出，呛住了她的咽喉。

她还有很多的话想和他说……还有很多事没有做……

原来她不是半妖……他们可以有很多很多孩子……

暮悬铃蹙起眉头，眼角流下一滴滚烫的泪。

——大哥哥，这次让铃儿保护你……

"怎么会……"南胥月踉跄着向她走来，俊秀的脸上毫无血色，他捂着胸口跪倒在半路，鲜血自唇角滴落，他艰难地抬起头，迷蒙的视线中，看到了被主人遗弃的重剑，还有重剑之侧，那枚碎开的玉佩。

"原来，她偷偷将玉佩给了你……"南胥月恍然，失笑，苦笑，紧紧攥着自己的手，又无力地松开……

是他错了……

他本可以阻止这一切发生……

他以为自己算尽天机，却算漏了人心……

"铃儿，你不会有事。"谢雪臣颤声说着，左手想要捂住她腹间的伤口，却徒劳无功，不断涌出的鲜血将他颤抖的左手浸湿，烫得他掌心生疼。他慌乱地取出药瓶，倒出一粒宝光流转的丹药想要喂入她口中，苍白的双唇被微微分开，丹药入了口，却无力吞咽。他俯下身吻住她冰冷的唇，想将丹药推入她

喉中。

但他清晰地感觉到，怀中这具柔软的身躯正在变得冰凉，生机断绝，气息全无。

谢雪臣抵着她的唇一动不动，漆黑幽深的凤眸失去了神采，映着她苍白而平静的容颜，明明不久之前，她还在对他微笑，勾着他的脖子一声声呢喃着他的名字。

"铃儿……"他的声音低哑而缱绻，隐忍着悲痛与颤抖，想要唤醒她睁开双眼，却得不到任何回应。

"她不会死的，她怎么可能会死！"素凝真奄奄一息地盯着暮悬铃，嘶哑着吼道，"她是混沌珠，又得了凝曦的生机，怎么会如此轻易死去！你们休想骗我！"

谢雪臣抱紧了暮悬铃，冷厉的目光看向素凝真，凤眸中冰冷的杀意让素凝真猛地僵住，她感受到了死亡的威胁。

素凝真忽然感到后背处传来一阵剧痛，低头一看，只看到穿心而过的剑尖，往下淌着的，是自己心头的血。

"该死的，是你。"背后传来南胥月冷漠的声音，他手中握着的，是万仞。

素凝真张了张嘴，却发不出声音来，大口大口的鲜血自口中涌出。

高秋旻发出一声凄厉的悲鸣，向素凝真扑来。

"师父，师父……"她抱住素凝真倒下的身躯，无助绝望地喊着。她不知道该不该恨她，她的降生原来只是一桩肮脏的阴谋，她以为自己是人中龙凤、天生贵胄，可原来没有人真正将她当回事。但是这二十年来，至少眼前这个人，是真正爱过她的，哪怕是出于对素凝曦的愧疚，她也给了她全部……

"师父，你不要死……"高秋旻抱着素凝真的尸体痛哭失声，她失去了在这世间唯一的依靠……

南胥月拖着沉重而蹒跚的步履走向暮悬铃，没有多看一眼素凝真与高秋旻。他缓缓跪在她身旁，垂下头，颤抖着伸手触摸她的脉搏。

"不可能……"南胥月迷茫地喃喃念道，"她不该死的……"

他算尽天机与命数，为何没有算到这一卦？

死的，该是谢雪臣，不是铃儿……

是哪里出错了？

桑岐撑着身体艰难地从地上坐起，银发皆白，银眸亦失去了神采。他怔怔地看着失去了生机的暮悬铃，恍惚想起她或笑或哭唤自己师父的模样。

她竟死了吗……

原来看到她死去，自己竟也这般难过……

"铃儿……"桑岐的声音低弱而沙哑，难掩悲痛，"不该如此……"

"桑岐。"谢雪臣的声音颤抖着响起，"是你杀了她。"

"是我……"桑岐苦笑着，手掌掩着嘴唇，却止不住呕出的热血，黯然的双眸看着谢雪臣，"也或许是你……或许是七年前，她救了你，就耗尽了所有的生机。"

"什么？"谢雪臣愕然而不解地望着桑岐，"七年前……铃儿救过我？"

"你果然是忘了。"桑岐沙哑地笑着，"七年前，在明月山庄，你自毁神窍，是铃儿救了你……是了，我从第一眼看到她，便未曾见过什么妖纹，想必是她将一切都给了你。"

谢雪臣失神地垂下凤眸，抱着暮悬铃的双手，那双世间最沉稳有力的执剑之手，此刻却止不住轻颤。

"她从未说过……"

七年前，明月山庄，他的记忆中一片空白，始终想不起来发生了什么事。原来他和铃儿早就相识，是铃儿救了他，她却从未提过。所以熔渊那日，并非他们的初次见面，那之后的点点滴滴，她投向他的眷恋与依赖，是在七年前就已经种下的相思……

但他全然忘了，只有她一个人记得……

谢雪臣心痛如绞，眼眶刺痛而酸涩，他俯下身埋首于她颈间，颤抖的双肩出卖了他隐忍的悲痛，一声哽咽溢出了喉咙。

"铃儿……"

桑岐痛苦地合上眼。

他失去了凝曦，也失去了铃儿，他自负聪明，却一生被人所骗；他练就无上神功，却终究被人利用……

他从未想过杀铃儿，也不愿意与她为敌，所以对她下了禁制，让她无法对

自己出手，却没有想到，她抱着自尽的心思，与他同归于尽。

桑岐耗尽了所有来挡下那一击，但终究也只是多拖得一刻钟的喘息罢了。他的生机耗尽了，银发皆白，气息奄奄。他拖着残躯，头也不回地离开了这里。

如果只剩下一刻钟的光景，他想……去星沉谷，最后见见凝曦……

他一步一个血印，蹒跚地走到那棵树下，跪倒在地，伸出苍白的左手挖掘树下的泥土，鲜血伴着眼泪，一滴滴落进土里。

左手沾满了泥土与血迹，布满了擦伤与瘀痕，终于，他碰到了坚硬的玉棺，银瞳中闪过一丝光彩，然而这也是他这一生最后的光彩。

身躯无力地向前倒去，苍白的脸贴在那冰凉的玉棺上，他的指尖颤抖地摩挲着玉棺，染血的薄唇轻启，无声而缱绻地喊着——凝曦……

——凝曦，我一步错，步步错，行至今日，满身血债，害人害己……

——我来见你，却再无面目见你……

他触摸冰冷的玉棺，却恍惚似抚摸到她娇嫩的脸庞、含笑的眉眼。她主动牵起他的手，亲吻他的眼眸，温软的双臂环着他的肩膀，抵着他的额头低低柔柔地将他的名字含在唇间。

——我最喜欢桑岐……

这世间千千万万人，只得一人如此爱他，便也足矣……

他却将她独自一人丢在这里，整整二十年，答应她的事，未有一件做到。

——凝曦，若有来世，你能否……再垂怜我一次……

弥留之际，他散去了魔功，丝丝缕缕的魔气从身上溢散而出，留下的，只是一具没有了生机的尸体，仿佛这样，他便能清清白白与她在黄泉相聚。

但他最后终究未能见她一面。

傅澜生回到碧霄宫时，看到的是满目疮痍、颓垣断壁。

妖族肆虐过的地方尽是鲜血与断肢，浓郁腥臭的血腥味在碧霄宫弥漫，昔日的金碧辉煌、纸醉金迷不复存在，余下的只是人间炼狱。

傅澜生踉跄着在回廊间奔走，却不见一个活人。忽然，他听到前方传来凌乱的脚步声和哄笑声，他猛地顿住了脚步，隐匿身形。

一群修为不浅的妖族身上挂满了珠宝玉石，勾肩搭背地从宫殿中走出。

"这地方好啊，宝物多，灵气足，以后咱们就在这儿住下了！"一个妖精笑嘻嘻地说道。

"那也得等江长老找到傅渊停夫妇的下落，这碧霄宫防御法阵的禁制只有那两人才知道。"另一个妖精道。

"江长老亲自出马，怎么可能失手嘛，我们还是先挑好自己想住的房间吧！"

傅澜生沉着脸色看那些妖怪离开，听到父母尚未遇难，他心中稍宽，但又担心他们正被人追杀……他灵机一动，取出血鉴，想用血鉴找出父母所在之处。

忽然一只小手拉住了他的袖子，他猛地一惊，便听到糯软的声音在身旁轻轻响起："哥哥，是我。"

傅澜生松了口气，低头看向阿宝："不是让你在船上待着吗？"

阿宝委屈道："我担心你嘛……"

傅澜生眉头紧皱，但阿宝既然来了，他也不能再把她赶回去，生怕她撞到那些妖族。他低声道："你变回原形。"

阿宝似懂非懂地点点头，变回了小巧可爱的灵鼠模样，扒在傅澜生肩头。

"阿宝，你躲到芥子袋里，如果遇到妖族，你就装作和他们是一伙的。"傅澜生叮嘱道。

"嗯……"阿宝低头想了想，"我明白，打不过就加入。"

傅澜生叹了口气："你说得没错……"

他将鲜血滴在血鉴上，很快便看到了父母所在之处，正是碧霄宫密道。

江离看着身受重伤的傅渊停和段霄蓉，缓缓停下了脚步，滴血的剑尖指向面前二人。

"沧璃，这二十几年来，我自问待你如亲生儿子一般疼爱，难道你就不念半点父子之情吗？"傅渊停捂着渗血的伤处，面容沉痛地说道。

江离冷笑一声："傅渊停，若不是你害死我生父，我自有美满的家庭，何须与你情同父子？你杀人夺妻，还故作情深，简直令人作呕！"

傅渊停沉痛道："是，我是对不起江少陵，但对你和兰池，我自问未曾有过半点亏欠！我当年受段霄蓉胁迫，与她结成道侣，被迫与兰池分离，但心里从

未忘记过她……"

"呵呵呵呵……"江离未开口，冷笑的却是段霄蓉。

段霄蓉右肩受到重创，半身染血，鬓发凌乱，珠翠落地，不见平日的华贵与艳丽，只剩下一身狼狈。她喘着粗气，讥诮地看着傅渊停，声音虚弱却尖锐："傅渊停，你莫不是谎话说多了，连自己都骗过去了吧。是我拆散你和兰池吗？当年我一心清修，是你故意接近我，虚情假意讨好我，骗我与你双修，图谋碧霄宫宫主之位，现在倒说是我强迫你？呸！你当你是个什么东西，我段霄蓉一身傲骨，不屑强人所难，更容不得他人欺骗！若不是为了澜生，为了碧霄宫的颜面，你当我愿意与你维持虚假的夫妻关系吗？！"

傅渊停本就苍白的脸色，因着段霄蓉这番冷酷的指控而更加难看。

段霄蓉傲然直视江离，冷漠道："你母亲是我所杀，你要报仇便报仇，是我误信小人，又纵虎归山，活该落得今日下场。"

傅渊停哀切道："沧璃，你心地纯良，绝不是无情无义之人，不要让仇恨蒙蔽了自己，被妖族利用……"

段霄蓉鄙夷地看着傅渊停，冷笑一声："傅渊停，我当年怎么会看上你这么个窝囊的东西！你杀了他的父亲，我杀了他的母亲，你当你求情几句，他便会放过你吗？还不如死个坦坦荡荡痛痛快快！"

江离紧握长剑，指节发白，他微眯冷厉的双眸，沉声道："傅渊停，段霄蓉，你们欠下的血债，自己去九幽冥界还吧！"

江离说罢，一道赤焰剑芒刺向傅渊停眉心，却被一道结界拦下。一个锦衣玉冠的青年忽然出现，挡在傅渊停和段霄蓉身前。

傅渊停一喜，喊道："澜生！"

段霄蓉却是面露惊骇之色，凄厉一声吼道："你来做什么！"

傅澜生一袋子法器，寻思着哪些能击退眼前这个实力深不可测的男人，但他知道，两人修为境界差了太多，他对敌经验极少，一时之间茫然无措，只凭着一腔孤勇挡在了父母身前。

段霄蓉知道傅澜生无论如何都无法战胜江离，她又气又急，五内俱焚，挣扎着从地上爬起来，颤声道："江离，你要报父母之仇尽管冲着我们来，此事与澜生无关！"

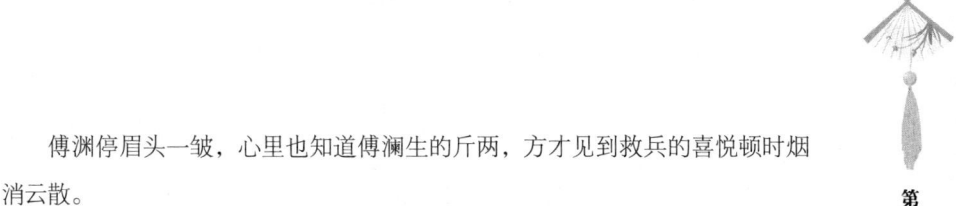

傅渊停眉头一皱，心里也知道傅澜生的斤两，方才见到救兵的喜悦顿时烟消云散。

傅澜生也没想到，这人居然那么快追进了密道之中，他一来便看到这人要对父母下杀手，来不及多想便冲了出来。

"母亲，你和父亲快走，我来拖住他！"他身上那么多法器，总能拖延一时半刻。

傅渊停扶着石壁站起，瞬息之间脑海中闪过无数念头，目光扫过段霄蓉与傅澜生，一咬牙便往密道另一侧逃去。傅澜生或许拖不了多久，但段霄蓉护子心切，拼尽全力，必能拖住江离。

段霄蓉愕然看着傅渊停离去的背影，捂着眼低低笑了起来，笑声凄厉，又有一番恍然与释然。

"我早该知道的……"她哑声笑着说，半是自嘲，半是彻悟。

傅澜生将段霄蓉护在身后，没有回头去看傅渊停的离开，他紧张地盯着步步逼近的江离，颤声道："你是不是想要碧霄宫法阵的禁制？我也知道，你抓我就够了，放了我父母！"

段霄蓉轻叹一声，目露哀愁与温柔："傻孩子，他要的是我们的命，是母亲欠了人家的血债，与你无关。不是告诉过你，若遇到危险，便躲起来吗？你又不听娘的话了……"

江离的剑尖对着段霄蓉，冷声道："我本无意杀他，但他若非要阻拦，也别怪我剑下无情。"

段霄蓉将傅澜生推开，以自己的神窍对着江离的剑尖，冷厉的双眼死死盯着江离，干哑的声音说道："只要我死，你就能放过澜生吗？"

江离一怔。

眼前这一幕，竟如此熟悉，似乎当日段霄蓉杀入兰池别院的时候，他的母亲也是这么说的。

傅澜生惊惧万分，喊道："不！"

他从芥子袋中取出一件法器抛向江离，想要将段霄蓉救下，江离一剑洞穿了法器的护罩，刺向傅澜生，却见一团小小的金色影子向自己颈侧扑来，他反射性地以剑身将那影子拍下，便听到一声软糯的痛呼。

"哎哟!"

江离错愕地看着被拍在地下的小东西——一只小小的嗅宝鼠。

她四肢着地趴着,两只金黄色的耳朵因为受惊而发出一闪一闪的金光,乌黑的大眼睛因为疼痛而蓄满了泪水。傅澜生急忙上前将她捧起,怒道:"阿宝,谁让你跑出来的!"

阿宝眼泪汪汪,委屈地看了傅澜生一眼,又怯怯地看向江离,软软说道:"你,你别杀我啊,我是半妖,我和你是一伙的……"

江离怔怔看着阿宝,不知想到了什么,眼中竟浮现出温软之色。

段霄蓉见江离失神,趁机拽住了傅澜生的手臂,将他远远推了出去。她张开双臂拦在江离身前,眉心神窍仿佛呼吸一般灵力溢出,拂动她额前的碎发。她的眉眼凌厉而决绝。

"傅沧璃,放他走,否则我们便同归于尽!"

傅澜生和阿宝听到这个名字,双双怔住。

"傅沧璃……"傅澜生错愕地看着眼前脸上带着刀疤的冷峻男子,"你就是傅沧璃……"

阿宝也一眨不眨地看着他,耳尖颤了颤:"你是我爹爹吗?"

江离疑惑地垂眸看向阿宝,只见阿宝朝他伸出了爪子,糯声道:"娘亲说,我爹爹是世间最有钱的修士,他叫傅沧璃,他走了三年多了,娘亲让我来找爹爹。"

江离心中一颤,哑声问道:"你娘亲叫什么名字?"

阿宝说:"娘亲叫秀秀。"

秀秀……

秀秀……

江离冷峻狠厉的面容上流露出一丝暖意,他缓缓垂下了剑尖,朝阿宝伸出一只手,温声道:"你过来。"

阿宝眨了眨眼,从傅澜生掌心跳到了江离的掌心,仰起头好奇地打量自己的爹爹。

"你和娘亲说的不太一样,你该不会骗我吧?"她狐疑地问道。

江离垂下眼,专注地凝视这个小家伙,唇角不自觉勾起,眼中也流露出笑

意："你娘亲怎么说？"

阿宝歪了歪脑袋，回想了一下："娘亲说，爹爹有钱又大方，长得好看又爱笑，虽然会欺负人，但是也很会哄人。可是爹爹不知道去哪里了，娘亲也不知道去哪里找他，又怕爹爹回来了找不到她，所以我跟着哥哥来碧霄宫找爹爹。"

江离低笑一声，脸上的刀疤似乎也因为这一笑而柔和了许多。他想起那个娇憨可爱的姑娘，虽有了一副人样，却连路都走不好，平地也能摔上几跤，不知道他不在她身边，她过得好不好……当年段霄蓉忽然杀上门，他被母亲传送至东海，躲避三年，潜心修炼，段霄蓉不死，他便不敢回来，生怕连累了她。只是他竟不知道，原来她怀了他们的孩子。

江离轻轻揉了揉阿宝的小脑袋，温声道："你哪来的哥哥？"

阿宝的爪子指了指傅澜生，道："那就是哥哥。爹爹，你可不可以不要杀哥哥，哥哥很疼我的。"

傅澜生对上江离半是敌意半是疑惑的眼神，顿时背脊一凉——他莫名就被阿宝安排了个爹……

江离缓缓收回目光，看向阿宝之时，眼中只剩下温和的宠爱："阿宝，原来你叫阿宝……你和你娘长得极像，性子也像……"

阿宝眨巴眼睛，道："爹爹，我还可以变成人形呢！"

阿宝说着身上便泛起了温暖的金光，身子浮了起来，转眼间便变成了一个七八岁大的小姑娘，粉雕玉琢，双眸乌黑明亮，笑容又甜又软。见江离目露疑惑，她笑着道："姐姐将玉阙神功传给了我，我就变成这副模样了。"

江离更加迷惑了——怎么又来了一个姐姐……

不过江离倒是听明白了玉阙神功，他在灵雎岛之时，听令于何羡我，曾经到过魔界与桑岐会面，知道玉阙经的神异之处，他隐约猜到阿宝口中的"姐姐"多半是指暮悬铃，只是不明白暮悬铃怎会与阿宝牵扯到一起。

但这些倒也不重要，他满怀欣喜地抱起阿宝，摸了摸她粉嫩的小脸，她的眉眼像极了秀秀，但比秀秀看着聪明多了，不似秀秀那样总是迷迷糊糊的。

阿宝抱着江离的脖子，许是父女之间天然的羁绊，她一点也不害怕他脸上狰狞的伤疤，伸出小手轻轻摸了摸，小声道："爹爹，你跟我回家好吗？娘亲很想你的……"

江离睫毛微颤，看向傅澜生与段霄蓉。段霄蓉见他看来，紧张地张开双臂护住傅澜生，眼中死意坚决。

　　他不怕段霄蓉以死相拼，但此刻，他却担心会伤到阿宝。他本无所畏惧，却在这一刻有了软肋……

　　阿宝不知道江离为什么非要杀段霄蓉，她以为江离是听令于灵雎岛，她不想傅澜生被爹爹杀了，也不想爹爹受伤，她将小脑袋靠在江离肩上，小手揪着他的衣襟，声音软糯地哀求道："爹爹，我们回家嘛……"

　　江离沉沉叹了口气，收了长剑，轻道一声："好。"

　　段霄蓉愕然看着江离转身离去，她垂下眼眸，神色复杂地攥紧了双拳。

　　江离牵着阿宝的小手，面含微笑地听着她说起秀秀的糗事，听到她到处打听他的下落，他眼中的笑意便渐渐敛去，只余愧疚和悲伤。

　　"阿宝，爹爹不叫傅沧璃，爹爹的真名是江离。"江离温声道。

　　"江离……"阿宝似懂非懂地点点头，"那我就不是傅阿宝，我是江宝！"

　　江离低低一笑，揉了揉她脑袋上的头发团子："是，你是江宝。"

　　却在这时，密道忽然一阵巨震，无数落石自上方坠落，江离脸色一变，厉声道："阿宝，变回原形！"

　　阿宝听话地变回嗅宝鼠，被江离护在怀中。江离张开护身结界，便听到身后传来段霄蓉又急又怒的声音："是傅渊停，他打开了密道自毁的法阵！那畜生，连儿子的生死都不顾了吗！"

　　江离脸色一沉："如何逃生？"

　　"无处逃生。"段霄蓉气喘吁吁，面容黑沉，悲愤交加，"自毁法阵若从外面启动，阵中之人便只能硬扛法阵的攻击，至死方休。"

　　傅澜生脸上失了血色，喃喃道："父亲他为何如此……"

　　段霄蓉凄厉一笑："他心中本就只有他自己，可我没想到，他连亲生儿子也弃之不顾。"

　　傅澜生失神地看向江离与阿宝，忽地浑身僵住，他猛然想起南胥月的那一卦。

　　父女缘浅，仅有一面之缘……

难道，便是应验在今日……

连绵不断的炸裂之声响起，周围陷入黑暗之中，法阵之力运转开来，勾动天雷劫火，攻杀阵中之人。江离与段霄蓉全力撑开结界，抵御法阵攻击。江离死死将阿宝护在怀中，低声道："阿宝，怕不怕？"

阿宝的爪子揪着江离的衣襟，嗅宝鼠的胆子最小了，黑暗中只见她的小耳朵闪着金光，瑟瑟发抖，却软软地说："阿宝不怕。爹爹疼不疼？"

江离笑了一声，随即闷哼一声，哑声道："不疼……"

阿宝窝在江离怀里，目不能视，只感觉到爹爹的心跳浑厚有力地笼罩着自己。原来有爹爹保护的感觉这么好，难怪娘亲一直念着爹爹，她也很喜欢爹爹……

"爹爹，娘亲很想你，阿宝也很想你。"

"我也想你们……"

"爹爹，你不在的时候，娘亲都在好好学习，她说怕你嫌弃她笨。"

"呵，我怎会……"

"可是她走路还是会摔倒，我看到她偷偷哭了，阿宝摔倒也没有哭。"

"阿宝……你要好好陪着娘亲……"

"我会的，还有爹爹也要陪着娘亲！爹爹，你是不是也哭了？"

有热热的液体落到阿宝背上，打湿了她的毛发。

"好阿宝，要乖乖听娘亲的话……"

"阿宝会听话的……爹爹，爹爹……你为什么不说话啦……"

剧烈的声响引起了妖族的注意，何羡我匆匆赶来，待到法阵平息，才走进废墟之中。

浓重的血腥气扑面而来，密道之中只见两具惨不忍睹的尸体，背部焦黑一片，千疮百孔，血流遍地。一个小姑娘坐在血泊之中，抱着尸体号啕大哭。

"禀告岛主，是段霄蓉和江长老的尸体，还有一个重伤昏迷，应该是碧霄宫的少宫主傅澜生。"

何羡我走到那女孩面前，半跪下来问道："你是谁？"

小姑娘哭得撕心裂肺，抱着江离的尸体，口中直喊着爹爹，又伸出手抓住

另一个人的袖子哭着喊哥哥……

何羡我若有所思地垂下眼。

"岛主,傅澜生和这个女娃子,要不要杀了?"身旁狐妖问道。

何羡我摆了摆手:"先带回灵睢岛吧。"

第十六章 因 果

七日后。

碧霄宫已破，尽入灵睢岛掌握之中，仙盟五派，最后仅存三派。

玄信于对敌之时立下大功，临阵破境，晋升法相，众望所归，继任下一任门主。桑岐葬身镜花谷，高秋旻带着素凝真的尸身离开，不知所终。大长老在星沉谷看到了桑岐的尸体，令人挖出了藏在树下二十年的玉棺，玉棺之中的素凝曦温柔娴静，一如生时。放在她身旁的，是桑岐当年被砍下的右臂，曾经被她灌注了四天四夜的生机，过去了这么多年，竟也不曾腐烂。或许这是素凝真最后的一点愧疚，她不忍心违背凝曦临终时最后的哀求，还是将那截断臂放入了她的玉棺之中。

大长老长叹一声，将桑岐的尸身放在凝曦身旁，让两人死后合葬一处。

——纵然是这世间最强大的生命，也终有一死，埋于地下，成为草木生长的养分……

这是素凝曦曾对桑岐说过的话，也是他们最终的归宿。

谢雪臣的神窍三日方才恢复，这三日内他闭关于密室之中，与世隔绝，三日后，他破关而出，俊颜冷漠，似乎更胜从前。

余下四日，他一人一剑，荡平妖患，杀入灵雎岛，逼得何羡我与他正面交锋。

"谢宗主，你杀我一人，无济于事。"何羡我不敌谢雪臣，脸色苍白地退于结界之中，"更何况，你坚守的正义，难道便是正义吗？所谓的仙盟正道，打着除魔卫道的旗帜，实则是藏污纳垢之地，道是惩奸除恶，然而谁是奸、谁是恶？傅渊停杀人夺妻，更连亲生儿子都弃如敝屣，镜花谷与明月山庄沆瀣一气，残害元阴玄女，这些事天下皆知，仙盟已经不得人心，种种行径，与他们口中的妖魔又有何区别？谢宗主，你又何必维护这样的'名门正派'？"

"我维护的，从来不是仙盟。"谢雪臣俊颜似雪，清冷孤绝，"何羡我，你是人族，为何为妖族做事？"

何羡我一怔，随即低低笑出声来："人与妖，有什么差别？谢宗主，这世间最伤人的，从来不是妖，而是人心中的恶意。"

"那你这般所为，便能消除人心之恶吗？"谢雪臣问道。

"不能。"何羡我昂然道，微微一笑，"但能让他们没有能力作恶。人族独大许久，欲望膨胀，乃至疯狂，须有力量加以制约。"

"妖族兽性难驯，难道便不会为恶了吗？以妖族制约人族，不过是痴心妄想。"谢雪臣言辞冷淡，不能苟同他的看法，"你的做法，与一念尊者无异。人族虽有过失，终究是人族之事，无须妖族与魔族插手。"

何羡我有些遗憾，叹息道："我以为谢宗主与旁人不同，不会狭隘于一族一人，而是着眼于众生。妖族、魔族与人族又有何异，难道不都是生于混沌吗？"

"不错。"谢雪臣定定望着他，"但我是人，便只能以人族为先。人族之中，纵有为非作歹、心术不正之人，但重者以律法惩戒，轻者以训斥教化，诛邪扶正，引人向善，才是正道。驱虎吞狼，只会后患无穷。"

"难道妖族与半妖，就不配享有与人族一样的权利吗？这神州的洞天福地，就只有仙盟得配居之？"何羡我冷然道，"谢宗主生来高贵，自然不明白妖族与半妖的艰难处境。"

"听说你曾有一爱侣，因没有良妖证，而被鉴妖司所杀。"谢雪臣忽然说道。

何羡我脸色顿时沉了下来，不自觉捏紧了双拳。

"鉴妖司归属碧霄宫管辖，因此你一直憎恨碧霄宫，只是隐忍多年。"谢

雪臣看着何羡我眼中逐渐涌起的风暴，轻叹一声，低沉道："何羡我，我明白你的用心。你想要建立一个新的秩序，令妖族半妖可以得到平等的对待，只是这种方式太过偏激残忍，必会激起天下修士的反弹，仙、妖、魔三界混战，神州必会沦为无间地狱，受苦的只会是普通凡人。"

何羡我脸色稍缓，垂下眼眸，沉声道："这是成大业必须付出的代价。"

谢雪臣皱眉道："你会这么说，只是因为付出代价的人不是你。"

何羡我沉默片刻，方道："事已至此，又能如何？谢宗主神功无敌，若要杀了在下，便动手也无妨，这是我唯一能付出的代价。"

谢雪臣注视着何羡我，沉声道："何羡我，你若信我，我便以仙盟宗主的身份向你承诺，自今日起，妖族、半妖将享有和人族修士一样的地位和权利，不会被随意诛杀，不会沦为妖奴，仙盟会命令禁止一切奴役虐杀妖族的行为，但众妖王须出面禁止妖族一切杀戮抢掠的行为，派出合适之人，前往拥雪城与仙盟共议停战之事。"

何羡我一怔，不解地看向谢雪臣："为什么？你……为什么愿意停战议和？我知道，以你今日之能，天下无人能敌，哪怕将妖族斩尽杀绝，也只是时间问题。"

谢雪臣道："我为何要斩尽杀绝？只是因为我能吗？"

何羡我答不上来。

"钧天剑，从来不是杀戮之剑、毁灭之剑，"谢雪臣举起钧天，清冷漆黑的凤眸倒映出剑身神异的金光，"它是破而后立的新生之剑、救赎之剑。"

只是，却救不了他最在乎的那个人。

谢雪臣敛起凤眸，心中低叹一声，重新看向何羡我。

"我立威，只是想更安静地让别人听我说话，也让你能更轻松地说服那些妖族。"谢雪臣收起神剑，背过身朝外走去，"三日后，拥雪城，静待何岛主及众妖王大驾。"

三日后，何羡我带着十妖王来到碧霄宫，却没有看到谢雪臣的踪影，等待他们的，是一个相貌俊美而庄严的行者，当代悬天寺门主玄信尊者。

玄信尊者手持禅珠，微笑道："谢雪臣已经辞去宗主之位，如今仙盟由我暂

理宗主之位。"

"什么!"众人大惊失色,更是茫然不解,"那他人在哪里?"

玄信尊者道:"他自有要事。"

何羡我却很快想到了一件事,当日在两界山,众人以谢雪臣泄露玉阙经之事逼迫他,他曾放话一旦杀了桑岐,便会辞去宗主之位,身受万象雷劫之刑,想不到他这么快便履行了诺言。

但何羡我明白,谢雪臣是不是宗主已经不重要了,他已经展现了足够的威慑力,只要他还活着,便是仙盟的依仗。

阿宝迈着两条小短腿,跌跌撞撞地寻到了吹雪楼。昔日谢雪臣的住处,如今结界森严,房中住着一个宛如睡着的女子。

南胥月自房中走出,便看到守在结界外两眼含泪的阿宝。

"阿宝,你怎么来了?"南胥月俊秀而苍白的面容上浮现一抹极淡的微笑。

阿宝的眼睛红红的,嗓音稚嫩却又沙哑,似乎是哭坏了嗓子。

"我听说,姐姐死了……"阿宝"哇"的一声哭了出来,"我没有爹爹了,没有哥哥了,也没有姐姐了……"

她想不明白到底发生了什么,为什么短短的几天,她失去了生命中最重要的几个人。爹爹的尸身被何羡我焚化了,住在一个小小的罐子里,哥哥说不愿意见她,也不知道去了哪里,她跟着何羡我来见姐姐,又听说姐姐在镜花谷受伤太重,已经没了气息……

南胥月无力地揉了揉她的脑袋,眼神有些恍惚:"阿宝,她没有死,只是暂时睡着了。"

阿宝抽抽噎噎地看着南胥月:"南公子,你……你不要骗小孩,姐姐真的没事吗?那你让我看看她!"

南胥月犹豫了一下,便牵着阿宝进了结界。这谢雪臣布下的重重结界,世上唯有他或者得到他允许之人能通过。

阿宝轻手轻脚地进了屋,看到躺在床上的暮悬铃,便急切地跑了过去,握住了她冰凉的手。她看起来就像睡着了一样,只是脸色极其苍白,身上冷得像石头一样。

阿宝的眼泪顿时簌簌往下掉，哽咽着道："南公子，你骗人……姐姐明明……"

南胥月轻轻摇头，低声道："你别吵到她。"

阿宝揉着眼睛，狐疑地抬起头看向南胥月，她这才发现，南公子有些怪怪的。

南胥月痴痴地看着一睡不起的暮悬铃，纤长的睫毛微微颤了颤，眼中露出怅惘与哀切之色。他缓缓在床畔坐下，温热的掌心覆在她冰冷的手背上，向来温和含笑的声音没有丝毫的暖意，变得冰冷而低哑。

"阿宝，她明明没有死，为什么不肯醒来，是不是不愿意看到我？"

阿宝一惊，她心里想，姐姐明明死了，为什么南公子这么说……难道南公子伤心过头，疯了？

她心里仍为暮悬铃的死而悲痛不已，却仍是忍着哭腔安慰道："南公子，你不要难过，姐姐那么喜欢你，怎么会不愿意看到你？"

南胥月闻言苦笑一声，垂下温润的眼眸，低声道："因为，是我害了她啊……"

没有人知道，可是他自己心里清楚，是他间接害死了铃儿。

从谢雪臣找他要玉碎丹那一刻起，他便算好了一切。他知道谢雪臣会力竭再战，燃烧寿元，乃至战死。桑岐敌不过谢雪臣的底牌，那镜花谷更不足为虑。铃儿身上又有他给的法器，那么一切都只是有惊无险……哪怕素凝真出人意料地说出混沌珠之事，那时候他也是有余力拦住桑岐的，可是他没有出手，他要等谢雪臣服下玉碎丹，等桑岐杀了谢雪臣……

可是他没有等到，甚至在看到铃儿拿出金丹想要与桑岐同归于尽时，他想到的是即便铃儿引爆金丹，有玉佩护体，便不会死。而谢雪臣会……

他执着于偷窥到的天命，却终究是算漏了——他用尽了心血刻下的那枚玉佩，被铃儿偷偷藏在了谢雪臣身上。

"哈哈哈哈……"南胥月捂着眼，低低笑出声来，破碎的笑声里没有一丝一毫的喜意，尽是痛苦与自嘲，"是我的卑劣，让我失去了她……"

"南公子……"阿宝吓了一跳，害怕地后退了一步，跌坐在地上，红肿的双眼茫然地看着南胥月，"你……你别这样，我害怕……"

南胥月放下覆面之手,露出湿润通红的双眼。

"我如此令人害怕吗……是啊……我本就是这样的人……我杀父弑兄,恶事做尽,注定不得所爱……"

阿宝听不明白南胥月为什么说自己杀父弑兄。

南胥月有时候也很疑惑,为何铃儿没有问过他,为什么他一个被父亲放弃的瘸子、废子,最后会成为蕴秀山庄的主人。是因为她不在乎,还是因为她猜到了……

那一日在拥雪城的地牢,痴魔看透了他的痴念,问他——你有那么深的悔念,是因为杀过的人,还是因为错过的人?

杀过的人?

呵呵……他从来没有后悔。

铃儿的话拨开了他心中的迷雾,这世上之人若不喜欢他,他又何必为那些人伤心。他生性凉薄,温柔不过是为人的修养,却从未真正对谁投入过丝毫的真心,除了她……巴掌大小的心,再容不得更多的无关之人。

那个抛弃他的生父,害过他的兄长,还有许许多多想要杀他的兄弟,他都一一除去了。还记得那一日,他亲手杀了南星晔,南无咎赶来之时,南星晔的血还是热的,但那双眼睛已经合不上了。他仰着头看自己的父亲,终于问出那句藏在心里很久的话。

"父亲,你要为一个死去的废子,而毁了一个活着的宗师吗?"

那时的他,法阵、医术、机关、天象种种皆已成宗师,即便无法修道,也是修道界举足轻重的人物。他亲眼看着南无咎的脸色由铁青、黑沉,慢慢变成释然。

"很好。"他说完这两字,便没有再看南星晔一眼,转身离去。

直到几年后,他也死在了南胥月手上,临死之时,他紧紧攥着他的手哑声说:"我知道,你不会让我失望……"

南胥月挣脱了他的手,神情淡淡。

他也不知道自己为何会如此平静,仿佛这世间的一切情感都与他无关,直到与铃儿重逢,看到她百折不挠地追逐着另一个人的背影,遍体鳞伤也深情不悔,他的心才重新变得滚烫。

是他先认识铃儿的,如果没有谢雪臣,铃儿本会奔他而来……

这才是他的痴念,他唯一的痴念,他自私的痴念。

他不能言说的痴念……

南胥月俯下身,亲吻暮悬铃冰冷的手背。

他终究是及不上谢雪臣的,谢雪臣爱她,没有算计,只有全心全意的爱护、万死不辞的决心。

谢雪臣说他有一个方法,或许可以救回铃儿,只为了那一丝可能性,他也可以豁出性命。

——南胥月,你若问心有愧,便替我守着她。

——你若一去不回呢?

——便是与她同归幽冥。

落乌山。

凤襄不知道自己是第二十三次看到这个白衣剑修了。

长生莲快开了,但谁也不知道哪一日会开。谢雪臣日日守在长生莲之前,等着花开。凤襄有时候会和他动手,有时候两个人能聊一些仙盟的事,或者聊一些各自的过往。

谢雪臣的过往乏善可陈,唯一的色彩,便是那个爱笑的姑娘。谢雪臣说起她的时候,清冷锐利的凤眸便柔和了许多。

"她是你的心上人。"凤襄笃定地说。

谢雪臣点了点头:"是我发誓一生守护之人。"

凤襄眼神有些恍惚,心里竟有些嫉妒,她别过脸,苦涩道:"挺好。"

可惜,她的心上人,并未将她放在心上。

就在这一刻,长生莲缓缓舒展开花瓣,散发出阵阵浓郁的芳香。凤襄眼睛一亮,伸手要夺取长生莲。谢雪臣没有犹豫便刺出了钧天剑,凤襄转身格挡,两人斗在一处,谢雪臣无意伤她,便大声道:"尊者,潜光君一直在找你!"

凤襄动作一僵,肩膀轻颤起来,脸色煞白地瞪着谢雪臣:"你说什么?"

"潜光君的心上人,是你!"谢雪臣抢先一步摘下了长生莲,转身看向她,沉声道,"你回头看看来处。"

凤襄狐疑地转过头，却见四周亮起法阵，忽而周围暗了下来，她置身于一片黑夜之中。在她眼前，有一个和自己一模一样的人正沉睡着，而潜光君便坐在她身旁，低着头凝视着她……

"凤襄……"他未说爱，但那眼眸中的神情、话语中的深沉，让人如何看不到、听不出。

这是一个回溯法阵，能记录下真实发生过的一切。法阵中的潜光君抬起头来，看向某处，仿佛是看着她。

"凤襄，你在看着我吗？"

隔着时空，他向她伸出了手……

这是谢雪臣唯一能为他们做的事了。

他黯然背过身去，不忍再看回溯法阵中的惨剧。

这便是逆天而行的代价吗……那他的代价，又会是什么……

只要这代价由他来承受，那便足够了……

谢雪臣看向手中的长生莲，长生莲摘下之后便不断地缩小，最后竟自行炼化成了一颗莹白的珠子，与赤色莲心子同样大小，只是香气与色泽不同。谢雪臣闭了闭眼，深吸一口气将白色莲丹放入口中，吞咽入腹。

须臾之后，一股暖流自胃部流向四肢，他感觉身体似乎在变得轻盈，他没有运转灵力，双脚便自然而然地离开了地面，飘浮起来。暖意涌到眼中，他下意识地抬起头来，便看到通向落乌山顶的方向出现了连绵不绝的白色阶梯。

——天梯！

潜光君说的果然是真的！

谢雪臣心中一振，抬脚踩上了第一阶天梯，与此同时，他便感觉到灵力的运转凝滞了，他甚至感觉不到神窍的存在，仿佛自己只是一个凡人。还未等他做好准备，狂风便扑面而至，携锐利无比的罡气划过他的手臂。那无形的风也无处躲避，似乎针对他而来，毫不留情地在他手臂上留下一道伤痕。

谢雪臣乃法相之躯，躯体坚实远非寻常修士可比，但在这天梯之上，被禁了一切异能，只能以肉体硬扛，而仙风罡气又锐利无比，竟破开他的防御，留下了深深的沟壑，鲜血涌出，湿透了白衣。

三万八千层阶梯，三万八千刀凌迟。

谢雪臣淡淡一笑，拾级而上。

又一刀，落在左腿。

下一刀，落在胸前。

步步天梯，仙风罡气阻挠着试图登仙的凡人，狠狠地落下一刀又一刀，却无法逼退那些心意坚定之人。

谢雪臣只担心罡气伤了眼睛看不清路，他以手覆面，护着双眼，双手很快便遍布刀口，露出森森白骨。

一身白衣染得艳红，脚下的阶梯步步红莲，触目惊心。

——铃儿……

千刀万刃寸寸凌迟着躯体，同一处伤口反复地落下风刃，皮肉尽碎，乃至深入骨髓。

——两万三千九百八十……

他在心中细数着，又迈上了一层。

风刃刺入左腿髌骨之中，锯骨断筋之痛让他难以支撑，向前半跪在天阶之上。鲜血淋漓的手颤抖地撑着台阶，汗水混着鲜血不断滴落，乌黑浓密的长发也被冷汗湿透，黏着渗血的鬓角。清俊矜贵的一张脸，也难以避免地划过道道血痕，只留一双凤眸坚定地看向前方。

或许是天阶的神异，他的意识并未因剧痛而模糊，反而越来越清醒，那每一刀的剧痛也如此地清晰，每一刀都在逼着他回头。

可是他没有一息的犹豫和退缩。

只是疼而已，皮肉之伤又如何，断筋裂骨又如何，便是爬，他也要爬到天宫神庙中去！

因为有人在等着他……

——铃儿……

他在心中默念她的名字，以此来汲取前进的力量。

——两万三千九百八十一。

——两万三千九百八十二……

一记风刃扫过眉峰，渗出的血落入眼中，双目刺痛，眼前的一切仿佛都笼

罩在血雾之中。

他回想起铃儿在他眼前坠落的一幕，他的眼中也是这般刺痛，眼前的世界也是如此猩红。

——铃儿，我应允过你的事，还有许多未能完成，千年之约，才走过几日，你怎能违背诺言，离我而去……

那枚金丹，应是在落乌山时被她拿走的，可那块玉佩，他竟不知何时被她藏在身上，她便是知道如此，才会选择与桑岐同归于尽。

谢雪臣恍惚地想起，他似乎从未问过铃儿，为何对他深情至此、牺牲至此，可如今想问，她却是已经无法回答了。

如果未曾遇到他，未曾爱上他，她纵然少了许多欢乐，却至少仍然活着。

如果不是他解了悟心草的毒，她也不会因他而死……

另一记风刃刺入右腿髌骨之中，谢雪臣倒在冰冷的天阶之上。他撑着双臂，一步一步坚定地向上攀去，双手无力再遮挡眼睛，终是让风刃划破了双眼，他闭上眼，两眼鲜血流下面庞，眼前只余一片漆黑。

——三万一千八百二十三。

——三万一千八百二十四……

即便看不见，他依然没有迷失方向，依然坚定地向顶峰攀登。过了雪线，罡风变成了朔雪，落在伤口处，却是火辣辣的剧痛，尖锐刺骨，令最坚毅之人也忍不住浑身颤抖。

谢雪臣甚至庆幸，若当日死的人是他，铃儿也会毫不犹豫地吃下长生莲，来攀登这三万八千阶的天梯。这样的生不如死，他不忍心由她承受。他只盼在这天梯尽头，能找到复活她的方法。

——三万七千九百九十九。

——三万八千！

终于，他登上了天梯尽头，那绵密的朔雪骤然消失，风声不再，四周一片祥和宁静。温暖的气息包裹着身体，若有若无地抚平伤处的剧痛。谢雪臣以长剑为支撑，摇摇欲坠地向前走去。每走一步，伤势便减轻一分，慢慢地，双眼恢复了知觉，模模糊糊能看清眼前的景象。

天梯尽头的一切仿佛都飘浮于云层之上，脚下踩着看似绵柔的云团，但落

足之处却又分明坚硬如平地。云上世界缥缈朦胧，远远似有亭台楼阁隐于云雾之中。谢雪臣缓缓走到近处，看到亭子里有一张玉石雕刻而成的棋盘，棋盘上黑白二子厮杀正酣，棋局堪堪过半，对弈的双方却不见踪影，而一旁的桌上摆着清香四溢的水果，被摘了一半的葡萄，被咬了两口的桃子，还有倒了半杯的仙茶。不，不是倒了半杯，而是有人喝了一半。似乎有人在这里对弈，有人在这里闲话，有人在这里品茗，但一切却又忽然中断，戛然而止，人消失不见了，这一切痕迹却留存了下来……

　　谢雪臣心中莫名涌起一阵寒意，他别过眼继续向前走去，寻找神庙所在。

　　走了许久，他终于看到了一座看似神庙的宫殿，四角飞檐如龙首，灵雾自龙口处喷涌，庭前悬挂一口钟，香炉之中燃着三炷香，也不知烧了多久。

　　谢雪臣深吸口气，上前站到了神庙大门前，抬手轻叩门环，未听到人应答，但大门竟自行打开了。

　　谢雪臣眉头微皱，抬脚跨过极高的门槛，轻轻向内走去。

　　"人族剑修谢雪臣，求见神官！"谢雪臣清冷微哑的声音在偌大的神庙中回荡。

　　"人族剑修谢雪臣，求见神官！"他提高了声音，再度开口。

　　"噫……"

　　一个悠远虚渺的男子声音在四周回响，似惊讶似疑惑似感叹，又让人听不出从何而来，谢雪臣神色一凛，拱手道："冒昧打扰，还请神官见谅。"

　　轻缓的脚步声从神庙深处传来，透过重重薄纱，谢雪臣看到了一个模糊却修长的轮廓。那人脚步不徐不疾，仿佛信步游园一般从容闲适，轻快愉悦的声音却远远传来。

　　"吾已许久未曾见过有人踏上斩神台了。"

　　"斩神台？"谢雪臣神色微变，"那三万八千阶天梯……是斩神台？"

　　"不错。"帘幕之后的人轻声道，"三万八千刀，斩的是元神，只有元神坚韧、意志坚定者，方能从斩神台上活下来。"

　　传闻中的三大恐怖之地，斩神台、熔渊、阿鼻地狱……谢雪臣自嘲一笑，他竟活着走过两处。

　　说话间，那神官已经来到了近处。他双手笼在袖中，一身青烟般的无缝天

衣,墨发如瀑垂落,发长过膝,所过之处,薄纱无风自动,为他掀开一道道纱门,将他庄严圣洁的面容展现在来者面前。

"吾乃司辰神官,轮镜上神。"那神官俊眉修目,面含微笑,慈悲温和地看着谢雪臣,"你能到此处,必定见过凤襄了。"

谢雪臣点头道:"是。"

"那你可知道,向吾许愿,必须付出一些小小的代价。"轮镜上神的笑容越发慈悲温柔。

小小的代价……

谢雪臣心中苦笑,却道:"我明白,只是有一事想明确,这代价是否只会落在我一人身上,不牵涉他人。"

轮镜上神道:"你的心愿,牵涉的人越少,需要付出代价的人,便也越少。"他忽而竖起一根食指,似乎想到了什么,又想不清楚,有些苦恼地皱了下眉头,"吾好像记得,有人许过一个牵涉到众生的心愿,付出了极大的代价。"

谢雪臣垂下凤眸,低声道:"我只想救活一人。"

轮镜上神细细打量他,微笑道:"神族神官权柄不同,想令死者复生,有两人可以办到,一为司命,二为玄女。吾乃司辰,只能掌控时之权柄。"

谢雪臣愕然,但随即又明白了过来——难怪凤襄所求的长生,只是六千年重复着一日,因为这司辰神官,将她的人生定格在了那十二个时辰之中。这就是司辰的力量……

玄女转世成素凝曦,恐怕也难以从此处着手了……

"请问上神,司命神官何在?"谢雪臣问道。

轮镜上神微微一笑:"你想找他求助?不不不……"他轻轻摇头,表情高深莫测,"吾不曾见过他,但隐约记得,他这神冰冷不近人情,不像吾这般友善。"

谢雪臣心中满是疑惑,这天宫莫说是司命神官了,根本空荡荡的,只有眼前这位司辰神官,似乎神界曾发生过一件什么大事,让所有的神族忽然之间全部消失了……

但若是如此,眼前这位神官,为何没有消失?

他果真是神明吗?

这么想着,谢雪臣看向轮镜上神的目光便露出了怀疑。

"你心存怀疑。"轮镜上神一双慧眼温和而透彻，一眼看穿了谢雪臣心中所想，"不怪你心存怀疑，吾亦迷惑不解，为何这天宫竟空荡荡的，只剩下吾孤独一神在此……"

谢雪臣奇怪道："你也不知道？"

轮镜上神轻叹了口气："吾感觉得到，神族没有消失，可他们去哪里了呢？好像有很重要的事情发生，吾却忘了。但忘便忘了，必有力量凌驾于吾之上，才叫吾忘记。"

谢雪臣心念一动："天命书？"

轮镜上神抬眼看他，笑着道："是噫，也许是天命书所为，有人以天命书左右了神族的命运。你可知道，天命书是用来说谎的法宝，言出法随，所有谎言皆会成真。它的力量，远在我之上，但同样要付出极大的代价。"轮镜上神风趣地眨了眨眼，"代价，便是天道。没有任何收获，是不需要付出代价的。"

"若我想救活一人，上神可有方法？"谢雪臣问道。

轮镜上神友善道："吾可助你回到过去，在那人死前改变他的轨迹。你可以想好，想要回到过去的哪个时间地点，吾以轮回镜送你回去。"

谢雪臣脑海中几乎立刻就有了答案。

七年前，明月山庄，他要知道，当年到底发生了什么事……

"吾听到你的心声了。"轮镜上神微微点头，他伸出修长白皙的右手在空中虚画一圈，便看到一面圆形银镜悬浮于半空，发出柔和的光芒。银镜之上为日，其下为月，有金色细沙在日月之间不断地旋转，便如时光一般流逝。

"这便是轮回镜，吾乃司辰，可进入轮回镜回溯时空，你是人，想要通过轮回镜却是不易，你只能以灵体进入，回到过去的自己身上，一旦从肉身上脱离，灵体便失去了保护，会被时光之磨辗转碾压，乃至魂飞魄散。"轮镜上神殷切叮嘱道。

谢雪臣肃然道："多谢上神告知。"

轮镜上神又道："切记，不要试图改变太多人的命运，否则你付不起司命所要的代价，会有很多人因此成为司命的棋子。"

谢雪臣神色一凛，慎重道："我明白了。"

轮镜上神素白的手轻轻拂动轮回镜，那美妙如碎金一般的流沙焕发出耀眼

的光芒，谢雪臣目不能视，微眯了一下眼，人影便被吸入轮回镜中，镜子也恢复了平静。

轮镜上神袖子一拂，一张舒适的躺椅出现在身下，他懒洋洋地躺了上去，右手支着下颌，一双狭长美目似笑非笑地看着轮回镜的变化。

"他会是我要等的人吗？"他轻轻嘀咕了一句。

万年前，有个人让他在这里等一个人，告诉他等待的这个人会告诉他这个世界的真相，告诉他神族的所在，只要他尽己所能帮助他。

可那人没有告诉他，他要等待的人长什么样，是男是女，是老是幼。

但眼前这人与其他人有一点不一样，他在这人身上感受到了熟悉的气息。

那是那一年冬天最大的一场雪，鹅毛似的纷纷扬扬从天上落下，似乎恨不得将一切肮脏与龌龊埋葬。

明月山庄的妖奴们天不亮便要起来干活儿，冬天天亮得晚，他们起床的时候星星还亮着，待干了一个时辰的重活儿，才见到天边翻出一抹惨白，而路边的树早已覆满了霜雪。

总管裹得严严实实的，一张长着横肉的脸藏在毡帽底下，不时露出阴鸷凶狠的双眼。对待这些妖奴，便无须过多的客气，好听的话比不上好使的鞭子，有脾气的妖奴多打几回也就没脾气了。

看到一个瘦小的身子走得慢了几步，他上前便抽了几鞭子，那小妖奴咬着牙没敢喊出来，急急忙忙地挑起柴火往前跑去。

"大小姐还有两日便生日了，这几日庄上贵客多，你们都给我动作麻利一些！还有，记得不许跑去前院冲撞了贵客！"总管扯着嗓子训道。

四周响起一片虚弱无力的应答声："知道了，总管。"

总管不悦地皱了皱眉，嘟囔了一句"一群病鬼"。他数了数水缸，骂道："怎么水缸还没挑满，是谁负责的？"

一个年老的妖奴佝偻着腰道："是零零负责的，这几日天寒地冻，河水冻住了，得拍碎了冰面才能挑水……"

没等老妖奴说完，一鞭子便抽到了脸上，总管怒气冲冲地往河边走去。他远远便看到了一个小小的身子跪在河边一动不动，骂骂咧咧道："我就知道是在偷懒！"

　　他的鞭子已经挥了起来。他的修为虽然仅是筑基，但灵力注入这法器长鞭，打在这些半妖身上，也足够他们痛上十天半个月了。总管没有打招呼，鞭子便朝河边那个瘦小的背影挥去，一下抽中了单薄的背脊，把本就脆弱褴褛的衣衫撕开了裂缝，露出新伤旧患斑驳的后背。小妖奴站立不住，蹲麻了的双腿向前扑去，一双细细的手臂浸入了挖出的冰洞之中，冰冷的河水带来刺骨的疼痛。

　　小妖奴咬了咬唇，没有喊出声来，她急急忙忙地爬了起来，扶了扶有些歪了的面具。

　　"总……总管！"

　　"零零，已经天亮了，怎么才挑了两缸水！"总管怒不可遏，"你还敢躲在这里偷懒，以为我看不到是吧！"

　　小妖奴低下头，细细小小的双手冻得通红而麻木，她低声说："冰面冻得太厚了，我花了很大工夫才凿开。"

　　"你还敢狡辩！妖奴有的是力气！"她的辩驳让总管更加怒火中烧，总管高高举起鞭子就要挥下，然而鞭子刚刚举起，便有一股强横的力量自左侧而来，将他横着打飞出去六七丈。总管摔了个天昏地暗，发出惨叫声。

　　小妖奴愣愣地看了一下总管，又转过头看向另一边。

　　真奇怪啊，明明四周都是白茫茫的，她却还是一眼就看到了他，那么大的风雪，也无法掩盖住他身上卓然不同的气息。他向着她走来，却又忽地顿住了脚步，只一会儿，他身上便落了一层雪，附于鸦青色的长发之上，淡了那远山似的眉，暗了那星辰般的眼。那双清亮的凤眸穿透漫天的风雪，静静地凝视着她，她揉了揉被风雪眯住的眼，看不明白他眼中的沉痛与怜惜。他好像是忽然之间就来到了她面前，在她面前半跪下来，带着体温与香气的裘衣轻轻地落在她瘦弱的肩上，为她挡去了风雪的侵袭。

　　"你……冷不冷……"少年克制着声音中的颤意，轻声问道。

　　小妖奴吓了一跳，瑟缩了一下，低下了脑袋说："我是半妖，半妖是不会冷的。"

　　少年看着她冻得通红僵硬的小手，心口仿佛被冰锥凿开了一个大洞，刺骨冷风钻了进去，让他又痛又酸。

铃儿……

亲眼所见,他才知道,他的铃儿受过那么多苦。单薄细瘦的四肢,在冰天雪地里仅穿着一件不合身的单衣,裸露在外面的四肢随处可见斑驳的瘀痕。谢雪臣心疼得几乎窒息,却克制抱住她的冲动,生怕惊扰到她。

此刻的她,还不认识谢雪臣。

那个总管醒过神来,骂骂咧咧地冲过来要讨个说法,却在接触到谢雪臣杀意森然的目光时软了腿,"咚"的一声跪了下来。

谢雪臣克制着杀意,他不能随意地改变过去,不知道会引起怎样不可知的变化,杀一个无关紧要的人只能泄一时之愤,却有可能带来不好的结局。理智让他忍了下来,回过头细细打量瘦弱的暮悬铃。

不,此刻她还不叫暮悬铃,暮悬铃这个名字,是桑岐为她取的。

谢雪臣猛地一震,对,他应该在桑岐血洗明月山庄之前带铃儿离开,让她摆脱半妖的身份好好活着!

"你……愿意跟我走吗?"谢雪臣小心翼翼地问道。

小妖奴愣了一下,又看向总管,小声道:"您是庄上的贵客吗?我是妖奴,要听总管的吩咐。"

"你不是妖奴。"谢雪臣用温暖的掌心裹住她冻僵的十指,淡淡的体温渗入冰块似的指节中,带来丝丝缕缕的刺痛与麻痒。

这样近的距离,她能清晰地闻到他身上传来的清冽香气,仰起头便能看到他清俊温柔的脸庞,她有些迷惑,也有些贪恋这样的温暖。陌生,又让人觉得很舒服,好像她被人小心翼翼地珍视着。

可这时她腹中却响起了咕噜咕噜的声音,她苍白的小脸顿时红到了耳根,有些庆幸自己戴着面具没被他看到。

"你没吃过饭吗?"谢雪臣没有笑话她,只觉得心疼。

小妖奴说:"我……我还要打满三缸水才能吃早饭。"

谢雪臣皱了下眉头,没有理会一旁两股战战的总管,他伸手抱住她纤细的身体,御剑离开了此地。

抱在手中,才知道她有多轻,仿佛不比一片雪花重上多少,随时都可能在掌心融化。她害怕地抱着他的腰,不敢低头去看下面,将脑袋埋在他胸口。

谢雪臣忍不住轻轻抚摸她的脑袋,温声道:"别害怕,不会掉下去,我会紧紧抱着你。"

他很快便带着她落到了附近的村镇。天已经大亮了,虽是大雪的天气,却丝毫没有减少村镇里该有的烟火气。馒头包子热汤面,香气穿透了冰雪的封锁直扑鼻腔,勾得小妖奴腹中响得更厉害了。

谢雪臣带她来到附近的一家酒楼,嘱咐老板煮上两碗热汤面,又点了一桌好菜,应有尽有。

小妖奴惊讶地张大了嘴巴,又吞了吞口水,小声道:"你能吃下这么多啊?"

谢雪臣含笑道:"都是给你的。"

她虽一身清瘦,却显得面具后的桃花眼越发晶亮,忽闪忽闪地望着他,直看得他的心又酸又软,恨不得把全世界都捧到她面前,好好地宠着她、哄着她,不让她再吃一点苦。

"我……我只吃一点点就好。"她不知道他是谁,拘谨地不敢接受他的好意。

"那你吃,我帮你夹菜。"谢雪臣微笑着说。

见她戴着面具不方便吃饭,谢雪臣便道:"你摘下面具吧。"

她急忙摇了摇头,按着面具紧张道:"我脸上有妖纹,很难看,怕吓到你。"

谢雪臣淡淡一笑,放柔了声音:"不会的,我看你的眼睛,便知道你一定很美。"

她被他的笑容和温柔迷了心神,恍惚间被他修长的手指钩住了面具后的绳结,冰冷的面具便被轻轻摘了下来。

谢雪臣贪恋的目光代替着自己的指尖,细细描绘她精致灵动的眉眼,俏挺的鼻梁,还有微抿的樱色唇瓣。少女的面容如小荷初绽一般清丽娇艳,双眼乌黑濡湿,怯怯地望着他,又像林间小鹿一样天真可爱。只是多年的劳累与饥饿让她看起来过分消瘦,不到巴掌大的小脸,衬得那双眼睛越发大而清亮。

她有意遮挡脸上的妖纹,却被他轻轻握住了五指,凑近了细细凝视她左脸上的"妖纹"。那纹路如藤蔓一般仿佛有生命,隐隐有金光流转,但若仔细感受,会发现那是一股气在流动。

原来这是混沌气……

世人无知,将宝当成了草,肆意糟践……

谢雪臣轻叹一声，便听到她紧张地问道："是不是吓到你了？"

谢雪臣低笑道："不，很美很美，难怪你舍不得让人看到。"

她的皮肤白而通透，一丝丝的脸红他都看得分明。

原来小时候的铃儿是这样的……

谢雪臣留恋不舍地看着她的一颦一笑、一举一动，他不停地帮她夹菜，看她吃得香，他心里便也觉得满足。

"还想吃什么？"知道半妖食量大，看她吃完一桌菜，他丝毫不觉得意外。

但铃儿却有些难为情地绞着指尖，干咳两声道："我吃饱了……"

谢雪臣轻轻笑道："没关系，在我面前，你无须客气。"

她抬起眼，对上少年眼中的温柔与宠溺，壮起胆子道："听说，酒是人间美味……"

谢雪臣严肃道："这个不可以。"见她垮下小脸，他又道，"你年纪还小。"

她如今还没有修为在身，年纪又小，是会喝醉的。

谢雪臣笑着揉了揉她的脑袋，招手喊来了酒楼老板，把她方才吃得高兴的菜又点了两个。酒楼老板狐疑地看了眼一身清贵的公子，又看了看小妖奴，不好意思道："这些菜价钱不菲，不知道客官方不方便先结一下菜金？"

谢雪臣手伸进芥子袋中，才微微皱起眉。

经过前几次的尴尬，他如今都是会在身上放一些金银俗物，但如今这具身体却是十八岁的自己，十八岁的自己，一心扑在剑道上，怎么会记得出门带钱这种小事……

酒楼老板的眼神顿时就不对劲了，铃儿的眼神也不对劲了。

——这个哥哥该不会是要把她卖在这儿抵债吧？

谢雪臣干咳了一声，从腰上摘下一块水色极好的玉佩，便是外行也看得出来价值连城。

"不好意思，出门急忘了带银子，劳烦老板把这块玉佩拿去隔壁当铺当些银钱。"

老板双手接过玉佩，笑得合不拢嘴："贵人言重了，一点都不麻烦！"

过了片刻，老板便提了一袋子银子过来，笑容满面道："贵人，一共当了五百两，您看看。"

谢雪臣随意地接过，他自然知道那玉佩的零头都不止五百两，不过金银都是身外之物，并不值得在意。

点了的菜很快便送上来了，小妖奴正好消了会儿食，又津津有味地吃完新上的菜，满足地眯了眯眼，脸上也见了红润。她眨了眨水润清亮的眼眸，与谢雪臣也熟稔了一些，便忍不住问道："你为什么对我这么好啊？你……是不是想让我做什么事？"

她见多了无事献殷勤，知道非奸即盗，但是这个哥哥长得太好看了，出手又这么阔绰，她还是希望他是个好人，不是奸也不是盗。

谢雪臣微低着头看她，凤眸中清澈地映着她的面容，浮动着柔和而温暖的微光，他唇角微翘，温声道："我只是希望你开心。"

她狐疑地皱起眉头，一颗心悬了起来："难道你……是我失散多年的亲爹？"

谢雪臣在她额上轻轻弹了一下，哭笑不得道："你希望如此？"

她有些遗憾地垂下脑袋："如果是，倒也挺好。"

"为什么？"

"那样，你就会带我走了吧。"她眼中流露出一丝向往，"你把我扔下这么多年，总要补偿我的……吧？"

"呵……"少年谢雪臣低笑了一声，纤长的睫毛掩住了眼底复杂的情绪，"那你想我怎么补偿你？"

"我想要穿漂亮的衣服，吃好吃的东西，住大大的房子，每天能睡两个时辰！"她一脸憧憬地说出自己对美好生活的幻想。

谢雪臣微笑看着她。他想穷尽自己的一生去补偿她、爱她，但她的心愿，却是如此简单朴素。

"好，我带你去。"谢雪臣宠溺地揉了揉她的脑袋，"你现在吃饱了，我带你去买衣服，好不好？"

"好的，爹！"她甜甜地叫道。

谢雪臣失笑摇头，牵起她的手，认真道："不许喊我爹。"

"你又不告诉我你叫什么名字。"她不满地嘟囔一句，"那我叫你什么嘛……"

谢雪臣不愿让她知道自己的名字，她为了他已经付出了太多，他不愿意再见到铃儿为他而牺牲自己……只希望她能好好地活下去，哪怕她不再爱他……

谢雪臣黯然一笑，轻声道："除了这个，别的都可以。"

"那……叫你大哥哥好吗？"

谢雪臣心中一震，猛地顿住了脚步。

大哥哥……

一股凉意漫上了心头，将他整个人冻住。

铃儿轻轻拉动他的手，唤了一声："大哥哥？"

谢雪臣听到自己生硬的声音应了一声："好。"

他想起在拥雪城时，铃儿神志不清时口口声声喊着的大哥哥，他不敢问那是谁，只怕铃儿心中另有他人，然而现在更让他惊慌恐惧的是，原来铃儿口中的大哥哥，是他自己！

他猛然想起那日在面馆，铃儿似笑非笑地看着他忘了带银钱的窘迫，似乎也是说出了和他方才一模一样的话……

——不好意思，出门急忘了带银子……

她笑吟吟地递出了一支发簪。

谢雪臣缓缓侧过头，看向只到自己胸口高的暮悬铃，她清瘦的小脸带着难得的欢喜，一声声喊着她大哥哥，丝毫没有察觉谢雪臣眼中的沉痛与恐惧。

他隐约有了一种猜测……

原来他从来没有失去过记忆，七年前明月山庄的那段记忆，根本不属于十八岁的谢雪臣，而那一年铃儿爱上的，也是二十五岁的谢雪臣。

但自己终是会离开的，失去了记忆的自己，还会善待铃儿吗？

不，他知道他不会，他已经伤害过她一次了……

谢雪臣难以自抑地轻颤，他感觉自己正踏入司命神官布好的局……

仿佛冥冥之中，一个高贵冷漠的神明转过身来，俯瞰着自己。

谢雪臣强忍着心中的不安与恐慌，一一满足她的心愿。如果这是神明的恶作剧，那至少眼下，他还能给予她快乐和幸福。

他看她清洗干净，脱下了一身褴褛，换上为她精心挑选的华服美饰。他撩起衣袖，细致地帮她擦药，可后背处的伤，她却红着脸说什么也不肯让他上药了。谢雪臣无奈地笑了笑，她身上又有哪一处他未曾看过，但此时此刻，却是

另一番光景。她还未真正认识他，也未曾爱上他……一切都还有转机。

他笨拙地帮她梳理细软的长发，结成简单的发髻，看她变得光彩照人、清丽绰约。他微微敛起凤眸，掩饰眼中的悲意，想用万仞破开锁灵环，却失败了。此刻他还未成法相，也未修成玉阙经，实在要强行破锁也有可能，但控制不好力度，很可能会伤了铃儿。他看着她忍痛而发白的脸，沉声道："我去明月山庄，让他们放了你。"

"大哥哥，没关系的，别勉强了。"她安慰地覆住他的手背，"虽然只有一天，但我也很快乐。"

"铃儿，我一定会带你走。"谢雪臣轻抚她的鬓发，怜惜地说，"以后……你要好好地活着。"

自己一个人，忘了我，好好活着。

"我一直都好好的。"她笑嘻嘻地说。

"傻姑娘。"他看着她手背上的伤痕，有些悲伤地说。

他的铃儿，看似聪明伶俐，其实又乖又傻，总是自己一个人默默担下所有，疼了哭了，也不告诉他。

谢雪臣带着她回到了明月山庄，他让她躲起来，自己去见了庄主。

高凤栩听闻拥雪城少城主求见，心中有些奇怪，但还是立刻让人将他引了进来。

此时的谢雪臣已经知道了高凤栩对素凝曦的所作所为，如果说当年他对高凤栩还有一丝晚辈对长辈的敬意的话，此刻的他心中便只有冷冷的鄙夷。高凤栩多年未见过谢雪臣，并不知道谢雪臣的变化，但他从对方身上感觉到了一种上位者的压迫，这让他不快，且不解。

"贤侄远道而来，可是为了参加小女的生辰？"高凤栩露出虚伪的笑容，"秋儿若是知道你来了，一定十分高兴。"

谢雪臣是修道界首屈一指的天才修士，生得清俊高贵，很少有女修不喜欢他，只是他醉心剑道，对谁都是冷若冰霜。高秋旻生辰给同龄的修士都递了帖子，谢雪臣自然也收到了，但没有人想过他会来。

"在下前来，是有一个请求，想向高庄主讨一个人。"谢雪臣拱了拱手，

清冷的声音徐徐说道。

高凤栩诧异地挑了挑眉梢："哦，是什么人竟能让贤侄开口？"

"只是贵庄上的一个妖奴，只需庄主点头，让人打开锁灵环便可。"谢雪臣道。

高凤栩听了这话更是惊讶，能让谢雪臣这样的人开口，那个妖奴必有特别之处，这让他十分好奇，便生出了一丝犹豫。

"这……这事好说，不过贤侄既然来了，就在庄上小住几日，等秋儿生辰宴过了再走，到时候我再将那名妖奴交给你。不知道贤侄看上的是哪个妖奴？"高凤栩问道。

谢雪臣对高凤栩心存戒备，也留了个心眼，道："庄主客气了，不过拥雪城还有急事，父亲急召不敢拖延，还请庄主见谅。"

谢雪臣没有七年前的这段记忆，在明月山庄重伤后又昏迷了许久，只听说桑岐是在高秋旻生辰的这两日血洗了明月山庄，大火烧了几天，将明月山庄付之一炬，但是何日何时动手，却知之不详。他本考虑过阻止这件事的发生，但细想之后绝不可行。桑岐为这一战筹谋十几年，他如今不过一介元婴修士，想要阻止桑岐，几无可能，甚至可能引起更加恶劣的连锁反应。临行之前轮镜上神的叮嘱言犹在耳，而凤襄的前车之鉴仍在眼前，他不敢不小心行事，尽量少接触其他人，少改变过去的轨迹，以免造成更大的伤害。

只要能在事发之前将铃儿带离山庄，不让她落入桑岐手中，他便算达到了此行的目的。

高凤栩不知谢雪臣心中所想，但他城府极深，又敏感多疑，隐约察觉出谢雪臣的不对劲，他哈哈一笑，绕过桌子走向谢雪臣，不着痕迹地拦住了他的去路，关切地问道："拥雪城可有什么要紧事，明月山庄若是有能帮得上忙的地方，尽管开口，我们仙盟同气连枝，应当守望相助，贤侄有事不妨直说。"

谢雪臣见高凤栩推三阻四，顾左右而言他，暗自皱眉，面上却淡然道："只是拥雪城的私事，不敢劳烦庄主，不知庄主如何才能解开那名妖奴的锁灵环？"

"不急。"高凤栩微微一笑，"听闻贤侄剑道造诣精深无比，难得见你一面，我有心想与你探讨一番，还请你赏个面子。你我境界虽有差距，但今日只论剑道，我自会压制境界修为与你切磋。"

谢雪臣正要拒绝，高凤栩便打断道："待圆了我这桩心事，我便将锁灵环的钥匙交给你。"

谢雪臣微一皱眉，只得点头答应。

他却不知，高凤栩暗中传音，让人去追查，谢雪臣看中的究竟是哪个妖奴。

而高秋旻的院子里，他放在心尖上的那个小妖奴，却被人扒去了华美的衣裳，狠狠地抽了五十鞭。

总管公报私仇，因谢雪臣打了他一掌，又带她离开了一日，便污蔑她偷了庄上贵客的衣服，得了高秋旻的指示，将妖奴押在高秋旻的院子里上刑。

他揉了揉有些酸痛的手，憎恶地看了一眼伤痕累累气息奄奄的妖奴，啐了一口，冷冷道："倒是皮实，打得我手酸。"

他刚想让人将这个妖奴拖下去，便接到了高凤栩的指示，道是拥雪城的少城主看中了庄上的一个妖奴，令他追查是谁。总管登时冷汗就流下来了，他忽然意识到，那个身份不明的白衣少年，原来就是拥雪城的少城主，天生十窍的绝世剑修谢雪臣。

他看中的妖奴，自然就是刚才被自己打得遍体鳞伤的零零了……

回想到谢雪臣那锐利冰冷的杀意，他丝毫不怀疑，若让谢雪臣知道是他将这妖奴打成这样，那自己这条小命恐怕就休矣。他脑中一团糨糊，只想着该如何脱罪，支吾着没有立时将自己知道的真相告诉高凤栩。

天色渐暗，不知从哪里开始响起了第一声惨叫，一股淡淡的血腥气在庄中蔓延开来，不多时，明月山庄的侍卫们终于意识到了——有敌袭！明月山庄的修士们莫名互相残杀起来，长老们都被惊动了，出手制止了相残的同门，一人沉着脸道："是魔修附体！"

那些魔族不知何时便附身在庄中的修士身上，这几日庄上人来人往，疏于防范，竟让魔修趁机潜入。明月山庄的修士和下人们登时慌作一团，因为他们也不能确定，站在自己身边的亲朋好友，是否已经被魔族附体了。

"快去禀告庄主！"为首的宋长老吩咐了一声，自己留下主持大局，"看样子魔兵入侵是蓄谋之事，庄上此时已经不安全了，你们立刻通知下去，让贵客们迅速撤离。"

宋长老话音刚落，便听到远处传来更加惨烈的哭号声，还有熊熊火光，映得他脸色更加黑沉冷峻。

"是战魔……"宋长老脸色微变。虽有万仙阵阻隔，战魔本体不能亲临，但战魔的分身实力亦不在法相之下，还能勾动人心中的杀戮之意，令人失去理智，敌我不分，变成杀戮机器。

战魔很快发现了宋长老，狞笑着扑杀过来，两人战成一团，难分高下。宋长老受了对方几下，气血翻涌，而战魔却极难被杀死。宋长老无意恋战，使了个圈套便摆脱战魔，向高秋旻的院子飞去。

高秋旻也听到了外面的惨叫声，又见到火光燃起，她到底年纪小，害怕地躲在闺房之中不敢出来，让总管去喊高凤栩。总管刚走到门口，便看到宋长老脸色苍白而严峻地走了进来。

"宋长老！"高秋旻焦急地迎上去，"外面到底发生了什么事？"

宋长老沉声道："有妖军魔军入侵山庄，此地不宜久留，小姐千金之躯，必须尽快离开此地！"

高秋旻脸色一白，问道："我父亲呢？"

宋长老道："庄主没有回应，那些妖魔有备而来，恐怕是派出了极难缠的高手拖住了庄主。小姐，你先跟我走！"

高秋旻咬了咬唇，用力点点头，道："好。"

宋长老正欲带高秋旻走，忽然又顿住了脚步，垂眸思索，道："不，我已经被战魔盯上了，我带着小姐离开，反而危险……戴总管，你让修士带小姐从密道逃走，另外找一个与小姐身形相似的奴婢换上小姐的衣服，我来引开战魔！"

总管猛地一震，转了转眼睛，颤声道："有一个妖奴身形与小姐十分相似！"

总管说罢便去偏院将受刑完的暮悬铃拎了过来。宋长老扫了一眼，道："似乎和小姐差不多身量，给她换上小姐的衣服，我带着她引开追兵。"

总管让一个婢女给妖奴换上小姐的衣服，不慎将她脸上的铁面具解开落下，露出苍白的小脸，还有诡异的妖纹。

总管道："她身上有妖气。"

宋长老不以为意："我自有办法遮掩。"

高秋旻嫌恶地看了一眼妖奴脸上的金纹，取出一套自己的衣服，让人给那

妖奴穿上，正好从妖奴身上扒下来的衣服还放在一旁，她便换上了那身衣服，皱着眉头拍了拍，总觉得还沾着妖奴的妖气。

宋长老见总管和几个修士护送着高秋旻从密道离开，这才拎起昏迷的妖奴扛在肩上，往另一个方向飞去。

谢雪臣答应与高凤栩比剑，本想速战速决，然而高凤栩求胜心切，见谢雪臣剑意之强超乎想象，担心败于元婴之手有损颜面，竟违背诺言，以法相之威压制他的剑意，二人僵持不下。谢雪臣心中隐隐有些不安，便在这时听到外面传来异动。高凤栩是法相之躯，谢雪臣天生十窍，两人感知敏锐，远远便惊觉是妖气与魔气的渗透。高凤栩心中惊疑不定，不知为何有妖魔入侵明月山庄，谢雪臣却是一清二楚，只是他也未曾料到，桑岐的侵袭会来得如此之快！

铃儿！

他心中一震，想到铃儿还在庄中，立时撤剑收手，沉声道："妖魔入侵山庄，情况危急，你我就此罢手，还请庄主将锁灵环的钥匙给我！"

高凤栩目光晦暗地看向外面的火光，惨叫之声远远传来，不绝于耳。

"谢雪臣，你似乎对妖魔的入侵并不意外？"他扔掉了和气的假面，阴沉地望着谢雪臣，"堂堂拥雪城少城主，怎可能为一个妖奴与我纠缠不休，你是不是另有所图？今日妖魔入侵之事，是否与你有关！"

谢雪臣感受到高凤栩身上传来的杀意，凤眸一凛，灵气荡开形成护体之势。

"在下绝对无意与明月山庄为敌。"谢雪臣听着喊杀声将近，心中担忧暮悬铃的安危，不禁俊眉微蹙，声音中多了几分冷硬，"但我知道，今日率军偷袭明月山庄的，是半妖桑岐。"

高凤栩瞳孔一缩，这个名字勾起他许多不好的回忆，曾令他觉得颜面扫地。

"至于他为何会选在今日来袭，我想庄主应该比我更清楚内情。"

高凤栩听到此处，脸色一变，举剑拦下了转身欲走的谢雪臣。

"你都知道些什么？"高凤栩厉声问道。

谢雪臣心中挂念暮悬铃，见高凤栩油盐不进，不愿再与他纠缠，生怕暮悬铃遭遇不测。他冷冷地扫了高凤栩一眼，万仞在手，格开对方的法剑。

"高凤栩，这话你不该问我！"

高凤栩只觉得手臂一麻，竟被谢雪臣的万仞逼得后退了几步，眼睁睁看着

他飞身离去，他不敢置信地看着那个白衣少年的背影——他只是一个元婴，竟有如此力量……

谢雪臣的话令他心中涌起强烈的不安。他与桑岐唯一的交集，便是素凝曦。他和妙华尊者有约在先，妙华尊者将元阴玄女嫁与明月山庄，成为下一任护珠人，而他会将复苏的混沌珠借与镜花谷三百年。不料素凝曦竟与魔族祭司桑岐有了私情，想要私奔逃婚，被撞破之后甚至在大婚之日服毒自尽。不得已，他才令素凝真假扮成素凝曦，骗过世人将素凝曦的尸身藏在庄中当成滋养混沌珠的容器。

桑岐在镜花谷遭到镜花谷众长老的围剿，侥幸逃脱，潜藏于魔界闭关多年，他以为那个半妖早已经死了，原来没有……他选在现在入侵明月山庄是因为……

因为桑岐以为，高秋旻的诞辰，便是素凝曦的忌日！

高凤栩立刻想到一个地方，他的直觉告诉他，桑岐一定在那里——素凝曦的坟地！

高凤栩阴沉着脸，向着明月山庄的陵园飞奔而去。

浓重的血腥味、木头燃烧的焦味、腥臭的魔气妖气，混杂在一起的气味极大地影响了谢雪臣的判断，他努力地从中分辨着暮悬铃身上的气息，一路追到了高秋旻所在的院落，在院子里看到了他买给暮悬铃的发饰，不知何故落在了地上，但显然她曾经出现在这里。

谢雪臣观察入微，只见厅堂之上的八仙桌有过挪动的痕迹，他上前推动桌子，便看到桌下的石板缓缓移开，露出了一条又陡又长的密道，他跳入密道之中，闻到了铃儿衣服上的香气，顿时精神一振，急速向前追去。

修长的身形微微弓着腰在逼仄的甬道中飞驰，头顶上传来连天的哭喊声，谢雪臣脸色发白，紧攥着微颤的右手，忍着上去厮杀的冲动。他只能不停地劝告自己，这是已经发生过的事，是不能改变的事……他回来，只为了一个人……

在密道中跑了许久，终于看到出口，谢雪臣自出口一跃而出，便看到了覆满白雪的松林。铺着厚厚积雪的地上明显有一串凌乱的脚印，其中一双比旁人

小巧许多，应是少女的脚印。谢雪臣的身影在松林之间飞速前进，一起一落，很快便听到前面传来打斗的声音。

只见松林深处，数十个妖兵在妖将的带领下正围攻一群修士。那些修士中一人是法相尊者，其余也是元婴修士，实力可谓不弱，然而妖将实力更胜一筹，魍魉手段层出不穷，令人修落于下风。一记重击之后，那法相尊者彻底失去了战斗之力，倒在雪地之中。妖将向那个披着红色斗篷的少女扑去，少女奔逃，向前扑倒在地，眼看便要被妖将抓住，却见一把重剑从天而降，直直插入她身后的雪地之中，将那妖将拦了下来。

谢雪臣的身影随后而至，宛如天神降临一般，将那个红衣少女护在身后。他拔出万仞，冷然傲视眼前的妖将。此时的他尚未突破法相，也未习得玉阙经，但凭一腔孤勇，也要将这些妖魔拦下！那妖将一开始被剑气吓了一跳，但见出现的只是个元婴剑修，顿时松了口气。但很快他便笑不出来了，因为这个悍不畏死的剑修太可怕了，他拼着腹部中剑也要与他换命，他是妖将又不是魔神，妖族可是会死的，他很惜命，不愿意与这个剑修拼命。但他越是避其锋芒，心生退意，便越不是谢雪臣的对手。谢雪臣最后一剑劈碎了妖将的妖丹，那妖将兀自一脸的不敢置信，死不瞑目。其余妖兵见状都骇然逃走，只余谢雪臣一人不支跪地。

他喘着气，任鲜血滴落在雪地之上，眼前一阵晕眩。忽然一个陌生的声音在他身旁响起，娇羞地喊了一声："多谢少城主救命之恩。"

谢雪臣听到这个声音，猛地抬起头，惊愕地看着眼前的少女。

她穿着铃儿的衣服，红色的兜帽盖住了半张脸，却不是她！

"是你……"谢雪臣只觉得浑身的血液仿佛都在一瞬间冻僵了，他忽然明白了，明白了许多事……那些莫名其妙的传言都是真的，说他拼死救下了高秋旻，原来真相竟是如此！是她换了铃儿的衣服，让铃儿引开了妖魔的追兵！而他也被蒙蔽了，他在这里，那铃儿在哪里……

谢雪臣心口一痛，闷哼一声，滚烫的鲜血喷了出来，身体摇摇欲坠。高秋旻想上前扶他，却被他冷酷无情地一把推开。

"是谁帮你引开追兵的？"谢雪臣哑声问道。

高秋旻一张精致描绘的俏脸因为对方的冷漠而顿时变得煞白，她嗫嚅了几

下，轻声道："是宋长老。"

她未提起那个妖奴，因为也未曾将那个妖奴放在心上。但谢雪臣一听便知道是宋长老带着暮悬铃离开了。

"他们去了哪里？"谢雪臣又问。

高秋旻摇了摇头："我先走的，也不知道宋长老又去了何处。"

谢雪臣眉头一皱，转身便走。

高秋旻愕然看着他离去的背影，喊道："你不和我一起走吗？"

但那人去得坚决，竟一个回眸也没有给她。

谢雪臣猜想，宋长老极有可能带着铃儿把追兵引向对立的方向。他一刻不敢停息，提着一口气御剑疾行，飞出百里地。夜间风雪正紧，他逆风而行，忽然闻到了风中送来的血腥气，低头凝神一看，便看到了数十个妖兵魔兵正围攻一个须发皆白的法相修士。

敌军之中还有两名实力堪比法相的妖将与魔将，那两个妖魔一左一右逗着人族法相，将他磨得疲惫不堪，他们才哄笑着以多欺少，扑上去撕咬他的身体。

宋长老死死咬牙，他知道，妖族不似魔族灵智低下，他们最是多疑，若是自己轻易将这假小姐给了出去，他们心里定然会起疑，只有自己死战不退，他们才会相信自己以命相护的少女就是真正的高秋旻。妖将要拖延时间，这也正中他下怀，只要拖延足够的时间，小姐就能逃走……

宋长老强撑许久，浑身被妖兵魔兵咬得鲜血淋漓，无力再支撑法相，被妖魔二将联手击杀。妖魔二将尚未来得及高兴，便又见一名白衣剑修杀出。

那金虎妖将不耐烦地龇着锐利的獠牙，朝谢雪臣目露凶光，阴狠地道："一个小小的元婴，也敢在我们面前放肆！"

谢雪臣小心翼翼地抱起暮悬铃，昏迷中的她皱紧了眉头，因为他的碰触发出痛苦的呻吟。谢雪臣一怔，拉起她的袖子，一眼便看到了新添的鞭痕。

是那个妖奴总管！

谢雪臣强抑着后悔与心痛，颤抖着掀开她的裙摆，露出纤细的脚踝。因为被强行带离锁灵环的束缚半径，触发了锁灵环内的禁制，无数的倒刺深深扎入骨髓之中，电流在她经脉之间穿刺带来剜骨抽筋一般的剧痛，让她昏迷之中仍

不由自主地抽搐。宋长老自然是不会理会一个戴着锁灵环的半妖被强行带离明月山庄会受到什么样的折磨，在他看来，这个半妖与死人无异。

"是个妖奴。"金虎妖将也看到了那个锁灵环，愤怒道，"被那个老的骗了！"谁能想到一个法相会拼死保护一个妖奴。

"都杀了吧。"魔将"嘿嘿"一笑，露出嗜杀的残忍笑容，"来都来了。"

谢雪臣猛地抬起头，一阵风雪吹开他额前的发，露出那双杀意盈然的凤眸，竟让两个妖将魔将都生出一丝莫名的战栗。下一刻，万仞一剑破风，散发出霸道凌厉的剑气杀至眼前！

"这剑气！"妖将骇然避开剑芒，不敢置信地看向少年剑修。明明只是元婴修为，为何能有这么强的剑气？！

一个名字掠过他的脑海——天生十窍，谢雪臣！

很少有妖魔知道，天生十窍到底与普通修士的差别在哪里，也很少有人能逼他使出全力。

一个大境界的差距，数十强敌的环伺，谢雪臣没有丝毫恐惧与退意，他左手抱着那虚弱的妖奴，右手挥使法剑，寸步不让，悍不畏死，竟杀得敌人心惊胆战。

魔将双眼赤红，被压得彻底失去了理智，身形陡然膨胀，露出不死不休的疯狂战意。

谢雪臣的鲜血一滴滴落下，染红了身下的雪地，也不经意滴在了她的眼角。

鸦羽般的睫毛轻颤，她缓缓睁开了双眼，声音轻轻响起。

"大哥哥……"

尸山血海之中，他死死护着她，凤眸敛去杀意，低下头看她，柔声道："铃儿，别害怕。"

妖魔环伺着将要扑上来，想要将已是强弩之末的少年彻底诛杀。

谢雪臣抬起一只手，轻轻按在她的后脑勺，将她摁在怀中，声音轻颤着自胸腔处传出。

"铃儿，别看。"他说。

眉眼之间，谓之神窍，世人修行，先开阴阳二窍，再开神窍。有人说，天生神窍者，是神人转世，应运而生，承天之命，肩担社稷，心系苍生。

他也原以为，这便是自己的宿命。他的命，不属于他自己，属于这天下苍生。

可他终是为了一人，舍了这条命，只愿护她余生无忧、平安喜乐。

神窍之中发出夺目的金光，比金乌更加让人目眩神迷，然而所有直视这道光的妖魔眼中都渗出了鲜血与黑气，心胆俱裂想要逃离。但来不及了，一阵轰鸣之声响起，撕裂黑夜的光芒也吞噬了一切生命，将那些妖魔彻底碾为尘烟。

"铃儿，你快走……桑岐很快会来……"

"大哥哥……大哥哥，你怎么啦？你是不是很疼？"

"铃儿，听话，快走。"

"大哥哥，我们一起走，你说好，要带我一起走的！你不能骗我！我不要自己一个人！"

"铃儿……你要好好的……"

谢雪臣知道，他已经没有时间了，这具身体的生机断绝，他的灵体没有附着之处，被震出了体外，暴露于风雪之中。他终于明白，何为时磨，他这不属于这个时空的灵魂，在这一刻被发现了，一道来自时空之力的挤压几乎将他的灵体碾碎，逼迫着他离开这方世界。

谢雪臣强撑着跪倒在地，痛苦地看向抱着自己尸身的女孩。

她看不到他，只知道失去了生命中唯一爱护她的人，心上的痛甚至超过了身体的疼痛。

她哭着说："我只是一个妖奴，除了你，没有人关心我，没有人爱我，你说带我走，我信了的！刚刚他们打我，我一点都不难过，我想大哥哥很快就会带我走了，以后每天都能和你在一起，只是想想，我也觉得很快乐。

"大哥哥，无论你去哪里，我都跟你一起去……"

——铃儿，快走……

谢雪臣无声地喊着，泪流满面。他只想她平安无恙，却不承想，他自以为微不足道的温暖，竟成了她此生不能承受之重，让她愿意为了他而死，也愿意为了他而活。

她将他背在了背上，眼泪汹涌，看不清眼前的路，她死死咬着自己的唇，

不让自己哭出声来，但是却控制不住浑身颤抖。

"大哥哥……你别走……"

锁灵环夺去了她的力气，她跌倒在地，与冰冷的尸体撞在了一起。

风雪又凶又急，像是为谁举办一场盛大的葬礼。

大雪一层层地覆盖住他的眉眼、他的身体，想要把他从她身边夺去。

"啊啊啊——"

她攥紧了他的手，发出痛苦的悲鸣，如杜鹃泣血，又如雏凤清啼。

忽然，一股庞大浩瀚的气息自她体内涌出，苍白的面容上，妖异的纹路猛地发出金光，似有生命一般游动起来，她的鬓发被这股雄浑的气息吹得凌乱，乌黑湿润的双眸覆上了淡金，那股力量猛然冲破了锁灵环的束缚，铁环炸裂，鲜血自脚踝处喷溅而出，她却浑然未觉得疼痛。

她心里只有一个信念——让他活下去！

不惜一切代价，让他活着！

源源不断的力量自她孱弱瘦小的身体中涌出，淡金色的光芒没入他冰冷的体内，她一眨不眨地盯着他毫无生气的容颜，想要把自己的一切都给他，但似乎并没有任何意义。

他的身体依旧冰冷。

"大哥哥……"她稚嫩沙哑的嗓音呜咽着，颤抖地抚摸他冰冷的脸颊。

方才的动静引来了更多的妖魔，她跟跟跄跄地站了起来，拖着血流不止的脚踝，拼着一口气向前跑去，想要引开追兵。

她不知道，有一个人，始终跟在她身后，和她承受着一样的疼痛与悲伤。他亲眼看到了一切的发生，却无力阻止。她体内那股玄妙的力量涌入他的身体之中，在眉间凝成一点朱砂，缓缓地重铸着神窍。她却以为自己未能救活他。

她也不知道，那股力量离开了她的身体，也带走了她脸上玄异的妖纹。

那本不是妖纹，而是混沌之气不受控制而造成的外溢，而如今，她却将天下人梦寐以求的力量给了他。

谢雪臣只能眼睁睁地看她耗尽力气，跌倒在雪地里，无力再起。

银发黑袍的半妖缓缓走到她身旁，屈膝半蹲，伸出修长的食指拨开她半覆着小脸的乌发，露出一张虚弱至极的苍白脸庞。

第十六章　因　果

"凝曦……"似乎感觉到了一缕熟悉的气息,他垂下眼,低喃了一声,将她轻飘飘的身子打横抱起。

谢雪臣想要追上,却被人按住了肩膀。

"你当真想死在这里吗?"身后传来轮镜上神轻柔的叹息。

话音刚落,他便感觉到一股拉扯之力将他带离了那片冰天雪地,那几乎碾碎元神的疼痛骤然散去,他却无力支撑,跪倒在地。

轮镜上神眼含悲悯地看着他。

"谢雪臣,七年前,吾便在轮回镜中见过你。"轮镜上神开口道。

谢雪臣肩膀一震,低垂的头颅却没有抬起,墨发垂落掩盖住他苍白冷峻的容颜,将心中的沉痛与悔恨深藏。良久,沙哑的声音响起:"你早知道,我回到过去,也无法救回铃儿,却故意诱我回去,重蹈覆辙。"

"你知道于吾而言,什么是时间吗?"轮镜上神伸出手,轻触冰冷的轮回镜,感受到时之沙从指尖滑过。

他没有去等待谢雪臣的答案,而是自顾自地说了下去。

"开始即结束,起点亦是终点,吾可以随意于过去和未来往返,却只能是个观察者,不能对过去和未来做出任何改变。每一个改变,都会产生一个不一样的世界。"轮镜上神的话玄妙无比,触及了这个世界的本质,竟发出洪钟之音,如醍醐灌顶,"同样,于司命神官而言,这也是命运的本质。所有的结局,都写在开始之前;所有的逆天而行,亦在天命之中。"

谢雪臣缓缓抬起头,注视着高深莫测的神官,哑声问道:"我有何错,铃儿有何错,受如此天命安排?"

轮镜上神虚抬眉眼,漆黑的双眸仿佛吸收了所有的光,幽暗得令人心悸。

"吾乃司辰,亦看不穿天命。"他徐徐低下头,凝视着一身血衣的谢雪臣,"但有一'人'曾说,让吾在此等候,会有一人为吾解开天命。"

"吾以为,你便是那人。"轮镜上神缓缓移步,走到谢雪臣身前,"你身上拥有混沌之力。混沌之力,可逆因果。"

"可我连铃儿都救不了。"谢雪臣沉痛闭眼。

"你可以救她。"轮镜上神虚点了一下谢雪臣眉心的朱砂,朱砂微微一亮,神窍之中涌出了磅礴的灵力,"混沌珠将残存的力量给了你,因此无法苏醒,只

要你自毁神窍，混沌之力便会回到她体内，只是如此一来，你便会彻底死去，身死道消。"

谢雪臣凤眸一亮，心头涌起狂喜，颤声道："只需自毁神窍便能救她？"

轮镜上神点了点头："吾方才所言你可听清楚了？"

谢雪臣淡淡一笑："听清楚了，不过是将本属于她的东西还给她。"

"唉……"轮镜上神轻声叹息，"能走过斩神台的，皆是痴人。"

谢雪臣唇角扬起一抹浅笑，缓缓闭上凤眸，眉心朱砂徐徐亮起。

他的道，是宁折不弯、一往无前；他的心，是无私无我、无情无爱。

但他的道心，终究是崩毁了。

神窍发出耀眼的光芒，将浴血的身影吞没，那一袭血迹斑驳的白衣在光芒中逐渐变得模糊，仿佛被无形之力碾成了淡金色的粉尘，虚浮于空中，最后化为轻烟，不复存在。

这世间，再无谢雪臣。

而那一缕金光流转的混沌之气也向下界而去，回到了它的来处。

拥雪城上的那人睁开了眼，一滴泪自眼角滑落，左胸口似乎空了一块。

这世间，再无谢雪臣。

第十七章 天 命

柔和的光落在眼皮之上,虚渺的声音由远及近传入耳中。

"昭明圣君……"

"昭明圣君……"

——是谁在叫他?

睫毛轻颤,凤眸微睁,眼前的一切仿佛笼着一层光晕,模糊朦胧,让人看不分明。而模糊的视界中,有一团特别的光吸引了他的注意,他的目光凝于眼前一点,便感觉迷雾光晕缓缓散去,那一团温暖的光逐渐变得清晰。

堪堪可嵌于掌心的一颗珠子虚浮于半空,珠子内有一团混沌之气,呼吸似的吞吐着灵蕴,散发出让人心生暖意的柔和光晕。

珠子轻轻落在他的掌心,讨好似的在他掌心滚来滚去,一个稍显稚嫩娇憨的少女声音自珠子内传出。

"昭明圣君,你今日不开心。"她有些笃定地说,"为什么啊?"

男人淡淡一笑,合拢五指,温热粗粝的指腹摩挲着珠子,温声道:"只是一些琐事。"

他不愿意多说。

第十七章 天命

珠子喜欢他用沉稳有力的掌心托着她，任由他修长的五指在她身上按抚，通过肢体的接触，她能感受到他的喜怒哀乐。她喜欢他，不希望他难过，但她还只是一颗重伤未愈的混沌珠，也不知道能为他做什么，只能在他掌心撒娇讨好。

温暖的气息包裹住他的手掌，他又以自身灵力温养她。这样的温养持续了有一千日，因为他的悉心照料，她在补天时受的伤终于恢复了大半，神识也逐渐清晰。他经常会和她说一些外界的事情，他是人皇圣君，是人族有史以来第一位自生神窍的超凡之人，受万民敬仰爱戴，但他很少有快乐的时候，每一次在他掌心，她都能感受到他心中无边的悲凉与沉重。

这一日却和往日不一样，他伸出食指在自己的眉心划出一道血痕，一滴被金光包裹住的赤红血珠从眉心抽出，他清俊的脸庞顿时变得煞白，似乎在隐忍着剧烈的疼痛。微颤的指尖引着那滴血珠没入混沌珠，混沌珠闪过一道金红的光芒，似乎气息更强也更凝实了。

那一滴，是蕴含了他一缕精魂的本命之血，他生生剥离了自己的魂魄，抽出大半的力量，来完成混沌珠的复苏仪式。混沌珠的裂纹被他的精魂一点点地填满，勾勒出淡金色的纹路，那是属于昭明圣君的力量和气息。

珠子发出一声舒服的喟叹，那耀眼的光芒又重新变得柔和起来，仿佛无数重轻纱笼罩在她身上。那一重重的光纱之下，缓缓浮现出一道纤细曼妙的身影，鸦青色的长发垂落逶迤，重重光纱化为丝衣，遮掩了莹白而玲珑的躯体。她并拢着双膝跪坐在地，肌肤如凝脂暖玉，散发着清甜香气，懵懂地低头打量自己白皙柔软的十指，才扇动浓密纤长的眼睫，缓缓抬起眼眸看向站在自己面前的男子，也让那人看到了自己。

明明是艳绝三界的容颜，却有一双不谙世事的天真眼眸。

他看得微微失神，便见她展颜一笑，朱唇轻启，唤了一声："昭明圣君！"

迷雾尽散，她伸出柔曼的双臂攀住他的脖颈，依恋地靠在他胸口。

他微微一怔，垂下眼眸，掩饰眼中复杂的情绪，右手轻轻抚上她青丝柔滑的后脑。

"圣君，三千童男女已经献祭了，东泽终于下雨了。"

他站在高台之上，凤眸无神地看向眼前的大雨。臣民们在欢呼着，为久旱之后的甘霖而狂喜，只有他，满心的悲怆。

在这片被神族统御的大地上，他这个君，也只是一个傀儡。君权神授，神说要如何，他便如何。他亲手将那三千童男童女送入了云雾缭绕的羲和神殿，背过身去，不敢听那些孩子绝望的哭声。

臣民们以为神明在庇佑这片大地，浑然没有意识到，是神明降下了甘霖，却也是神明带来了大旱三年，令东泽寸草不生，饿殍遍地，竟易子而食。

神族以信仰为食，他们制造恐惧，再给予恩施，以绝对的力量统御三界，令众生俯首帖耳、顶礼膜拜，以此获得信仰之力。

他生而不凡，与常人不同，能汲取天地之间的灵力，元神与躯体之强都不似常人，十八岁便被奉为昭明圣君，受万民朝拜。但在这个位置坐得越久，他便看得越明白。众生蒙昧，受神族驱策奴役而不自知，他们焚香祝祷，供上自己虔诚的信仰，甚至不惜残害至亲骨肉，来讨得神明们的欢心。深谙人心贪婪与恐惧的神族，牢牢掌控了千千万万的人心，让他只能眼睁睁看着无数同族在深渊之下迷失自己，生如蝼蚁，命如草芥，被随意地决定生死。

于神而言，羲和之下，皆是蝼蚁。

但蝼蚁，亦有不屈之心，诛神之志！

万古长夜，若无炬火，便让他当第一束光。

昭明圣君的身边不知从何时起多了一个天真烂漫的小姑娘。她身穿素色纱衣，面容姣美，举手投足之间似有光华流转，总让人不自觉看得失神。

昭明圣君对她总是特别有耐心，无论是修炼还是处理公务，她都寸步不离地跟着，一张小嘴有问不完的问题，他在处理公务的时候，她便缩在他怀里，听他耐心地一字字读与她听，认真地回答她天真幼稚的问题。她学得极快，过目不忘，触类旁通，像个孩子一样得意地讨他夸奖。他见了便微微一笑，伸出手轻抚她的脑袋，好像她还是那颗圆滚滚的珠子。

他低沉的声音轻轻唤她"阿珠"，清冷严肃的俊颜也只会为她一人展露笑容，只是那笑容背后藏着不为人知的苦涩。

长明宫的深夜，她赤着玉足跑到他的寝榻之上，不愿意与他分开。他告诉

她男女有别，她固执地说，她只是一颗珠子。说着便在床上滚来滚去，滚到他怀里。

像过去的一千个日夜一样，她喜欢他掌心的温度与粗粝落在身上的抚触，但她不愿意变回珠子了。她喜欢自己被他握在掌心，却更愿意化成人的形状，同样用双臂拥抱他的身体。

"昭明……"她的脑袋轻蹭他的胸膛，听到那人轻叹一声，又收紧了双臂，将她搂进怀中。

昭明圣君偶尔会带她出宫玩耍，他们改容易貌，他牵着她的手，引她看到了香火鼎盛的庙宇、虔诚而麻木的百姓、头上插着稻草的女孩、病死在路边的老人。

乌黑而单纯的双眸似懂非懂，她握着他的手，只感觉到他心中的沉痛与隐忍的愤怒。

"昭明，你为什么不开心？"她只关心他。

昭明圣君低下头，望着她明澈如镜的双眸，没有回答她的问题，反而低声问道："阿珠，当年你为何会补天阙？"

当年神族大战，天阙地陷，三界濒临崩毁，是混沌珠化为补天石，填上了天阙，也因此重伤沉寂万年，直到遇到昭明才恢复了意识。

昭明圣君以为，或许她内心也是善良悲悯，才会牺牲自己修补天阙。

然而她说："是天道令我这么做的。"

昭明圣君微微一怔："天道？"

她点了点头："那时候我还没有自己的意识，是因为你，我才开始变成人，有了人的容貌和感情。"

昭明圣君沉默了一会儿，问道："阿珠，如果是现在的你，会愿意牺牲自己去拯救苍生吗？"

"嗯？"阿珠有些诧异，但没有犹豫便拒绝了，"我才不要，我为什么要牺牲自己，去救不相干的人啊？"

"于你而言，这众生与你都不相干吗？"昭明圣君问道。

阿珠笑着说："当然啦，神族也好，人族也罢，都是自混沌而来，我与天

命的存在，只是维护这世间的秩序，至于这世间的生灵是死是活，与我们并不相干。"

混沌珠与天命书，是混沌本源之气所化，是天道的化身，是超然的存在，她不在三界之中，不属于任何势力，而他私心地想让她了解这个人世，让她对人族心生悲悯，甚至希望她能和自己一样，愿意为受尽苦难的人族而战斗，乃至牺牲。

但她说她不愿意……

后来，他便也没有再提，只是不辞而别离开了一段时日，自归墟带回了一件神器，取名钧天。之后十年，钧天成为神族闻风丧胆的凶器。高高在上的神明们没有想到，他们视为蝼蚁的凡人，竟会出现这样强大恐怖的存在，他一人一剑便杀上了羲和神殿，踏碎无数庙宇，蹀碎遍地神像，令神族失去了信仰的支撑。

凡人，岂能逆天诛神！

但他又岂是凡人，人族中第一个也是唯一一个天生神窍者，生来便背负着沉重的使命，以双肩扛起一族的兴衰荣辱，以双手撕开这遮天的黑幕。他是应运而生的天命之子，昭明圣君，是神族难以奈何的威胁。

最终，狂怒的神族不得已请出了天命书，以天命之力，镇压天命之子。

那一日，一卷竹简浮现于羲和神殿之上，两个玄黑大字笔画苍劲，笔意苍凉，源自混沌的气息扑面而来，令众神都不得不俯首战栗。

——天命！

一只修长有力的手自虚空探出，轻轻握住那卷竹简，身形随之缓缓浮现。

那人一袭青衫，如苍松翠玉，挺拔修长，眉似远山青黛，眸如平湖秋月，无悲无喜，无嗔无怒，他如画中人一般走出，与这个世界格格不入。

"是谁请天命？"那人薄唇微启，低沉的声音不兴波澜。

神族低下高傲的头颅，目露狰狞之意："吾等神族，请天命，诛邪君！"

天命的目光落在那手执钧天的英俊男子身上，漆黑幽深的双眸略微一顿。

"天道之子，可镇不可诛。"那人淡淡说道。

众神又道："请天命，镇邪君！令其永世不得出，令人族再无此君！"

他们要抹杀昭明圣君的存在，抹除神族耻辱的败绩，如此一来，便能重

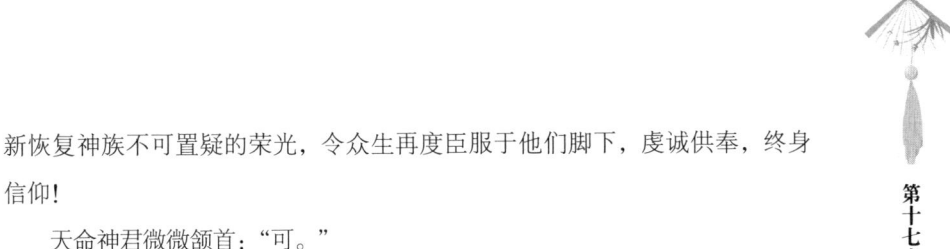

新恢复神族不可置疑的荣光，令众生再度臣服于他们脚下，虔诚供奉，终身信仰！

天命神君微微颔首："可。"

那竹简自他手中飞出，变成遮天巨幅，遮蔽了日月之光。

天命神君的声音在黑暗中响起："昭明邪君，逆天诛神，堕落成魔，镇于熔渊。"

这世间没有任何力量可以抗衡天命书。天命之书，混沌之力，书写因果，重定乾坤。

天命所言，即为真相。

天命神君口含天宪，法则之力缚住昭明圣君，一股阴霾之气自心头而生，便见左心口浮现出一点暗红之色，那暗色不断蔓延开来，将金甲战袍染成了一片猩红，玉冠乍裂，墨发飞扬，昭明圣君握剑轻颤，抵抗着法则之力的侵蚀。他艰难地仰起头颅，俊颜不复庄严高洁之色，凤眸之中涌动着赤色杀意。

圣君终究堕落成魔。

在那一刻，所有生灵的认知都被篡改，世间无人再知昭明圣君，只知道一个堕神被封印镇压于熔渊之下。

那个人为了人族付出了一切，却什么也没能留下。

不，他留下了很多。

最后一刻，他散去了毕生修为，流星自天际散落，落入凡间人海中，自此人族开启了修行之路，不必再如蝼蚁一般，任神族践踏宰割。

他不成炬火，一道光熄灭了，却留下了无数火种。

可谓无憾……

若还有，便是她……

凤眼合上，便是万年。

凤眼睁开，已是万年以后……

眼前一片熔岩烈焰，熊熊烈火在凤眸之中燃烧。

他是昭明圣君。

他是堕神。

他亦是谢雪臣。

然而如今，他谁也不是，他是魔尊！

鲜衣似火，凤眸如炬，魔气汹涌地没入他体内，衣袍被魔气鼓动而翻飞，熔渊之下，正发生着恐怖的变化。

绯月大放异彩，整个魔界为之震荡，虚空海魔气翻腾，无数魔族惊恐地看着灾难的发生。

"熔渊坍塌了——"

魔族四处奔逃，慌不择路，却根本无处可逃。骇人的气息自熔渊深处涌出，来自元神的威压让他们双腿发软，无力奔走，只能瑟瑟发抖地看着。

看着一个红色身影自坍塌的熔渊之下缓缓走出，绯月之华尽数落于他一身，照亮了那张俊美而冷厉的容颜。

——谢雪臣？

——不！

——吾乃魔尊！

这一日，两界山大震，魔气西来，天下人为之惶惶不安。

旧魔尊已死，新魔尊又立。

新魔尊降生之势，空前绝后之强，尤在桑岐之上，然而谢雪臣却辞去宗主之位，不知所终，生死不明。

只有南胥月知道，谢雪臣死了，属于他的那颗命星，彻底地熄灭了。而就在同一日，暮悬铃醒了。

她睁开无神的双眼，仿佛意识到了什么，脑中尚是一片混沌，眼泪却已自行落下。

醒来三日，她不吃不喝，不言不语，混沌之气重归体内，她的身体一日日地复苏，心却始终一片死寂。无论南胥月与阿宝说什么，她都没有任何反应。

仙盟为魔界异动而大乱，玄信尊者始终留意着拥雪城的变化，在得知暮悬铃复苏之后，他心中涌起了强烈的不安，立刻奔赴拥雪城。

"南庄主，暮悬铃复活，谢雪臣是否已经遭遇不幸？"玄信尊者面色凝重地问道。

南胥月青衫寥落，沉沉点头。

玄信尊者垂下眼眸，略一思索："如此说来，暮悬铃果真是混沌珠转世……"

南胥月抬眼看他，一眼看穿他心中所想："玄信尊者，你想用混沌珠之力，对付魔尊。"

玄信尊者点点头，道："谢雪臣不在，魔尊无人能敌，只能倚仗混沌珠之力来守住万仙阵。这几日魔气涌动，万仙阵缺口越来越大，只怕是拦不住魔尊了。我欲奉暮悬铃为新一任仙盟宗主，何羡我也是如此。"

南胥月轻嘲一笑，道："这宗主之位，不当也罢。昔日当她是魔族圣女，对她百般轻贱万般折磨，如今有求于她，却也不过是将她当成仙盟的一把利器。"

玄信尊者叹息道："往事已矣，是仙盟有眼无珠。但谢雪臣若在此，也会愿意守着这人间。"

"那是因为他傻，守着这不值得的人间。"南胥月神色淡漠，"铃儿是混沌珠，不属于这人世，又何必为此付出性命？"

他话中维护之意明显，玄信尊者微微皱眉："我想与她面谈。"

南胥月收起折扇，冷然道："玄信尊者，你是大智慧之人，我以为不必多言，你自能理解。"

玄信尊者道："身在其位，只能不得已而为之。我想暮悬铃能明白，亦会愿意。"

南胥月不悦道："她不愿意。"

玄信尊者道："是她邀我至此。"

南胥月一惊。

南胥月在问雪崖找到了一人独处的暮悬铃，她便站在那棵长年覆雪的青松下，眺望着巍峨却寂寥的万里雪峰。

"铃儿，你果然在这里……"南胥月徐徐走到她身后，神色复杂地看着她的背影，"玄信尊者说，你自请前往两界山，诛杀魔尊，镇守万仙阵。"

暮悬铃没有回头，也没有回答他的话，而是问道："南胥月，你还愿意修习玉阙经，恢复神窍吗？"

南胥月一怔。

暮悬铃偏过头看他，清亮的桃花眼将所有的深情都给了另一个人，留给他

的，只剩下淡漠。

南胥月苦涩一笑，道："你只想与我两清，互不亏欠。"

"南胥月，我这一生，只能、也只愿意欠着一个人。"暮悬铃垂下眼眸，掩住了哀戚，"可是他不在了。我答应过他，余生陪着他镇守万仙阵。"

那时候，他还在她身边，她以为他们还会有很长的余生可以相守，但转眼间，只剩下她孤单一人，空守人间。她有心摘取长生莲，上天梯问一问那神官，谢雪臣究竟付出了什么代价来换取她的复生，但那至少也要百年后，长生莲才会再度开放……

百年啊……已是许多人的一生，但她可以等。

"他已经不在了，而你的一生却很长。混沌珠，与天地同寿，难道你永生永世地守着万仙阵吗？"南胥月上前一步，伸出的手顿在了半空，又缓缓蜷起五指，隐忍着没有落在她肩上，"我不在乎人生修短，千年孤寂，不如百年相守。铃儿，你若对我心存亏欠，我不要玉阙经，只愿你将漫长的一生，予我百年，可好？"

她将他的深情与卑微看在眼中，不是没有触动，但也仅仅是触动和歉意。

"对不起。"她轻轻说了一声，随后举起手，白皙微凉的指尖触碰他的眉心，纯粹的混沌之力涌入他被魔气损毁殆尽的神窍之中。

暮悬铃道："你值得一人全心全意爱你。"

南胥月悲哀地闭上眼："可若不是你，便没有意义。"

混沌之气如暖流一般自神窍涌入游遍四肢，却唯独心口始终一片寒凉。南胥月只觉眉心骤然一阵锥刺之痛，陈年的伤疤被无情地揭开，看不见的地方鲜血淋漓，却让他更加清醒，似有一点微光在脑海中亮起，猛然点醒了沉寂于灵魂深处的记忆。

南胥月身形一震，猛然睁开了眼，一股磅礴的力量自神窍而生，竟将暮悬铃的手震开。暮悬铃五指微麻，惊愕地看着南胥月，只见他低着头半跪在地，墨发倾落半覆俊颜，让人看不清他的神情。

暮悬铃以为他受了伤，急忙上前查探，伸手点向他眉心，却被他冰冷的手握住了手腕。

南胥月缓缓抬起头，与她对视的双眸一片漆黑，深邃如无垠星空，向来俊

雅温和的容颜此刻显得分外冷漠无情。

"南胥月？"暮悬铃疑惑地唤了一声。

南胥月眼波一动，似乎又恢复了些许生气，看着她的眼神却十分古怪。

"南胥月……呵。"南胥月紧握着她的手腕，唇角微翘，似笑非笑地看着她，陌生的神情让暮悬铃心中顿生不安。

"你忘了我吗？"他问着她，又似乎是在自言自语，"果然是受伤太重了……为了那个人，一次又一次……"

"你不是南胥月！"暮悬铃眼中闪过锐意，右手用力挣脱了他的桎梏，一掌拍向他胸口。

南胥月不闪不避，生生受了这一掌，身形向后退开一丈。她控制了力量无意伤他，但没想到的是，她的攻击非但没能伤到他，反而被他化解吸收。

南胥月淡淡一笑，身形骤然消失于原地，出现在她的身后，双手按住了她单薄的肩膀，声音温柔而低沉地在她耳边响起。

"忘记我，也没关系。"暮悬铃惊慌地发现，自己竟被他制住，无法动弹，只能任由他将自己揽入怀中，冰冷的指尖滑过她的侧脸，"重新认识一下。

"吾乃天命。"

蕴秀山庄。

紧闭的门扉外响起了从容不迫的脚步声，暮悬铃眉眼一动，撞上了推门而入的南胥月。

不，是天命。

他清俊的脸上含着三分笑意，一身清风朗月般的气度，天命书的记忆觉醒之后，他的力量也迅速地恢复，甚至压制住了暮悬铃，将她圈禁于蕴秀山庄内，隔绝了与外界的联系。恢复了记忆与力量的南胥月，看似和以往一样温柔儒雅，但若细看双眼，便会发现他明润的双眸之中殊无半点笑意与暖意，那是淡泊一切的无情无欲，看透一切的高高在上。

宛如神明一样高不可攀。

"铃儿。"神明微笑着唤她的名字。

暮悬铃冷冷看着他："南胥月，你到底想做什么？"

这几日她努力地回想，却始终想不起万年前的记忆，她从何而来，为何陷入沉睡，一切都像被迷雾笼罩一样。她自然知道天命书的存在，他与她皆为混沌至宝，但一个在天一个在地，似乎从未见过面。她既想不起天命，便依旧唤他南胥月。但她也知道，眼前这个南胥月已经不是过去那个温柔良善的公子，她也无法再对他露出笑脸。

南胥月对她的冷漠不以为意，他在她面前坐了下来，漂亮修长的手伸向她的脸颊，被她别过脸躲开。南胥月淡淡一笑："你为何恼恨我？我这么做也是保护你。仙盟不过想利用你对付魔尊，那人族的死活，与你有什么干系？纵然是因为谢雪臣，但他已经死了，你又何必为一个死人做那些没有意义的事。"

暮悬铃冷然道："我想做什么是我的事，与你又有什么关系？"

南胥月道："我对你的情意，你难道还不明白？"

"天命无情，视万物为草芥，你怎么可能懂得何为情？"暮悬铃嗤之以鼻。

南胥月笑着钩起她一缕秀发把玩，意味深长道："混沌珠都能有情，为何天命书不能？"

暮悬铃一时语塞，冷着脸想从他手中抢回自己的头发。南胥月松开了那缕青丝，反而扣住了她的手腕，哑声道："铃儿，我原本求的，只有百年的相守。"

暮悬铃一僵，眼前这人，似乎又变成了过去的南胥月……

"人族寿命短暂，却可有生生世世的轮回，我只求一世，难道很多吗？"他凝视着她，低声质问。

暮悬铃沉默片刻方道："天命，你终究不懂情。"

南胥月静静地望着她。

万年前，她也是这么说的。

她为了帮那人复仇，杀上了天宫，羲和神殿之上，众神惊惧胆战地请天命，但那一次，他没有同意。

他只是冷漠地说："这就是镇压天道之子的代价啊。"

有所得，必有所失，这是天道。其实命运的代价从来不是他决定的，一切自有天道安排。

他冷眼旁观，看她将神界几乎掀翻，最后杀到了他面前。他也是第一次看清她的模样，明明本该是不染尘埃的混沌珠，却深陷于爱恨痴缠，令明珠蒙尘，

与凡人无异。

可惜，可叹。

"我要你逆写天命，放出昭明！"她站在他面前，冷冷地威逼他。

天命书的法则，只有天命书能解破，哪怕她是混沌珠也无法修改他写下的命数。

"我不能，也不愿。"天命漠然拒绝，"这世上再无昭明圣君，只有堕神昭明，永镇熔渊。"

"你不要逼我。"她身上涌起强烈的杀意，"我若与你同归于尽，那天命书便不复存在，天命便可逆了，是不是？"

天命看着她眼中的泪意，无情说道："你何至于此。他以灵力温养你的伤，以灵魂修补你的裂痕，只是为了将你炼化，利用你对付神族。"

"可他没有。"她闭上眼，一滴晶莹的泪滑落脸庞，落入脚下的云雾之中，落进万丈红尘里，"他至死也没有利用我，只是因为我说过，我不愿意……昭明他不知道，他于我而言是多么特殊，如果是为了他，我纵然是死也愿意的！"

天命微微失神地看着她落下的那滴泪。

"我不懂……"他不明白她的感情，也不明白她的选择。

她凄然一笑："天命无情，自然不懂情之一字。我如今懂了，却是太迟。你既不愿逆写天命，那他的命数，便由我亲自来写！"

那一战，他们两败俱伤，天书焚毁，宝珠无光。他的灵识与她一同坠入红尘之中，命运注定他们终将纠缠不休，哪怕他们都忘记了过去。

他也和她一样，都沾染了人族的情爱，令人软弱，令人卑微，令人迷失。

她却说，他依然不懂。

天命不懂，南胥月难道也不懂吗？

若这不是情，那他心口的疼痛因何而起、从何而来？

仙盟与妖盟同时收到了蕴秀山庄发出的请柬，就在所有人都为魔尊降世之事焦头烂额之际，蕴秀山庄要办喜事了。

庄主南胥月大婚，新娘是暮悬铃，日期便在三日后。知道暮悬铃身份的人都一脸震惊，尤其是玄信尊者，他很清楚，暮悬铃与谢雪臣两心相许，绝不可

能与南胥月另结连理。而暮悬铃如今恢复了混沌珠的力量，若她不愿意，南胥月又如何能逼迫她？

众人各怀心思，纷纷赶至蕴秀山庄。自南无咎过世之后，蕴秀山庄被仙盟除名，已经很久没有这么热闹了。仙妖共聚一堂，人人神色各异，压低了声音交头接耳，布置得十分喜庆的山庄里，却没有太多喜庆的气氛。

吉时将至，婢女们愁容满面地看着一身素衣面若寒霜的新娘子，无论她们如何哀求，她都不愿意穿上那身喜服。

南胥月自门外进来，婢女们一见纷纷跪下，颤抖道："庄主，暮姑娘不肯梳妆换衣。"

南胥月淡淡一笑，摆摆手道："没关系，你们都下去吧。"

暮悬铃沉着脸，从铜镜里看到走到自己身后的南胥月，她咬牙道："你疯了。"

"我很清醒。"他的手轻轻落在她肩上，温声道，"我知道你不会愿意穿喜服，你想为谢雪臣守丧，我也不逼你。你一身白，我便也一身白，亦是十分相配。"

"你是天命，难道会信凡间男女的婚仪？"暮悬铃冷冷道。

南胥月轻笑道："我自是不信，但我知道，你心里一直想和谢雪臣有这样的仪式，你想和他共结连理，天地为证，至死不渝。"

暮悬铃心尖一颤，绵绵密密的刺痛便涌了上来，让她不由自主地浮上泪意。

"谢雪臣能给你的，我也可以。"南胥月温声在她耳边道，"我不求你如爱他一般爱我，但求你知我心意、慰我相思。"

他是高高在上的天命，原不该落入这万丈红尘，沾了尘埃，惹了情爱，如今才明白，溺于爱者，死而无悔。

他们生来便该是一对，她又如此心软，天长日久，总会被他打动的。他是如此坚信。

这一日，仙盟与妖盟便见证了这样一场诡异的婚礼。

新郎与新娘皆是一身白衣，新娘面如寒霜，新郎春风含笑，任谁都能看出，新娘不愿意。

但他们也看出来了，昔日神窍被废的废人南胥月，非但旧伤复原，甚至气势之强还在暮悬铃之上！这才几日，纵然是修习了玉阙经，也不可能一步登天，除非……他本就是天！

"一拜天地！"

司仪的声音颤抖着响起，两位新人都是挺直了脊梁，丝毫没有拜天地的意思。

南胥月淡淡笑道："我便是天，你便是地，何须拜天地？"

司仪又喊道："二拜高堂……"

南胥月看着抿唇怒目的暮悬铃，笑着道："万物生于混沌，你我也无高堂，不拜也罢。"

观礼众人面面相觑，只觉得越发诡异了。这两人哪里像要成亲，分明是有仇……

"夫妻对拜……"司仪的声音弱了下去。

南胥月徐徐转过身来，面向暮悬铃，声音温软了几分："铃儿，只这一拜，为我毕生所求。"

暮悬铃垂下眼眸，袖中双拳紧攥，她被他定住了身形，在他的控制下僵硬地转过身，不得不与他四目相对。

"南胥月，别逼我恨你。"她哑声说道。

"其实你早就恨我了。"他轻轻一叹，"只是你连恨……也忘记了。"

他微微弯下了修长的脖颈，一股力量同时压迫着她的后颈，逼着她与他完成这仪式，然而就在此时，异变陡生，大地剧烈震颤起来！

魔气袭来！

所有人脸色大变站了起来，转头看向天际，只见遮天蔽日的魔气黑雾疯狂肆虐，冲霄而起。两界山上方的空间出现了奇异的扭曲，仿佛一张被手揉皱的画纸，萧瑟群山与寥廓苍穹扭曲倒悬，一个旋涡骤然出现，强横的吸力带起了一阵狂风，无数草木倾斜，甚至连根拔起，向那旋涡飞去。

众人尽皆色变，大喊道："万……万仙阵破了！"

南胥月沉下脸，那股压迫着暮悬铃的力量也陡然消失。他飞身而出，目光晦暗地看着万仙阵的方向，只见旋涡之中忽而天火熊熊，忽然雷电狂闪，万仙

阵的种种法阵异象不断涌现，令群山化为焦土，天地为之色变！

灵力被吸入旋涡之中，魔气却在疯狂外溢，丝丝缕缕暗色的魔气如触须藤蔓一般从旋涡之中生出，将那旋涡不断撑开变大，旋涡变成了一只黑色的眼，而那黑色的眼眸里，映出了一轮绯红的月。

"魔界大门开了……"玄信尊者不敢置信地看着眼前一幕，"那个魔尊竟如此之强？"

他竟能以一己之力，撕开万仙阵，打通魔界之门？

所有看到这一幕的人，心中都涌起了深深的绝望，这样的力量根本无法抵挡。

绯月之上浮现出一个红衣身影，那抹红似血与墨交融，暗红而刺眼，只是看了一眼，便让人眼中刺痛，不敢直视。传说，唯有神明不能直视，可那明明是魔啊！

法相尊者能忍着刺痛直视那个逐渐靠近的身影，却依旧流下两行血泪。

暮悬铃怔怔看着月上的人影，不知为何竟有一种熟悉的感觉。片刻之间，那身影已从绯月降临人间，穿过万仙阵撕裂的暴风眼，翩然落于两界山上。狂风吹起他的衣角，墨发张扬，只是一个剪影便叫法相心生战栗。森然黑雾笼罩着他的身体，让人看不清他的面容，那人举手投足之间，便带起冲霄的魔气，如此浓重凝实的魔气，暮悬铃甚至怀疑，这个魔尊吞噬了一整片虚空海。

南胥月冷凝的目光直视那人，薄唇微启，冰冷的声音缓缓说出了两个字："昭明。"

暮悬铃听到这个名字，整个人猛地僵住了，好像有一只手狠狠攥住了她的心，让她酸痛不已，难以呼吸。

谁是昭明，昭明是谁……

为什么听到这个名字，她会这么难过……

魔尊降世，所有修士都面露惊骇之色，玄信尊者与何羡我各为仙妖两盟的领袖，带领所有法相尊者迎战魔尊。玄信尊者本以为南胥月不会出手相助，然而令人意外的是，他没有丝毫犹豫便向那红衣魔尊飞去，速度极快，将所有人都抛在了身后。

暮悬铃趁机挣脱了南胥月的法力桎梏，紧随其后飞向两界山。

两道白衣身影如两束光，淡淡的金光冲破了魔气黑雾的封锁，留下两道漂亮的虹。

南胥月广袖一挥，混沌之气化虚为实，犹如天罚一般，以破碎虚空之势向那道红色身影斩落。数十名法相尊者齐心联手，两界山梵音回荡，法阵金光闪烁，天雷落、火光起，法阵叠加之力声势浩大无比，一时之间天昏地暗、日月无光，所有人只听得一阵嗡鸣声，不闻其他。

待法阵退去，万籁俱寂，那里却空无一人身影。

暮悬铃一怔，便感觉到腰上一紧，一双手自背后伸出，紧紧抱住了她的腰肢，那人低下头，下巴抵着她的左肩，低哑的声音宛如叹息。

"铃儿……"

暮悬铃倏然瞪大了眼睛，扭头看向那人。

熟悉的眉眼，却又是陌生的气息，他是谢雪臣，又不像谢雪臣！

"你……"她颤抖地伸出手，轻轻触摸他的眉眼。

向来清冷锐利的凤眸涌动着深沉浓烈的情意，剑眉斜飞入鬓，更胜从前凌厉，她的指尖描绘他的眉骨，滑过高挺的鼻梁，落在薄唇之上。

不是魔尊幻化的假象，他就是谢雪臣，哪怕他一身魔气，她也不会认错的！

"谢雪臣……"她哽咽着唤着他的名字，转过身扑进他怀里，双手紧紧抱着他的身躯，生怕他像梦一样消失不见。汹涌的泪打湿了他的衣襟，他轻柔地拥着她颤抖而单薄的身子，低头亲吻她的发心，任由她在怀中宣泄悲痛与狂喜。

"铃儿……"低沉微哑的声音缱绻地回应着她。

她是铃儿，也是阿珠，只是不知何故她失去了记忆，忘了他本是昭明。

圣君昭明，堕神昭明，魔尊昭明，无论是谁，无论过去多少年，他的心里始终放不下的是她。

被封印的一万年，他日日夜夜受锻体之痛，被天命篡改了记忆，忘了自己本来是谁，只道自己是堕神昭明。直到属于谢雪臣的记忆融入元神，他才恍惚明白了许多事。谢雪臣，是他当年割舍下的一缕精魂，是昭明在这尘世历的一劫，他承袭了昭明圣君的志向，以人族为先，以众生为念，却也和昭明一样深爱着阿珠，那是宿世的羁绊、解不开的纠缠，纵然是天命也无法将他们分开。

所有人都惊愕地看着相拥的两人，他们亦认出来了，红衣魔尊，竟是谢雪臣……

"谢宗主……"有人喃喃喊了一声。

谢雪臣抬起稍显冷厉的眉眼，被他的目光扫到的人尽皆战栗惊惧。

"魔尊昭明。"唯有南胥月冷冷地唤他真名。

谢雪臣凤眸沉沉地凝视南胥月。自从熔渊觉醒那日起，他便回想起了一切，南胥月便是那日在羲和神殿见到的天命书。

"天命神君，"谢雪臣冷然道，"想不到你也会谪落凡尘。"

昭明被天命书镇压之后，对其后发生的事一无所知，自然不知道阿珠为了救他杀上天宫，与天命两败俱伤。他甚至不明白，自己为何能挣脱天命法则的束缚，从熔渊之下脱身。他隐约觉得这事与阿珠有关，但阿珠也失去了记忆。

"谪落凡尘，我依然是天命。"南胥月的气息骤然强大无数倍，俊秀温雅的面容仿佛冰封了一般冷漠，他傲然仰起下巴，警告谢雪臣，"我能镇压你一次，便能镇压第二次！"

玄信尊者与何羡我带着其他修士远远退开了战场，众人一头雾水两眼迷茫地看着那三道纠缠难分的身影。

谁是敌，谁是友，他们也分不清了……

"南胥月，竟然是天命书……"玄信尊者神色复杂地看着那道白衣身影，"天生十窍，果然是神人转世。"

"那谢雪臣又是什么来历？"何羡我不解地看着红衣魔尊，"南胥月叫他魔尊昭明，此人实力如此之强，为何我们从未听说过？"

玄信尊者看向大开的魔界之门，绯月高悬于夜空，其中却一片死寂，竟不见一个魔兵出来。玄信尊者心觉有异，与何羡我交换了个眼神，提身向魔界大门飞去。

不久之后，那两道身影又飞了回来，一脸疑惑地带回了一个消息。

"魔界空了。"

空了，是什么意思？

就是魔兵、魔将，一个都没有……

第十七章 天命

整个魔界空荡荡的，一片死寂。

"可能是魔尊吞噬了所有魔族，所以才如此强大。"何羡我说出自己的猜测。

玄信尊者忽地一笑，却是哭笑不得的感慨。

"我竟从未想过，除魔第一人，便是魔尊本身。"

何羡我也迷惑了："那他到底是魔尊，还是谢雪臣？"

"应该是谢雪臣。"玄信尊者颇有信心地说道，"否则，钧天不会依旧认他为主。"

南胥月手握笔刀，神情淡漠地挥出一道道凌厉的混沌之气。魔气再强，也被混沌气天然压制，刀意侵蚀魔气，在谢雪臣身上留下伤痕，但他如今是魔尊之体，不再流血，只是魔气会从伤口间溢散，带来阵阵疼痛。暮悬铃帮他挡着攻击，南胥月有意避开她，但她偏自己往刀锋上撞，令白衣染上了血迹。

南胥月眉头微皱，怒道："铃儿，让开！"

暮悬铃对他的话置之不理，南胥月眼神一凛，左手摊开，一卷竹简在掌心浮现。

"天命书！"

那是南胥月的本体，也是他的法器。笔刀落在竹简之上，便能书写因果、逆天改命。

天命书是属于神族的混沌法器，若有神族请天命，那么便由请天命的神族承担代价，但若是天命为自己而求，那么他就必须自己承担后果。当年他便没有同意阿珠逆写天命的请求，因为逆写天命的代价绝对不是他们可以承担的。

南胥月展开竹简，握紧了笔刀落在竹简之上。

暮悬铃心中惊骇，她不顾一切地向南胥月飞去，一记笔刀落在心口处，鲜血顿时湿透了白衣。

"铃儿！"谢雪臣大惊，追着她而去。

南胥月抬起头，看到她心口的血迹，顿时瞳孔一缩。暮悬铃的攻击眨眼便至，他举起笔刀，混沌之气凝于刀尖之上，对准了她的眉心。

他想逼退她，这一招使出了全力。

她想阻止他改写天命，这一招亦不留余地。

两败俱伤，玉石俱焚！

万年前的一幕掠过脑海，南胥月呼吸一窒，暮悬铃的攻击落在他神窍之上，雄浑霸道的混沌之气骤然轰开他的神窍，将他打飞出去。

南胥月吐血坠地，死死攥着天命书，仰起头看向暮悬铃，苦笑了一下，哑声道："你不愿意为我穿上嫁衣，却愿意为他白衣染血……"

暮悬铃怔怔地收回了手，看着倒地不起的南胥月，问道："你为何收回笔刀？"

她分明已经感觉到刀意刺破了肌肤，却在最后的时刻，他尽数收回了攻击，甚至无暇去躲开她的攻击，毫无防备地受了她全力一击。

南胥月口中不断溢出鲜血，天命书于掌心消失。

"混沌之气的伤，没有那么容易愈合……"他嘶哑着声音说，"这一刀落在心上……你会死的……我不舍得……"

"铃儿！"谢雪臣将她摇摇欲坠的身体搂在怀中，却见她摇头轻声道："不要担心，我没事。"

南胥月看着相依在一起的两人，他们之间如此紧密，没有丝毫的空隙可以让他介入。她对他，有过恨，有过感激，有过歉意，有过怜惜，却从未有过一丝的爱意。他以为漫长的时间足够让她忘记过去，但一万年了啊……哪怕对神来说，一万年也是几度的沧海桑田，但时间与轮回依然无法磨灭他们之间的情意。

是他不懂吗？

他只是不懂相爱的甜，却尝尽了相思的苦。

"铃儿……那日在镜花谷，是我出于私心，没有救谢雪臣……我总以为，只要没了谢雪臣，你总有一天，会看到我……可没想到，你会为他而死……"他轻咳着，溅落点点红梅，明润双眸满是苦涩，"守着你的日日夜夜，我都追悔莫及……"

暮悬铃忽然意识到，眼前这人不是天命，而是南胥月。

可是天命与南胥月，本就是同一人啊……

"我不愿伤你，却还是伤你最深……铃儿，你曾许诺给我一点喜欢，可最后……却连那一点喜欢都收走……留给我的，只有歉意。"

南胥月抬起头看向暮悬铃，湿润温柔的眉眼，依稀是林中相遇时的样子。他站在她面前，含笑低头，细心地举起扇子，为她遮蔽灼人的烈日。

——与君初相识，犹如故人归。天涯明月新，朝暮最相思。

"南胥月……"暮悬铃走到他身前，半跪下来，悲伤地握住他逐渐冰凉的手，她只能说对不起，可她知道他不愿意听。

南胥月无力地握住她的指尖，低哑一笑，眼中闪烁着破碎的浅笑："既然只能有歉意……那不妨更多一点，若是死在你手上……你如此心软，是否便会永远记得我……"

暮悬铃心中酸痛，眼泪夺眶而出，落在他的掌心。

"铃儿……你说……我……这……这算不算……情？"

南胥月死了，天命书却不会死，他重归神位，回到落乌山之上。

"司命便是天命书，他与天同寿，不会死，只是会沉眠，也许一万年，也许两万年……"暮悬铃黯然道，"天若有情天亦老，他本应该高坐云端、不染尘埃，不该落得如此下场。"

"他要你记得他，也算得偿所愿。"谢雪臣道。

暮悬铃小心翼翼地看他一眼，轻声道："你生气了吗？"

谢雪臣低笑一声，将她柔软的小手握在掌心揉捏："算不上生气，却也有点介意。"

他为救暮悬铃而散功身死，道心崩毁入魔，如今是魔尊之躯，没有道心的约束，说话行事便更随意由心。有时候受魔气影响，便易受情绪支配，七情上面，狂傲恣意，有时候昭明圣君的精魂占据了主导，意识便会更清明，行为举止便显得温文克制。

暮悬铃从他口中得知了服下长生莲后发生的事，这才知道七年前救过她的，竟是未来的谢雪臣！

难怪他会忘了，原来是因为根本未曾有过那段记忆……

当时他在她面前断了气，她心里只有一个念头，便是不惜一切救活他，那些从体内涌出的力量究竟是什么，她也一直不明白，以为只是妖气罢了，怎么想得到自己的本体会是混沌珠。

"你散功入魔之后，为什么会变成魔尊？"暮悬铃不解追问，"我从未听过有这种事。"

谢雪臣沉声问道："铃儿，你还记得万年前的事吗？"

暮悬铃茫然地摇了摇头："我什么都不记得了……最初的记忆，便是在明月山庄。"

见谢雪臣神色凝重，她紧张地问道："万年前究竟发生了什么事？"

谢雪臣轻叹道："万年前，神族统御三界，视众生为蝼蚁。我杀上神界，被神族请天命镇压于熔渊，天命抹去了我的身份和姓名，世人自此便不知我的存在，我本是人皇，昭明圣君。"

"昭明……"她轻轻念着他的名字，似有猫爪自心尖扫过，微微的痛痒。

听到熟悉的唤声，谢雪臣低眉轻笑，在她眉间印下一吻。

"好像很熟悉，却又想不起来……"暮悬铃烦恼地蹙起眉，"难道是因为天命篡改了我的记忆？可是……不应该啊，他的力量并不足以影响我。"

"我还有其他的疑惑，我被封印之后发生了什么事，神族为何消失了，魔族从何而来。"谢雪臣目光晦暗，若有所思，"我想，有一个人或许知道答案。"

落乌山。

轮镜上神擦拭着轮回镜上不存在的尘埃，忽然扬起了一抹微笑。

"你们来了。"

他没有一丝意外，徐徐转过身，含笑看向身后并肩而立的两人。

红衣魔尊，白衣天女。

恢复了力量的魔尊与混沌珠，想要走上斩神台便易如反掌了。

"轮镜上神，上次见面之时，我记得你说过，有人以谎言覆盖了世界的真相，竟连你也瞒过了，如今你可想起来了？"谢雪臣问道。

轮镜上神微微颔首，笑道："前些日子，天命书回来了。"

暮悬铃眼波一动。

轮镜上神看向她："天命书又归于沉寂了，吾趁机偷偷看了一眼。你应该知道，所有写下的天命，都会永远留在竹简之上，所以吾看到了一切，也想起了一切。"

"这一切指的是什么？"谢雪臣追问道。

"首先，自然便是昭明圣君的存在，这一点你最清楚。"轮镜上神笑吟吟道。

谢雪臣点了点头："我想知道我被封印之后发生的事。还有，为何铃儿会失去过去的记忆？"

轮镜上神温和的目光扫过暮悬铃，叹气道："你被封印之后，混沌珠便杀上了天宫，逼着天命书逆写天命，放你出来。但逆写天命，需要付出不可知的代价，天命书自然不愿意，两人相拼，两败俱损，双双归于沉寂。天命书陷入沉寂之后，便可有偷天换日之机，这就是救出昭明圣君唯一的办法。"

轮镜上神背过身去，长袖拂过轮回镜，便见轮回镜闪过一道银光，镜面如湖面一样荡开圈圈涟漪，逐渐清晰。

镜中一个与暮悬铃长相一模一样的少女浑身是血，气息奄奄，她无力地背靠着天柱，伸出右手按在眉心，忍着剧痛将一缕金红色的精魂硬生生从眉心抽离。她疼得脸色青白，满头大汗，几乎快要晕厥过去。

那一滴金红色的圣血被混沌之气轻柔地裹着，她目光眷恋地看着那滴精魂，口中轻轻唤了一句——

"昭明……"

可她明明那么不舍，却还是松开了手，任由那滴精魂落入万丈红尘之中。

一面圆镜浮现在她面前，她伸出右手，一滴滴鲜血滴落在镜子上，镜子发出奇异的光芒。许久之后，镜中浮现出一个青衣男子的身影，男子面容秀雅庄严，缓缓自镜中走出，赫然便是轮镜上神。

"自今日起，你的名字便是轮镜。"她沙哑的声音缓缓说道，"我将逆转时空之力给了你，你便是司辰。"

司辰跪倒在她面前，恭敬唤道："轮镜参见主神。"

她轻咳了一声，疲累已极："我的时间不多了，你听仔细了……神族被我所灭，堕落成魔，覆压熔渊。我即将沉睡，失去全部的力量和记忆，无力再救昭明，唯有将他的精魂投入轮回之中，待千年万年后，时机一到，他的精魂便会进入熔渊，与他的肉身融合，恢复前世记忆。这是我看尽千载轮回后，唯一的生机……"

天命书执掌天命法则，混沌珠执掌时空之力。但天命无法左右她的命运，

她也无法逆改天命的法则，唯有玉石俱焚之后，才能觅得一线生机。

"我这些话，你恐怕很快便会忘了……关于昭明的一切，都将被天命抹去。你只需记得，你要在这里等着，许多年后，会有一个人来到这里，无论他提出什么心愿，你都答应他、帮他。"她眉头紧皱，不敢说太多，怕触及天命，会被抹去，那便功亏一篑了。

司辰也不敢多问，他俯首称是。

"主神失去记忆，如何能再找到他的精魂？"

那人苍白的容颜露出了温柔而笃定的微笑："千秋万岁后，红尘人海中，我会爱上的那个人，便是他。"

轮回镜中的一切缓缓变得模糊，唯有那个声音还在神庙之中回荡。

司辰虚渺的声音缓缓说道："原来我并非神，只是主神的时空之力幻化而成。原来的神族，便是如今的魔族。水满则溢，月盈则亏，天之道也。神族强极则衰，一念成神，一念成魔。"

他转过身来，向着暮悬铃徐徐拜倒，身上溢散出淡淡青烟，他的身影也逐渐变得虚无缥缈。

丝丝缕缕的时空之力飘向暮悬铃，没入她神窍之中，力量充盈于神窍，回忆也渐渐清晰。

司辰恭敬道："恭迎主神归位。"

司辰的声音响起，身影却回到镜面之中，最终消失不见。那面神异的轮回镜缓缓落到暮悬铃掌心，时之沙不再流动，镜面平静无光，翻过背面，只见滴滴鲜血渗入镜中，余下层层叠叠的胭脂色，恰似开了千朵万瓣的桃花。

"昭明……"她的声音轻轻地响起，沉沉地落在他心上。

"那一日我告诉你，我自混沌而来，这众生的死活，与我毫不相干，于是你瞒着我，独上天宫，只身赴死，你只道自己在我心中，与众生无异。

"可是昭明，那时是我不懂，原来你与这世间生灵都不一样，我不在乎众生如何，我只在乎你。

"我等了你一万年，寻了你一万年，便是想找到你，亲口说与你知。

"无论是阿珠还是铃儿，千秋万世，我都想和你在一起，生死不离。

"如今，你明白了吗？"

回应她的,是一个温暖的怀抱。背后是他坚实的胸膛,他的双手覆住她的手背,指腹摩挲过镜上瓣瓣桃花,点点都是相思,于无人知处悄然生长,只为等待这一世的开放。

尾声

仙妖同盟受魔尊谢雪臣之邀，前往魔界诛神宫参加他们第二个孩子的周岁宴。宴会结束后，玄信宗主带回了两个生面孔，一个扎着双髻眉眼灵动的娇俏少女，一个粉雕玉琢凤眸俊眉的小小仙童。

"宗主，这两位是……"众人看着那仙童的面容，与那人有七八分相似，该不会是……

玄信尊者无奈笑道："这是魔后的义妹和魔尊的长子。"

少女嫣然一笑，似山花烂漫："大家叫我江宝便是了。"

仙童有些害羞地低了头，攥着江宝的袖子，躲在她身后怯生生地露出半张小脸，低声道："我……我叫昊一。"

与谢雪臣容貌相似的小脸露出羞怯可怜的表情，一双略显圆润的凤眸水汪汪的，让人看得心都化了，脑海中不禁浮现魔尊那张冷漠俊美的容颜，与眼前的仙童一比对，顿时觉得这个小家伙更可爱了。

手痒痒的，想揉……

玄信尊者叹道："江修士，你这样带着小殿下跑出来，魔尊、魔后可知道吗？"

阿宝笑嘻嘻道："姐姐自然是知道的，我走的时候留了信。"

玄信尊者一脸无奈："所以，是先斩后奏吗？"

昊一小声道："是爹爹说，我可以跟着阿宝姑姑出来长长见识……跟魔族待久了，人会变傻的。"

阿宝也连连点头："我们是来仙盟进修的！"

自百年前魔尊降世，下界的形势便与过去大不相同了。万仙阵虽是被谢雪臣毁了，但因为有他约束着，虚空海新生的魔族都十分安分，不敢逾越人界半分。而仙盟与妖盟的关系也在日渐磨合中达到了一个微妙的平衡，人族不再敌视惧怕妖族，妖族也受人族的文明吸引，不但学习人族的修炼功法，也学会了人族的礼仪道德，以道心约束兽性。仙盟五派与妖盟千门时常互遣交换生，加强两族的融合与友好，效果十分显著，诞生了一大批父母身份都十分高贵的半妖……

最早的一批半妖皆拜暮悬铃为师，由她亲自传功开启神窍，当拥有神窍的半妖数量达到一定程度时，神奇的事发生了……之后出生的半妖，生来便自有神窍。拥有神窍的半妖既可以修习妖族功法，也可以修习人族功法，资质更在普通人族与妖族之上，受到各大宗门的重视，得到有力的栽培。自然，也就不再存在所谓的妖奴了。

玄信尊者多次请谢雪臣出山重掌仙盟，都被谢雪臣推辞了。他以魔尊之身为借口，不便参与人族仙盟之事，隐居世外，长年住在诛神宫。昭明的存在被天命抹去，他虽因混沌之气的保护而恢复了记忆，却无法改变他人的认知，他便也放下了昭明的过去，以魔尊谢雪臣的身份重新开始自己的人生。

天下无人知晓，今日的魔族便是昔日风光无限的神族。神族制造恐惧催生信仰，所谓的信仰，便是心魔，贪嗔痴念，惊忧怖心，一念成神，一念成魔。万年前神族以天命书封印天道之子昭明圣君，抹除他的存在，将他斥为堕神，万万想不到他们付出的代价，便是整个神族为之陪葬，堕落为魔，镇压熔渊，最终反而受制于魔尊昭明。人族心魔不灭，虚空海中仍然会有源源不断的魔族诞生，但所有的魔族皆要听令于魔尊，无一例外。而魔尊要听令于魔后，这也没有例外。

此刻诛神宫内乱成了一团，魔后正在追打魔尊。

暮悬铃扑在谢雪臣身上，两只手扯着他的前襟，气急败坏道："一定是你鼓动阿宝带着昊一离家出走的！"

谢雪臣唇角挂着一抹无奈的浅笑，躺平了任由她骑在自己身上。

"铃儿，昊一长大了，也该出去走走了。"他修长的十指搭在她的纤腰上，有技巧地揉捏着，清冷的嗓音慢条斯理地说道，"魔界都是些没脑子的魔兵，他们只会哄着昊一开心，昊一和他们待久了，终日也是傻乎乎的，还不如让他去仙盟长长见识，有阿宝陪着，有玄信看着，你又有什么不放心的？"

"可是昊一还那么小……"谢雪臣的按揉让暮悬铃紧绷的身子不自觉放松了下来，也松开了攥着他前襟的手，只是眼中仍是满满的不舍和担忧。

谢雪臣低笑一声，将人搂进怀中："不小了，若是人族这般年纪，也能当父亲了。"

暮悬铃瞪了他一眼："可他不是人族！"

虽然破壳已有三十年，但昊一如今还是个五六岁的孩子。从未有人知道混沌珠能不能生育，也是怀了昊一之后，暮悬铃才知道原来混沌珠不但能生，还生得很随机，她和谢雪臣身上有魔气、妖气、人族血脉，根本不知道生下来的会混合成什么东西。头胎怀了十月，生下来却是个圆滚滚的珠子，有西瓜大小，白蒙蒙的看不清里面是什么。她天天焐着，像母鸡孵蛋似的，每日和小珠子说话，等了一年，终于破壳了，被灵液包裹着的是一个白白胖胖的男婴，俊眉凤眼，看着便是谢雪臣的样子。他天生十窍，妖筋魔骨，混沌为气，哭声洪亮，如雏凤清啼，被谢雪臣取名为昊一。

暮悬铃以为，昊，是明日当空；一，是万物之始。

直到生下老二，谢雪臣说，就叫昊二吧……

是她想多了！

谢雪臣柔声道："昊一长大了可以独立了，你可以把更多的心思放在昊二身上……还有我。"

他一边说着，一边悄悄靠近，薄唇摩挲她的粉鬓香腮，手指熟练地挑开了她腰上的系带，刚想吻住那瓣朱唇，怀中之人便猛地推开他坐起身来。

"对啊，昊二应该快醒了，我得去看看！"

暮悬铃刚起身，便又被谢雪臣攥住了手腕拉进怀里。他将那柔软的娇躯压

在身下，俯身细嗅她颈间的芬芳，高挺的鼻尖蹭着她的脸颊，绵密细碎的吻自她耳根蔓延，在锁骨与喉结之间流连。

"嗯……"麻痒之意勾得她忍不住扭动身子，轻喘道，"你做什么？"

谢雪臣哑声道："我做什么，还不明显吗？"

形势逆转，刚才骑在他身上的人，如今被他骑在身下了，一双桃花眼薄雾浓云地瞪着他，没有什么威慑力，反而勾得他心头火起，恨不得撕碎了这身碍事的薄衣，看她红着脸流着泪说不要。

"铃儿，我可忍了两年了……"谢雪臣启唇含着她的耳尖，隐忍的声音沙哑而低沉，"我可不是当年的谢雪臣，魔的本性是放纵肆意，为了你才会隐忍克制，可你只看到孩子，却不知道心疼我。"指尖勾下了罗衣，露出滑腻白皙的凝脂，略显粗粝的指腹摩挲着敏感的肌肤，带起一阵轻微的战栗，"你当年说的话，都是哄骗我的吗？"

他的眼中流露出淡淡的委屈。

暮悬铃偏过头去，看着他眼角的潮红与眼底涌动的情意，情不自禁咽了咽口水，心脏跳得又快又急，哪怕明知他是在故作委屈，她还是忍不住心软了、心动了。

她凑上去吻住他的薄唇，双手攀着他的脖颈，舔舐着他的薄唇，又被他含住了舌尖，他的掌心扣紧了她的背，恨不得将她揉入怀中。薄薄的丝衣经不起魔尊的拉扯，碎成了瓣瓣落花，被吹落床底。他的吻炙热而强势，麻痒之余还有丝丝刺痛，她难耐地扭着腰肢，发出细碎的呻吟，却不抵抗，任由他在她细腻的肌肤上种下一朵朵娇艳的桃花。

"谢……雪臣……"她的声音似哭似喘，眼角沁着泪花，含羞带怒地俯视他，"快点……"

"呵……"他的手掌托着她的膝弯，将双腿分开，慢条斯理地推进，她屏住了呼吸，脚趾蜷了起来，细直的双腿绷得紧紧的，泪水自眼角滑落。

湿热的舌尖勾走了她眼角的泪，搂住她的后背，将她整个人抱在怀里，她被猛地顶到了深处，发出一声呜咽，圆润的指尖掐着他的背肌。

"要多快？"他低哑的声音含笑问道，大手在她背上游移。

魔尊的人格占据主导，他便变得纵欲而恶劣，索求无度，总喜欢欺负她哭，

听她求饶。若是恢复了谢雪臣的心志，他便要克制许多，极尽温柔，床笫之间话也少，只有低沉隐忍的喘息，让她忍不住想去逗他失控。可他要真失控了，哭的便又是她了……

暮悬铃恨恨地轻捶了一下他的肩膀，声音软糯甜哑："一会儿昊二该醒了！"

"放心，有人看着。"魔尊谢雪臣正在兴头上，怎会让孩子坏了自己的好事。晦暗的笑意掠过凤眸，他可是好不容易才支开了碍事的人，阿宝带走了昊一，昊二也让人看着了，如今他的心魔被他死死摁在怀里，粉面含情，春潮带雨，可算是逃不掉了。没有七天七夜，他是不会放她走的。

暮悬铃被他扣着细腰，双手攀着他的脖颈，似一叶扁舟在狂风暴雨的海面上下浮沉，翻涌的情欲冲昏了理智，她也不知被他折腾了多久，久久没有听到孩子的哭声，便也随着他一同沉沦。

直到七天后，她才恍惚地醒过神来——混账魔尊，居然在房里布下结界，屏蔽了外界的声音！

谢雪臣见她发怒，一副置身事外的模样，神色淡淡道："魔尊干的事，与我谢雪臣何干。"

暮悬铃一噎，气道："少装失忆，不都还是你！"

谢雪臣一摊手，无奈道："那你待如何？"

一道混沌之气化为白绸，紧紧缚住了他的双手，将人绑在了床上。清冷的凤眸微抬，看向压着自己的魔后，她温软的小手抚上他的俊颜，咬牙道："以牙还牙，以眼还眼……"

谢雪臣微怔，心里笑了：还有这好事？

番外　吾道不孤

世人对谢雪臣的误解很大，在旁人眼中，他孤高冷傲，难以亲近，仿佛拥雪城万年不化的皑皑白雪。唯有一人知道，谢雪臣只是孤冷，却非高傲，他心怀慈悲，怜爱每一个弱小的生命。在明月山庄最冷的那个冬天，来自拥雪城的少年，给了她此生唯一的温暖。

世人对暮悬铃的误解也很大，在旁人眼中，这个美艳无双的妖女能勾出每个人心中的欲念与心魔，是她肆无忌惮的撩拨和引诱，才让谢雪臣生出了心魔，崩毁了道心，高岭之花自此跌落神坛。唯有一人明白，真正被拉下神坛的那个人不是谢雪臣，而是暮悬铃。

他之所以明白，是因为他便是那个罪魁祸首。

虚空海日复一日地翻滚着，只要人世不灭、心魔不绝，这片晦暗的海域便会无止尽地诞生出新的魔物。

新生的魔物睁开猩红而呆滞的双眼，无意识地跟随着其他同族走上岸，不知走了多久，一股覆压万物的凛然气息让他们猛地一震，软了膝弯，四肢趴伏在地，止不住地瑟瑟发抖。

"参见魔君——"

"参见魔君——"

因恐惧而战栗的呼声响彻诛神宫四面，余音久久不绝。

半晌，紧闭的铜门缓缓洞开。

悬空的绯月骤然一亮，比平时大了一倍的圆月像是怒睁的天眼凝视这片荒芜之地，猩红的月光洒落，一个颀长高大的身影踏月而来，黝黑的影子在他脚下蔓延，无声无息，却有着山呼海啸一般令人心胆俱裂的威压。

他是被世人遗忘的昭明圣君，是被万民敬仰的仙盟宗主，也是刻在天命书上，永世无法改变的恐怖存在——堕神昭明。

如今，世人称他为魔君。

人世已过千年，知道他过往的仙盟众人，都已经身死道消了，便是如今新生的魔族，也不知道眼前这位魔君便是最后一任仙盟宗主谢雪臣。

虚空海的风撩起他鬓角的碎发，绯色的月光深邃了他俊美的轮廓，他抬起手握住了钧天剑，缓缓仰头，剑光凛冽，映亮了凌厉的眉眼。

吸食了千年魔气的钧天剑已不复过去的光明之相，剑身之上缠绕着暗紫光晕，威力却更胜从前，让魔族不敢直视其芒。

台阶之上，传来魔君冷厉低沉的声音："昊一何在！"

众魔一颤，抖得如筛糠，结结巴巴说道："少……少主拿了手令，从万仙阵离开了……"

话音未落，便见平地起狂风，魔君的身影已从诛神宫前消失，飞到了绯月边缘。无形的法阵受到外力一激，顿时露出狰狞的真容，却在分辨出来者的气息之时登时变脸，乖巧地打开生门任其出入。

众魔族伸长了脖子仰着头，畏惧又庆幸地叹了口气——还好魔君没有迁怒于他们。

但随即他们又苦了一张丑脸——但是少主会迁怒啊……

众魔心中暗自祈祷——希望魔君把少主打死吧，不然死的就是我们了……

反正魔君已经有二胎了，死一个少主应该没什么大不了的，旧的不去新的不来嘛——众魔毫无人性地想。

众魔皆知，魔后生二胎颇为不易，魔君所有的心思都放在了诛神宫内，这

才让那小魔头混沌昊一有了可乘之机，偷了魔君手令溜出了魔界。

说起这事，谢雪臣也是有些后悔。当年他看着小昊一整日与魔族厮混，只怕他变得又蠢又坏，便让他跟着阿宝去道盟长长见识。

昊一身怀混沌气，道盟中无论仙法妖术，他信手拈来，一学便会，而谢雪臣没想到的是，许是因为昊一与生俱来三分魔气，那些兵法诡道，他更是无师自通，举一反三。

昊一的身份诸位掌教心知肚明，秘而不宣。谢雪臣为天下苍生而入魔道，兑现了当年永生永世镇守万仙阵的承诺。他的子嗣，几位掌教也是竭尽所能地护着宠着——除非忍无可忍。

收到诸位掌教的联名指控之时，谢雪臣还以为自己听错了，然而桩桩件件证据确凿，罄竹难书。

他沉默良久，才隐忍着怒火沉声回应玄信："我会给道盟一个交代。"

最后还是暮悬铃算出昊一所在，瞬息之间将人逮回了魔界，还没等母子二人串好口供，谢雪臣便将人带走，关在了熔渊，设下重重禁制，重罚他往日罪行。

也是从那一日起，昊一便被永远禁足在魔界，不得再去人间胡作非为。

这一举措，最难受的不是昊一本人，而是魔界众生，从此成为昊一的受气包，没有谁比魔界众魔更希望昊一能去人间了，因此明知昊一是偷了魔君的手令，也没有谁去通风报信，直到魔君自己发现。

——咱们可给少主拖延了不少时间，少主你可争气点，多犯点错，最好让魔君大怒之下杀了你嘿嘿嘿嘿……

千年前，暮悬铃从轮镜上神处收回了时空之力，恢复了所有力量与记忆，便和谢雪臣一起回到魔界，驻守诛神宫。

天命所书，无法逆转，如今的谢雪臣已为魔神之身，虽然永生不死，但终究无法再见天日。他没有强求改变，而是坦然接受，甚至觉得这才是最好的结局，也是他万年前不惜殒身所求的结果。

他成了人界与魔界最后的屏障，最坚不可摧的屏障。

从那一日起，他便没有再想过离开魔界，因此上一次将昊一逮回魔界，出

手的还是暮悬铃。不过这一次暮悬铃要照顾幼儿，他只能亲自出马，把浑蛋昊一逮回来。

然而还未等谢雪臣踏出万仙阵，便感知到一股熟悉亲近的气息远远而来。

谢雪臣眉眼一凛，右手虚空一握，钧天剑已凝于掌心。

一个俊美青年朝他飞来，面容依稀与谢雪臣有五六分相似，双目却比谢雪臣更多了些许玩世不恭的笑意，似是含情脉脉，又似是不怀好意。

"父君！大事不好了！"青年昊一嘴上喊着不好了，眉眼却笑得更欢了。

"逆子！"迎接他的是一道凌厉至极的剑气。谢雪臣面覆寒霜，毫不留情地剑指亲生儿子，"竟敢窃取手令，私逃出界，为祸人间！"

昊一狼狈而熟练地躲着纵横的剑气，被削断了几根青丝，气息却丝毫不乱。

"父君听我说完，再打再杀不迟！"昊一大声道。

谢雪臣见他眼神难得有几分严肃，不禁一怔，停住了挥剑的手。

昊一轻咳一声，凛然正色道："父君，我没有去人间，而是去了两界山。我在两界山发现了一个人……他……"昊一说着顿了顿，目露怜悯地看着自己尊敬畏惧的父君，"他好像是母亲的私生子……啊啊啊啊啊！父君你真打算杀我灭口吗？难道其实是你的私生子？"

若说方才还有几分留情，这下谢雪臣可真是下了死手了！

既然死不了，就往死里打吧！这满口胡言的逆子！

盛怒的谢雪臣，就连天命书都要退避三舍，更何况是昊一，即便他身怀三分混沌之气，也要受父君的血脉压制。

然而就在剑气将要斩落之时，另一股庞大的力量如巨浪一般涌来，与昊一的力量相生相和，似推波助澜，卷起千堆雪，竟将谢雪臣的剑气逼退了三分。

谢雪臣撤剑后退——不是因为不敌，而是因为震惊。

他抬起眼看向来者。

那是一个仙姿神容的青年，长衫如雪，墨发如瀑，俊秀的眉眼十分淡漠，仿佛世间万物都不在他心上。

谢雪臣目光如炬，一眼便看穿了他的真身。他原形是花，却又非花，似灵雾所化，却又非雾，身上气息驳杂，却又与昊一极为相似，那是同时兼具了神魔气息与混沌之气的混元一气。

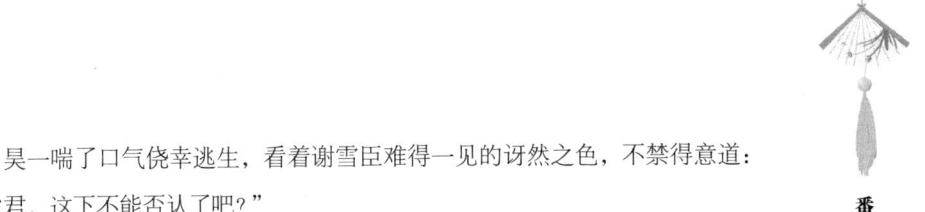

昊一喘了口气侥幸逃生，看着谢雪臣难得一见的讶然之色，不禁得意道："父君，这下不能否认了吧？"

昊一又回头看了看自己带回来的兄弟，再看看谢雪臣，看着两人相似的面容气质，他缓缓皱起英挺秀气的眉宇，喃喃自语道："我怎么感觉……你像亲生的……我才像私生的……"

谢雪臣额角一抽，钧天剑发出气势汹汹的嗡鸣，猝不及防往昊一肩上一搭，昊一便承受不住压力跪倒下来。

"父君！"昊一哭丧着一张俊脸，感受到颈侧锐利的气息，不禁吞了吞口水，压低了声音，"父君饶命……"

谢雪臣没有低头看他，而是审视着来历不明的青年。

"你是谁？"

"我……"男子眼中闪过一抹雾色，流露出些许迷茫，"我是一株千叶木芙蓉。"

昊一接过他的话道："我在两界山感知到一股熟悉的气息，赶过去一看，便看到一株千叶木芙蓉正幻化成人形，他身上的气息和我几乎一模一样，若不是我也天天陪着母亲，还以为他就是我弟弟呢。"

昊一话音未落，便脸色一变，三人同时转过头，将目光投向魔界方向。

一股玄妙的气息伴随着幽香在空气中弥漫荡漾，穿透了一切法阵禁制，如入无人之境。

昊一失声道："是母亲……"

谢雪臣的身影已经消失无踪，他二话不说，拉起身旁之人紧随其后。

诛神宫外，香气浓烈如酒，所有的魔物都沉醉在芬芳里，一张张或丑陋或美艳的脸庞都洋溢着迷醉的笑容，甚至有点慈眉善目的感觉。

谢雪臣似一阵风拂过重重帷幔，来到了暮悬铃身畔。她斜倚着垫得高高的软枕，张开的臂膀圈住了一个小小软软的婴儿。

混沌珠的孩子，自然不会是肉体凡胎。自百年前离开母体，它便一直是以珠子的模样存着，周身氤氲着重重珠光宝气，便是伏波殿最珍贵的龙珠也及不上它一分光华。暮悬铃日日守在它身旁，用自己的气息与体温来滋养它，它

慢慢有了灵识，以光晕回应母亲的爱抚。

只是眨眼百年，也不见它有破壳的迹象，直到前些日子，它开始滚来滚去，躁动不安。母子连心，暮悬铃知道它想破壳了，却没想到，挑在了谢雪臣不在身边的时候。

谢雪臣俯瞰着甜睡的婴孩，她不像人族的婴儿刚出生时一样又红又皱，倒似有百日大小，藕节似的臂膀，粉嘟嘟的脸蛋，恰似牛乳上晕染了胭脂色，香甜得让人心都化了。

那让魔物都心生宁静的香气，便是从她身上溢散出来的。原先包裹着她的珠衣也化为了重重薄纱，又是一件先天神器。

暮悬铃仰起头看向谢雪臣，轻声道："是我们的小女儿啊……"

拥雪城哪有什么万年不化的冰雪，此刻只有脉脉温泉，春暖花开。

只是一个脑袋探了出来，一双凤眼灼灼有神地盯着粉雕玉琢的小妹妹，唏嘘道："原来妹妹闭关百年不出……就是等着一个父君不在的时机啊……"

谢雪臣冷哼一声，看在妻女的面上，容忍了昊一这回。

昊一半跪在床前，忍不住伸出手去逗弄沉睡的妹妹。婴儿的肌肤比花瓣还娇嫩，怕他没个轻重伤了妹妹，谢雪臣抬手止住了他，另一只手轻轻一挥，一重禁制形成护罩，像个琉璃碗似的扣在婴儿身上，隔绝了外界的侵扰。

昊一委屈地望向暮悬铃："母亲……"

暮悬铃笑盈盈道："你又出去闯了什么祸，让你父君如此生气？"

昊一赔着笑道："我没有闯祸，我还立功了……母亲，有个人你一定要认识一下。"

暮悬铃好奇地扬起了眉。

那个昊一从两界山带回来的人，名为琅音，本体是一株混元之气所化的千叶木芙蓉。

"是一千年前，我们与天命书一战，溢散的气息凝聚而成。"暮悬铃恍然大悟，灵动的双眸若有所思地凝视琅音，"所以你身上的气息与昊一十分相似，有三分魔气、三分神息，还有三分混沌之气。"

昊一笑着道："那我与琅音，也算异父异母的亲兄弟了。"他拍拍琅音的肩

膀，无视对方淡漠的神情，热络地勾肩搭背自言自语，"他比妹妹更早幻化成人，如此说来，他才应该排行第二，混沌昊二，这个名字就给你了！"

琅音冷冷扫了他一眼。

昊一在魔界十分寂寞，身为魔君少主，没人敢与他为敌，也没人是他的对手，他对琅音一见如故，打起来不相上下，想到对方有可能是自己的兄弟，他一颗心便躁动起来，想想未来有这么个对手，好像日子也有了盼头。

谢雪臣给昊一泼了盆冷水："他和你不同，你们不是异父异母……"

"我无父无母。"琅音淡淡说出了谢雪臣的心声。

谢雪臣凝视琅音，沉声说道："不错，世间万千生灵，皆有来处，而你没有，你是无根之木，无心之花，你……没有'心'，也没有七情六欲。"

昊一微微一怔："这是很严重的事吗？没有就没有，那又如何？"

暮悬铃暗自扶额——自己这个儿子，有时候心眼太多，有时候也很缺心眼……

"无心无情，无爱无欲，生亦何欢，死亦何苦。"暮悬铃轻轻叹息。

这时候的琅音和昊一都不能理解暮悬铃这句话中的悲悯之意，唯有谢雪臣侧过身去凝视她的面容，不知想起了什么，微微蹙起了眉头。

看着昊一与琅音离去，谢雪臣握住暮悬铃的手，她转过脸看向他，未等他开口，她便读懂了他心中所想，对他粲然一笑。

"谢雪臣，你看到的琅音，那便是曾经的我。是，混沌珠没有来处，同样是无根无心、无父无母……"她抬起手，纤细的食指点了点自己的眉心，美目生辉，星光流转，"是你给了我一颗心。"

谢雪臣声音沙哑低沉："那是我的一颗私心。"

她是混沌珠，她的使命是维持天道的稳定运转，万物于她如刍狗，而他的私心，是希望她将怜爱留给多灾多难的人间。

"我与天命书一样，不过是被天道赋予了使命的一件工具，纵然形态不同，力量强大，但本质上，也只是一件死物。"她微微仰头，看向并不存在又无处不在的天道，"'他'希望我们无心无情，无私无己，唯有如此，才能泰然赴死，拯救这与我们并不相干的三界六道。"

她轻嘲一笑，摇了摇头，收回目光凝视眼前之人。

"其实混沌珠从未真正活过，是你的血让我真正有了生命和意识。谢雪臣，你原是我在这世间唯一的羁绊……"她微微一顿，笑着道，"不，现在还多了两个。"

谢雪臣紧了紧握着她的手，想起刚出世的孩子，冷峻的眉眼又温软了几分。

暮悬铃轻移脚步，额头抵着他心口，几乎将自己融入他怀中。

"我知道你心存亏欠……万年前，千年前……你总以为，混沌珠因你而碎，暮悬铃因你而亡……并非如你所想。混沌珠是因为你，才真正活着的。"

若非如此，她与天命又有什么区别？亿万年，无知无觉地沉睡着，只等着又一次天地大劫，再次奉献自己的力量，去维持三界的平衡。

甚至她都无法意识到，自己只是一件工具而已。

谢雪臣收拢双臂，将她纳入怀中，低垂双目，目光柔软而悲切："但是……你将永生永世陪我留在这魔域之中。"

"你有你的道，我也有我的道。"暮悬铃不以为意地笑了笑，抚上他搏动着的心口，"无论身处何处，是天上，是人间，还是熔渊；无论是何身份，是人皇，是剑修，还是堕神，你的心，你的道未曾改变。即便为魔，你仍以你的方式守着你爱的人间，你心甘情愿永生永世驻守魔界，成为人族最后的屏障。为苍生执剑，为大道殒身，生死不易其志，神魔不堕其心……"

"我也一样。"她自他怀中仰起脸来，与他四目相对，"谢雪臣，你是我的道。"

生死不易其志，神魔不堕其心的道。

暗无天日的魔界，她是谢雪臣唯一的光。

——他们是彼此的光。

谢雪臣周身的魔气在她的目光中缓缓消散，依稀是曾经的仙盟宗主归来，不过却非熔渊重逢之时冷面无情的谢宗主，而是琼琚岛上情动而克制的谢雪臣。

——不那么清冷的剑修。

暮悬铃笑着碰触他眼角乍碎的薄冰，心满意得地看他泛出自己喜欢的淡粉色："我知道你在担心什么，你怕昊一彻底入魔失控。这些年你把他困在魔界，是在等他长大，足以承受九幽业火。"

九幽业火，位于熔渊地心之处，能净化世间一切邪祟之气。此神火与九阳

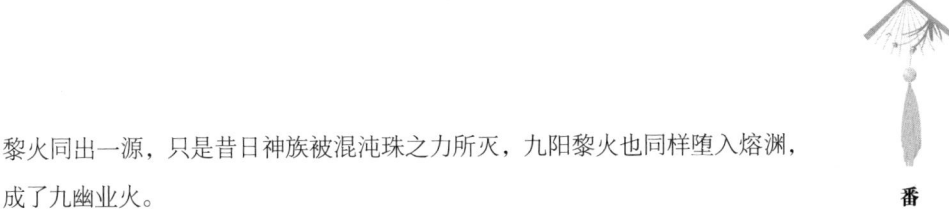

黎火同出一源，只是昔日神族被混沌珠之力所灭，九阳黎火也同样堕入熔渊，成了九幽业火。

"人心不可测，一念成神，一念成魔，昊一身怀混沌，即便是你也无法看清他的未来……他心性无拘无束，我担心他为心魔所诱，万劫不复。"谢雪臣声音沉重，"九幽业火可助他淬炼心性，只是他年纪尚小，修为未成，我在等合适的时机，再让他接受业火淬心。"

昭明被封印在熔渊之下的万年，对九幽业火最为熟悉，但要炼化九幽业火，也耗费了他数百年时间，这才让凶戾的神火温顺下来。其间他付出了多少心血，却丝毫没有让昊一知道。

"你愿意永生驻守魔界，却不愿意委屈了我和昊一。"暮悬铃了然笑道，"当年你将小昊一送到玄信那里，我便猜到了你的心思。你总是为别人想得太多。"

就像万年前，他宁愿只身赴死，杀上神界，也不愿将她拖入泥泞之中。他不舍得让她背负因果，但因果从更早之前便已开始轮转。

"是时候为昊一种下九幽业火了。"暮悬铃道，"他修为已成，而且如今妹妹出世，我也能全力助他炼化业火了。话说回来……"暮悬铃俏脸一皱，"真的要叫昊二吗？太难听了吧……"

她粉雕玉琢的小女儿，怎么能叫混沌昊二这种粗糙的名字！

暮悬铃摸了摸下巴："琅音那个名字挺好的，不然我认他当义子，他叫昊二吧，琅音这个名字给我们的女儿……"

谢雪臣轻咳一声："我觉得他虽然没有心，但看起来好像有脑子。"

暮悬铃大怒："你也觉得有脑子的人不会要昊二这种名字吧！"

神界最后的遗址，是凝滞了时空的荒芜之地。

空旷而寂寥，比魔界还要冷上三分。

这是两界山大战后不久的神界，天命书刚刚归位。

一个颀长瘦削的身影立于高台之上，驻足良久，罢手释卷，发出喟然长叹。

"原来如此……"

轮镜上神一眼望穿前尘，面上似有水波扰动，隐隐浮现出另一张脸庞——明艳出尘，光华流转。

原来，他不过是混沌珠的部分力量所化。

似乎醒悟了这一点，他的身份也随之转变，褪去了神官清正文雅的形貌，他变成了记忆中的混沌圣女。

眼前的天命书似乎感知到了他的力量与变化，一道虚影于竹简之上徐徐浮现，一双淡漠的眼睛越过时空凝视她。

"混沌珠，你因情生私，逆转天命，会招致万劫不复的恶果。"

这一刻，说话的不是南胥月，而是万年前的天命书意志。

于他们而言，时间并不存在，又或者说是另一种空间，他们以永恒的形式存在，并且可以无处不在。这是天道赋予他们的力量，他们与这个世界本就不同。

混沌珠回望他的眼睛，他们同出一源，却又截然不同，此刻她的眼睛便已有了七情，蕴含着轻浅而释然的笑意。

"错了，你是天命书，或许你不明白这是什么意思，我告诉你……"混沌珠上前一步，目光深沉，"你不是天命，只是一本书，你只能任由旁人在你身上书写天下苍生的命运，而你，甚至无法左右自己的命运……"

混沌珠的声音温柔而残酷："你不明白天道，你更不是天道。"

天命无情的双眼似乎有迷茫一闪而逝。

"南胥月或许比你更懂一些。"混沌珠唏嘘一声，"他信命，却又要与天相争……你不觉得可叹吗？人，是这世间最弱小的生命，可是他们却可以不惧天命，与天相争。"

"这就是你改变的原因吗？"天命望着她，"我们是超然六道之外的存在，万物于我们而言，皆是刍狗，你却为了人族颠覆神族，此举有违天道……"

"又来了……"混沌珠无奈地笑了一声，与呆板的天命比起来，她显得那样生动美丽，她定定凝视着天命，"我所作所为，才是天道。"

"什么？"天命的眼神出现了一丝波动，惊讶而震撼。

"月盈则亏，水满则溢，这是天道。"混沌珠淡淡笑道，"神族盛极而衰，人族绝境逢生，从数万年前的第一次天崩地陷，天道运势便已向人族倾斜。所以，人族才会出圣君。"她抬手抚上眉心，眼中流露出怀念与缱绻，"我为补天而崩裂，他为救我而送我一滴血、一颗心，我因此与这人间有了因果。那日在

斩神台上，我看遍了千秋万世的因果轮回，终于明白这一点。"

"你窥探了天道。"天命冷冷开口，"我们是旁观者，这世间原本有亿万可能，但当你睁开眼，便会坍缩为一种，你替他们做了选择。"

"是……"混沌珠无所谓地笑了笑，"我窥探了天道，去捕捉一线生机，所以，我失去了九成的力量，但那份力量，并不是我需要的，而是天道强加于我的。如今，我已不是完整的混沌珠了，我……只是暮悬铃。"

她背过身去，渐行渐远，无拘无束。

"你要去哪里？"他的声音莫名有一丝慌乱。

"我要去等他们来找我，找回'她'失去的记忆和力量。"她脚步轻快，心情愉悦。

"暮悬铃！"天命的声音叫住了他，她微微顿住了脚步，"你牺牲自己，将气运给了人族，但他们永远不会知道，永远不会感激。"

她没有回头，只有轻笑声伴随着铃声远远传来。

"我只在乎，谢雪臣知道。"

——谢雪臣知道，他的道，永远不会是孤身一人。